Detrás de las sombras

Allan Fajardo

Detrás de las sombras
Allan Fajardo
Primera edición, 2018 ©
Portada y diseño de Mario Ramos
Fotografía de portada de Javier Maradiaga Melara ©
Diagramación y cuidado editorial de Óscar Estrada
368 páginas. 5.5" x 8.5" (13.97 x 21.59 cm)
ISBN-13: 978-1-942369-26-4
ISBN-10: 1-942369-26-3
Impreso en Estados Unidos

Casasola LLC
1619 1st Street NW Apt. C Washington DC 20001
Apartado 2171, Tegucigalpa, Honduras

casasolaeditores.com
info@casasolaeditores.com

Detrás de las sombras
Allan Fajardo

www.casasolaeditores.com

Allan Fajardo
(Honduras 1980).

Narrador, instructor de español, traductor e intérprete. Ha colaborado en estudios enfocados a la comunidad hispana y ha sido asesor de organizaciones enfocadas en asuntos migratorios en Toronto, Canadá. En el pasado trabajó como educador en programas educativos alternativos en las zonas rurales de Honduras. Vivió en España adonde cursó un post grado en estudios de diversidad y gestión cultural. En la actualidad reside en los Estados Unidos, en la ciudad de Filadelfia, adonde imparte clases de español y escribe regularmente en su blog. *Detrás de las sobra*s es su primera novela publicada.

A vos, S.
que sos mi sosiego y mi locura.

1

No hay duda que el clima de la Florida le hace pensar que se encuentra en casa, ni hablar del paisaje, del verdor que impregna al ambiente ese aire tropical, tan parecido a la costa caribe de su país y ese mar, que todavía no termina de definir qué color es, donde el azul y el verde se confabulan a la perfección, para formar un único matiz; capaz de cortarle el aliento a cualquiera.

John SandeJohn Sanders o Andrés Arriaga, su nombre de pila, recuerda la primera vez que conoció el mar, cuando junto a sus compañeros del Liceo Militar emprendieron una excursión a la playa, tenía trece años y fue el objeto de las burlas de todo el grupo, comprendido por jóvenes de las familias más pudientes del país, y desde luego él: alguien salido de la nada.

Se resistía a mojar su cuerpo de adolescente en las aguas del mar Caribe, no tanto por miedo, sino por respeto: a tan basta constelación de aguas, era su primera vez mirando de frente el mar, y no daba crédito a lo que sus ojos claros apreciaban sosegadamente. Hasta que sus compañeros lo pillaron distraído, contemplando aquel espectáculo, para luego arrastrarlo hacia las aguas turquesas. A pesar de su resistencia, terminó siendo recibido por unas olas tibias, que lo fueron conduciendo más adentro, mientras se engrandecían paulatinamente, dejando claro el poderío absoluto del océano ante él.

Pataleó y se defendió como pudo, pero todo intento fue en vano, las fuerzas acumuladas de sus compañeros eran superiores a las suyas.

Todavía tiene presente en su memoria los gritos, las burlas, y el sabor a agua salada, esa que empezó a tragar a borbotones, mientras sus compañeros lo sujetaban de sus extremidades, hasta que el oficial que, viajaba con el grupo de estudiantes intervino, lo último que necesitaba era un alumno ahogado, así que detuvo el juego, que sus compañeros llevaban a cabo y en el cual: él, tristemente, era el monigote que divertía al grupo.

Ha ido a caminar por la playa, aprovechando que su mujer, y sus dos hijas se han marchado de compras a Key West, saliendo de la casa que ha rentado en Isla Morada, el paradisíaco sitio en los Cayos de la Florida, ese lugar que le recuerda tanto al paisaje de su país.

Dejó la cómoda silla sobre la terraza, donde leía un ejemplar del Miami Herald en inglés, para salir a caminar. Aquel sitio era el lugar perfecto para escaparse del duro invierno, por ello regresaba cada año, aunque su mujer y sus hijas hubiesen preferido conocer otros destinos.

Era apenas la segunda semana de marzo, y el calor se había dejado venir con una gran intensidad sobre la Florida, contrastando severamente con el duro invierno de Pensilvania, todavía le parece imposible creer que solamente se necesitan menos de tres horas de vuelo, para dejar atrás el frío invierno, y reactivarse con el calor que tanto le seduce.

Le fascina sentir como la arena de la playa se entrelaza entre los dedos de sus pies descalzos, al igual que mirar las pisadas que quedan sobre la arena, para luego contemplar como las mismas son borradas por las olas del mar, cuando se disponen a morir en la orilla, justo donde comienza la playa.

Una leve brisa le refresca el rostro algo bronceado, hace que se sienta vivo, como que ha vuelto a nacer, aquella sensación le cae del cielo, pues la necesita más que nunca, porque los fantasmas de su pasado, desde su jubilación no lo dejan en paz, aparecen a raudales, cuando menos los espera.

Se quitó su gafas oscuras, para que la brisa irrigue por completo toda su esencia, cerró sus ojos claros, luego extendió su cuello hacia arriba, hasta donde las vértebras dieran, aprovechando cada cúmulo de la breve brisa, intentando purificarse, previamente ha detenido su andar, para entregarse por completo a tal placer.

Después de algunos segundos la brisa desaparece, para darle paso a una ráfaga de calor, entonces abre sus ojos y sigue andando en la arena.

Sobre el agua se vislumbran algunos botes pesqueros y alguno que otro yate, "todo es tan hermoso", piensa, sintiéndose orgulloso de sí mismo; ha sido por su propio trabajo duro y muchas veces... extremo, que ha sido posible que tenga la calidad de vida que lleva en los Estados Unidos, cuando todos los pronósticos anunciaban que sería otro caso perdido, uno de los tantos que recorren trémulamente las calles de Tegucigalpa, buscando entre los contenedores de la basura algo que llevarse a la boca, rifándose la vida misma con alguna navaja oxidada contra el cuello.

Siguió caminando, y aunque intenta no prestarle atención a un grupo de chicas que toman los últimos rayos de sol, tumbadas sobre la arena en diminutos bikinis, no le queda de otra que, apreciar aquellos cuerpos jóvenes casi desnudos, eso sí: disimulando a través de sus gafas oscuras, que se ha vuelto a poner para protegerse del sol. "Bien podrían ser mis hijas", medita, en eso se sonroja y trata de pensar en otra cosa, dejando la imagen de las chicas tomando el sol en el olvido.

Continuó andando por la playa, respirando el aire puro, y disfrutando al máximo del calor y del mar, ya que la mañana siguiente a primera hora estaría abordando un avión, teniendo como destino Filadelfia, para luego conducir su coche, durante algunas dos horas hasta llegar a Harrisburg, la pequeña ciudad al oeste del Estado de Pensilvania, la que lo ha acogido, desde varios años atrás, cuando se decidió por vivir en un lugar tranquilo y alejado de todo que lo pudiera atar a su pasado.

Sabe que es necesario disfrutar cada segundo, porque dentro de poco regresará a apalear nieve y a vivir con el termómetro bajo cero.

Antes de dejar la playa detrás, se detuvo una última vez para contemplar el mar. Cerró sus ojos y sostuvo la respiración, todo iba bien, hasta que el rostro de Elena, uno de los tantos fantasmas que rodean sigilosamente por su subconsciente apareció, fiel a la tradición de presentarse sin avisar, para pasearse sobre su tranquilidad y hacer que sus pensamientos se enfocaran exclusivamente, en todo lo que ha hecho, durante su paso por el mundo.

Soltó el aire retenido de sus pulmones, tratando de alejar el rostro de Elena, y abriendo sus ojos en el acto. En eso, un intenso sudor que no era el resultado de la humedad que prevalecía en el ambiente apareció, circundando cada cavidad de su cuerpo.

Reconocía muy bien aquel sudor, era una mezcla de frío y calor, que terminaba haciendo que sus huesos se entumecieran, mientras deambulaba por todo su cuerpo, luego aparecerían las malditas migrañas, para poner la cereza al pastel.

Mandó el rostro juvenil de Elena lo más lejos que pudo, sobre el espacio azulado, por el otro lado del mar, después abrió y cerró sus ojos en repetidas ocasiones, mirando hacia todos lados, para comprobar que Elena no estaba a su alrededor.

El sudor pasó, la leve brisa volvió a aparecer y poco a

poco fue recuperando la calma, que se había esfumado en cuestión de segundos, cuando el rostro de Elena llegó a su mente. Entonces sonrió, creyó que era un idiota, que tenía que dejar de estar pensando en aquellos fantasmas de una vez por todas.

Sin embargo, sabía que aquello era una misión imposible, estaba condenando a vivir con sus recuerdos a cuestas, y con el paso de los años los remordimientos habían estado apareciendo, algo que no le gustaba en lo absoluto.

-Todo es culpa de la maldita jubilación. Dijo, en voz alta, sabiendo que nadie estaba tan cerca suyo, para poder escucharle.

Lo mejor que pudo hacer fue dirigirse a la casa, la misma que cada año rentaba, para aprovechar el receso escolar en el mes de marzo, y pasar tiempo con sus hijas, las cuales eran su adoración. Aparte, le caía bien fugarse un poco del invierno, y de alguna manera lograr conectarse con algún elemento que fuera parecido a su país, al menos con su geografía, con sus colores, su comida, era una forma de machacar el destierro, al cual había sido enviado, antes de que alguien le pusiera una bala en la cabeza o en el peor de los casos: antes de que alguien le hiciera daño a su familia, que en aquellos tiempos se reducía a su mujer y a su hija mayor, que recién había llegado a los dos años de nacida.

"La jubilación es la culpable de todo", se repetía desde que se había jubilado oficialmente dos años atrás, después de haber andado recorriendo los Estados Unidos y lugares remotos como Afganistán e Irak, incursionando en labores para la empresa de seguridad internacional para la que trabajaba como consultor, hasta que el ansiado retiro por fin llegó. Luego fueron apareciendo de una manera frecuente las imágenes, y los rostros de varios asuntos pendientes de su pasado; desencadenando siempre, en una escala de migrañas, que terminaban robándole la tranquilidad.

Siempre había sido sumamente activo, estaba seguro que el estar atosigado con deberes era la mejor terapia para el olvido, lo que le permitía no pensar en el pasado. Pero, después de la jubilación se vio con todo el tiempo del mundo en sus manos, todo el tiempo con que nunca había contado, y ahora todo estaba allí, frente a sus narices, y no sabía qué hacer, no le gustaba para nada todo lo que estaba experimentando, precisamente él, un hombre recio, que se fue forjando su propia vida, gracias a la tenacidad y al deseo incontrolable de no regresar a vivir en la miseria, de la cual había podido librarse, como un condenado a muerte, que un día antes de su ejecución es puesto en libertad.

Aquella tarde se sentía tan a gusto caminando por la playa, las migrañas habían desaparecido por completo (al menos durante las dos semanas que había pasado en la Florida), " a lo mejor Azucena tenía razón y deberían moverse a la Florida, no había duda que aquel clima le asentaba muy bien", pensaba, mientras arrastraba sus descalzos pies sobre la arena, sujetando sus sandalias con su mano derecha.

Pero, no podía dar aquel paso, tenía que seguir viviendo con el bajo perfil de siempre, y la Florida no era el lugar para ello, debido a la gran concentración de hondureños que habitan en el sureño Estado de la enorme nación norteamericana, sobre todo en Miami y sus alrededores, tampoco quería estar lejos de sus hijas, y Harrisburg era el lugar indicado para pasar desapercibido.

Así que, no había asunto que discutir, aunque Azucena le había insistido en varias ocasiones que buscaran un sitio cálido para vivir, siendo la Florida su lugar favorito, hasta que se cansó de sugerirlo, sabiendo que su marido jamás cambiaría su forma de pensar.

A Azucena la Florida le traía buenos recuerdos, sobre

todo Miami y Tampa, donde su familia alguna vez poseyó propiedades, pues de niña siempre pasaba las fiestas de navidad con sus dos hermanos y sus padres, en cualquiera de los dos sitios, celebrando las fiestas y nadando en el mar.

De adolescente la práctica continuó, hasta que se casó, con el hombre que menos pensaron sus padres que escogería para ser su compañero de vida, justo después del casamiento fue expulsada de la familia, perdiendo todo contacto con sus familiares.

Finalmente dejó la playa atrás, inmediatamente se encontró con un parque infantil, miró como varios niños jugaban, del otro lado se encontraba un campo de béisbol, y del otro lado del campo, un camino que lo conducía al vecindario, donde se ubicaba la casa que siempre rentaba.

Cruzó por la orilla del campo de béisbol, con una grama perfecta, nadie jugaba, debido a que el sol y el calor golpeaban fuertemente el ambiente, hasta que dejó el campo atrás. Una vez en el vecindario apreció cada una de las casas de madera con que se fue encontrando, todas de dos pisos, con jardines divinos, y rodeadas de una vegetación envidiable. Todo era tan tranquilo y sereno, deseó poder quedarse en los Cayos, en Isla Morada, y no regresar a Harrisburg, a lo mejor comprar un velero, aprender a navegarlo, y perderse en el mar cuando el viento lo permitiese, todo era mejor a regresar al descomunal invierno de Pensilvania.

Llegó a la casa, el coche que habían rentado brillaba por su ausencia, significaba que Azucena y sus hijas no habían regresado de su viaje de compras a Key West, el punto final de los Cayos, donde todo termina, para darle paso al mar.

Para Azucena visitar Key West era una especie de liberación de su marido, le gustaba caminar por las ruidosas calles del poblado, perderse en los escaparates de las tiendas, tomar una copa de vino en cualquier bar, ver los cuerpos dorados semidesnudos de las personas tan diversas, tan distintas, a lo que estaba acostumbrada a ver, y caminar con toda la tranquilidad del mundo por las aceras, hasta que llegaba al muelle, donde contemplaba el espectáculo puesto en escena por distintos artistas callejeros, para finalmente vislumbrar los enormes cruceros atracados en el puerto, mirando hacia el infinito mar, pareciéndole increíble que a ciento ochenta kilómetros de distancia estaba Cuba, otra realidad, otro mundo, un mundo que siempre quiso conocer, hasta que se dio cuenta que era demasiado tarde, una vez que hubo unido su vida al hombre que pensó que amaba, que pensó que era todo para ella, dejando a un lado sus ilusiones, y sus propios deseos, para estar al lado de aquella persona, que llegaría a ser uno de los personajes más poderosos e influyentes de su país.

El General Andrés Arriaga se refrescó un poco después de la caminata por la playa, se sirvió un trago de un ron haitiano que compró en el aeropuerto en Filadelfia, al que acompañó con un habano que había comprado hace varios años, que estaba guardando para una ocasión especial, quizá para la graduación de Gabriela de la Universidad en la primavera. Se decidió por encender el puro aquella calurosa tarde de marzo, disfrutando del hecho de estar compartiendo con sus dos hijas que representaba todo para él, especialmente porque las dos habían crecido tan rápido, tan rápido que a menudo se preguntaba cómo había sido posible que sus hijas fueran ya dos mujeres.

Salió a la terraza de la casa, para contemplar el sol perderse más allá del Atlántico. Disfrutó tanto aquel momento mágico, el cual pensó que volvería a ver en un año, cuando volviesen a visitar los Cayos.

Después de un rato en la terraza, entró nuevamente a la casa y Azucena llamó a su móvil indicándole que estarían llegando en media hora, se excusó por estar un poco tarde, aduciendo que el tráfico estaba bastante pesado.

Luego de hablar brevemente con su mujer, se decidió con empezar a preparar la cena. A primera hora había comprado en el mercado de mariscos de Key Largo mariscos frescos, y en un supermercado cercano algunos vegetales, vino y frutas.

Prepararía un arroz con mariscos y una ensalada verde, calculando que todo estaría listo en menos de una hora, se sirvió otro trago y puso un disco de Julio Iglesias, uno de sus cantantes favoritos, mientras esperaba por Azucena y sus dos hijas, enfundado en un delantal y con una sonrisa en el rostro, como sucedía siempre que cocinaba para su familia.

2

Azucena y sus dos hijas se tardaron más tiempo del estimado, en aparecer por la residencia vacacional en el poblado de Isla Morada, a escasos metros de la autopista US1 Oceánica, la vía que conduce hasta Key West desde Miami.

El general Arriaga ya se estaba preocupando, cuando Azucena volvió a llamarle, comunicándole que se habían detenido para comprar un pastel de limón, en una repostería cercana, y que llegarían en cuestión de minutos.

Al llegar a casa, Azucena y sus dos hijas, se encontraron con la mesa puesta y con un grato aroma que se escabullía desde la monumental cocina; muestra inequívoca que nuevamente la cabeza del hogar había hecho de las suyas, preparando otro manjar para su familia.

Los abanicos que colgaban del alto techo de la casa, desplegaban sobre el ambiente una rotunda serenidad. El general se había enamorado a primera vista del techo de la casa, al igual que del piso de la misma, así como de todos los gabinetes y los muebles, fabricados a base de caoba, cuando llegó a Isla Morada quince años atrás, decidido en encontrar el lugar perfecto para vacacionar con su familia; un lugar alejado del bullicio de Miami, donde pudiese pasar desapercibido, sin temor a ser reconocido.

Conocía muy bien la madera de la caoba, desde sus tiempos en la selva Misquita, en la costa atlántica de Honduras, fascinándose con el color rojizo de su corteza y, agradeciendo que los hermosos árboles de caoba salvaguardaban las tristes barracas del batallón donde tuvo asignado en lo más profundo de la selva, a cargo de un endeble pelotón de soldados mal nutridos, llevando a cabo la misión de proteger su país de la lacra comunista, esa que amenazaba con expandirse por toda la región.

Vio varias residencias durante su visita a Isla Morada, pero la casa 23 en el camino Coral View, lo sedujo, tenía todo lo que necesitaba su lugar perfecto para pasar las vacaciones junto a su familia, sumado a esto: la caoba, que tanto le recordaba a su país.

Los abanicos refrescaban el ambiente a la perfección, sacando el calor y la humedad de la vivienda, generando un entorno agradable y fresco.

El general no era fanático del aire acondicionado, prefería la brisa generada por las aspas de los abanicos, al igual que dormir con las ventanas de par en par, escuchando los sonidos producidos por la noche y por la madrugada, a los cuales era muy proclive de percibir, gracias a su ligereza para levantarse ante el más ínfimo sonido, ya sea en el interior o en el exterior de la casa.

Se sentía tan a gusto en aquella residencia, alucinaba al moverse por el inmueble o simplemente cuando leía sus ejemplares de National Geographic o Times; sus dos revistas favoritas, mientras se mecía en la cómoda hamaca que colgaba de dos pilares de cemento en la terraza, de donde podía verse el mar, entre varias palmeras que abrían una especie de senda, haciendo posible el poder apreciar la serenidad del océano, sintiendo esa brisa fresca que lo transportaba a otra dimensión, rosando cada átomo de su cuerpo.

Otro de sus lugares favoritos de la casa era la amplia cocina, donde se sentía como un pez en el agua, experimentando con platillos nuevos que, afortunadamente siempre le salían de la mejor manera.

Jimena fue la primera en aparecer, lanzándose en sus brazos y besándole ambas mejillas, luego fue el turno de Gabriela, haciendo lo mismo que su hermana menor, mientras Azucena cargaba con el pastel de limón, saludándolo desde la puerta, quejándose del tráfico y de la amenazante manera en que se conduce por las autopistas de la Florida, mientras les decía a sus hijas que no olvidasen las bolsas de sus compras en el baúl del coche.

La mesa del comedor era quizá el lugar más sagrado para el general, tanto en su casa en Harrisburg, como en la casa de vacaciones en Isla Morada; a lo mejor porque él nunca experimentó lo que era tener una mesa para comer y mucho menos una familia, es más: en varias ocasiones había tenido que soportar las severas quejas que su estómago le lanzaba, al dormirse sin haber probado bocado alguno en todo el día, especialmente cuando deambulaba perdido por las calles de Tegucigalpa, sin contar con un techo sobre su cabeza, para pasar esas noches tan estrelladas y claras en la ciudad capital, ni hablar de una mesa donde sentarse a comer un plato de comida caliente, y así poder sentirse como cualquier niño de su edad: con sueños y protegido por una familia.

Cada vez que contemplaba un niño caminando de la mano de sus padres por las calles de la ciudad, le gustaba suponer que se trataba de él, que era él, el que iba con sus padres a cualquier sitio, esos padres que jamás conoció, esto hacía que se sintiera protegido, inclusive llegaba a amedrentar al hambre y a la profunda tristeza con la que andaba sin rumbo fijo por las calles de Tegucigalpa.

Siempre despertaba de su visión de golpe, cuando alguien le gritaba algún insulto o en muchos casos cuando algún transeúnte le asestaba un manotazo para que se quitara del camino, sacándolo por completo de su fantasía.

El concepto que poseía de una familia cuando era niño, era un concepto disfuncional, algo que no sabía cómo explicar, hasta que tuvo su propia familia, jurándose jamás saltar del barco, como lo hizo su padre biológico, cuando se dio cuenta que su madre estaba preñada.

Después de recibir varios halagos sobre el suculento olor que desprendía lo que había cocinado, los cuatro tomaron sus respectivos puestos en la mesa.

El general descorchó una botella de un pinot grigio chileno, un vino ligero y refrescante, ideal para una noche calurosa de verano. Se sentó en la cabecera de la regia mesa, teniendo de frente a Azucena y a sus dos extremos a Jimena y a Gabriela, respectivamente.

Muy pocas veces tomaba alcohol con sus hijas, pero había decidido que aquella noche sería una noche especial, diferente: Gabriela muy pronto terminaría la universidad y Jimena por su parte, estaría dejando el hogar, para cursar su primer año universitario, en una universidad en Carolina del Sur, lejos de casa, algo que lo entristecía, aunque al mismo tiempo lo llenaba de orgullo, así que hizo una excepción a la norma y, les sirvió vino a sus hijas y a su mujer.

El general elevó su copa brindando: "por la familia y por la unidad de la misma". Luego el sonido de las copas de cristal al chocar entre sí apareció; todo fue risas y felicidad en la amplía mesa, decorada con un arreglo de jazmines y rosas rojas, y resguardada por un elegante mantel de seda.

No obstante, había algo raro en Gabriela, algo que no le terminaba de cuadrar al general; era algo en su actitud, una expresión distinta a la de siempre, que lo estaba desconcertando y que lo tenía preguntándose, "¿qué demonios le ocurría a su hija?".

Gabriela estaba sumamente distraída, revisando su móvil a cada segundo, aunque pasaba lo mismo con Jimena, sobre todo con lo de estar revisando el móvil compulsivamente, pero lo de Gabriela no le daba buena espina, todos los años de servicio no habían pasado en vano, olía cuando algo no andaba bien o simplemente, cuando un evento fuera de lo tradicional estaba ocurriendo.

Estaba casi seguro que se trataba de algún noviecito en la universidad. "¿Por qué Gabriela no le había comentado nada?". Es más, su primogénita había estado a punto de no acompañarlos al tradicional viaje a la Florida, aduciendo que tenía mucho trabajo con sus deberes académicos y otros asuntos... "otros asuntos", "¿qué quería decir Gabriela con ello?", pensaba el general.

Al final a Gabriela ante las exigencias de su padre, no le quedó de otra que viajar con la familia al tradicional viaje familiar a la Florida.

Sus dos hijas eran tan diferentes, la una de la otra distanciaban de una manera asombrosa: Jimena estaba pendiente del último grito de la moda, era muy popular en el colegio y muy buena en los deportes, sobre todo en el equipo de atletismo, donde siempre sobresalía, en todas las competiciones en las que participaba. Debido a su talento atlético y sumando a sus buenas calificaciones, Jimena había obtenido una beca completa; que la llevaría lejos de la familia, en Carolina del Sur.

Se había decidido por estudiar ciencias políticas, que era la puerta para luego estudiar derecho, su sueño era el de convertirse en una abogada y llegar a lo más alto, quizá incluso figurar en la esfera política del país, no pensaba parar hasta poder alcanzar sus metas.

Por su parte Gabriela, siempre fue más reservada que su hermana menor; apasionada por la literatura, la poesía, la cultura y los asuntos ambientales, pasaba de las modas, de irse de fiesta al último club en boga, donde se tenía que hacer enormes filas para poder entrar; lo suyo era quedarse leyendo en su escritorio o buscando en el internet artículos o documentales de su interés, pasando de las redes sociales y de todo lo que consideraba como superfluo.

Tanto Jimena y Gabriela, desde siempre supieron poner sus diferencias a un lado, eran muy unidas y el triunfo de una, era el triunfo de la otra y viceversa.

Gabriela dejó Honduras cuando acababa de cumplir dos años, hablaba español fluidamente, puesto que su madre siempre le había hablado en su lengua materna, no sucediendo lo mismo con Jimena; que nunca se sintió cómoda con el español, aunque sus padres trataron de hablarle desde pequeña en su lengua, encontrándose con las respuestas siempre en inglés a todo lo que ellos preguntaban en español, hasta que se cansaron de aquel juego, que no iba hacia ninguna parte, aceptando que su hija no tenía ningún interés en aprender español.

Gabriela estudiaba la carrera de literatura en el Haverford College, una pequeña y exclusiva universidad en las afueras de Filadelfia, estaba dándole rienda suelta a su devoción por las letras y los libros, al igual que armando sus planes hacia futuro.

Al general le hubiera gustado que su primogénita, se hubiese decidido por otra carrera; una más lucrativa, como medicina, odontología, quizá. Carreras bien pagadas y tal vez lo más importante para el general era: el prestigio que las mismas pueden arrojar en la sociedad.

Sin embargo, después de haber intentado persuadir a su hija, tuvo que respetar la decisión de Gabriela y dejarla ir, aunque le llevó algo de tiempo aceptar que su hija no estaría estudiando algo que a él le hubiese hecho feliz, sobre todo porque Gabriela tenía el potencial para conseguir cualquier cosa que se propusiese.

Se había resignado con que por lo menos Gabriela no estaba tan lejos del hogar, trataba de visitarla regularmente, al igual que la llamaba por teléfono casi a diario, preguntando cómo marchaban las cosas con ella.

Gabriela le preocupaba mucho, miraba patrones del pasado en su hija mayor, a pesar de todos sus intentos por cambiarla desde pequeña, Gabriela había ido forjando su propia personalidad y una sensibilidad que el general consideraba como abrumadora.

A veces Gabriela le hacía recordar quién había sido y todo lo que había hecho; en ocasiones simplemente siguiendo ordenes, hasta que llegó el momento que fue él, el encargado de dictar las ordenes que decidieron el futuro de muchas personas.

La comida era una maravilla, por la mesa se escuchaban las historias de cuando Gabriela y Jimena, eran nada más que dos niñas que vivían plenamente sus vidas infantiles, con sus ocurrencias y sus risas a tan flor de piel.

Una fina lluvia empezó a refrescar el ambiente, el general descorchó una segunda botella de vino, también cambió la voz de Julio Iglesias por la voz de Plácido Domingo. Luego regresó a la mesa, tarareando Quiéreme Mucho, la obra inmortal de Agustín Lara, que interpretaba a la perfección la voz de Plácido Domingo, el general hacía la segunda voz, no quedándose atrás. Sus hijas y Azucena se miraban entre si, reconociendo los dotes de cantor de aquel hombre tan sobrio y tan recto, que nunca se salía de sus casillas.

Definitivamente, el calor hacía del general Andrés Arriaga otra persona, sus hijas y su mujer estaban fascinadas con él, incluso Gabriela, que en un principio intentó no asistir al obligatorio viaje familiar, la estaba pasando muy bien en la última velada en Isla Morada, olvidándose de estar revisando su móvil incesantemente.

El general sirvió más vino y volvió a brindar, con sus hijas y con su mujer: " por la felicidad, por la vida y por el porvenir". El sonido de las copas al chocar entre si volvió a aparecer, como una melodía silvestre, que servía de fondo a la dócil música que salía del estéreo, el que descansaba en uno de los soberbios muebles de caoba en un costado en la sala.

Mientras compartían en la mesa, deseó preguntarle a sus hijas más sobre sus vidas, más detalles, especialmente a Gabriela, pero no lo hizo, pensó que no era el momento oportuno para expresar su preocupación hacia ella.

Sabía que Jimena encontraría su sitio en la universidad, por ella no se preocupaba; su personalidad extrovertida la llevaría lejos en la vida, pero Gabriela… Su hija mayor era todo un misterio, representaba un galimatías para él y, aquello le inquietaba de una forma turbulenta, porque amaba a sus hijas, más que a su propia vida.

Comieron el pastel de limón de postre, y se quedaron hablando un rato más en la sala, luego cada quien hizo lo suyo; mañana a primera hora estarían volando a casa y era necesario descansar. Antes de marcharse a sus respectivos espacios, limpiaron la cocina, dejando todo impecable, como si nada hubiese pasado en la misma, como era la norma.

El general le dijo a Azucena que pronto llegaría a la cama, quería tomar un poco de aire en la terraza. Su mujer que muy raras veces le mostraba una muestra de cariño, le dio una palmadita en la espalda y se marchó a la habitación, estaba agotada, después de haber pasado buena parte del día, caminando por las calles de Key West con sus dos hijas, bajo un inclemente sol y la brisa del mar refrescando a ratos.

La lluvia había pasado, el entorno era todo un deleite, el General se sentó en una silla mecedora a un costado de la baranda, cerró sus ojos y dio gracias a Dios por lo afortunado que era. Nunca había sido un hombre religioso, aunque creció de la mano de Fray Isaac, el cura que lo rescató de las tinieblas de las calles de Tegucigalpa, sin embargo en los últimos años empezó a rezar a una fuerza superior que denominó como Dios; quizá meramente porque aquella acción le ofrecía un poco de paz, llegando a urdir una especie de acto desesperado, algo poco habitual en su personalidad.

Todo marchaba a su antojo, cuando los gritos de auxilio de Elena aparecieron en su subconsciente, robándole la tranquilidad. Entonces volvió a ver el rostro de Elena ensangrentado y su cuerpo tan joven desnudo, masacrado y ultrajado. Rápidamente abrió sus ojos, notando que su presión arterial estaba por las nubes, intentó levantarse de la silla, pero su cuerpo no respondía, a pesar de que tenía los ojos abiertos, los gritos de Elena seguían sonando adentro de su cabeza, suplicando por clemencia, gritando desesperadamente. -¡Que era suficiente! ¡Que por favor no le hicieran más daño!- Mientras se ahogaba en su propia sangre.

Tuvo ganas de gritar, a lo mejor aquel grito lograría espantar la imagen de la chica, pero no pudo articular ni una tan sola palabra. Su corazón latía a la velocidad de la luz y, fue incapaz de reducir aquellas pulsaciones por su propia cuenta. Tuvo tanto miedo, creyó que estaba experimentando algún infarto o algún ataque cerebral, hasta que escuchó la voz de Azucena preguntando sí estaba bien.

Reaccionó a medias, diciendo cualquier cosa, con la voz

quebrada, Azucena se asustó, le llevó un vaso con agua fría, el general tomó agua como si llevase semanas sin probar alguna sustancia liquida, cuando el agua fue descendiendo por su organismo empezó a calmarse, sintió como cada órgano en el interior de su cuerpo se refrescaba con el agua fresca, haciendo esto que las tensiones en sus músculos se relajaran.

Su mujer le preguntaba qué le ocurría, si debía llamar al nueve once, el milagroso número de emergencias, pero el General poco a poco fue recobrando el aliento, para luego decirle a su mujer -que no era necesario, que a lo mejor era el calor y el vino-, pretendiendo que todo estaba bien.

Se levantó de la silla con la ayuda de Azucena, estaba a punto de entrar en la casa, cuando miró hacia la terraza, encontrándose con la imagen de Elena desnuda; ensangrentada, parada enfrente de la baranda, mirando hacia el mar, a través de las palmeras, ajena a todo, como si jamás hubiese existido, se miraba tan leve, que únicamente era necesario un breve soplo de viento, para levantarla por los aires.

El general volvió a sentir otra oleada de nervios aproximarse, pero contuvo la misma casi al instante, no quería preocupar a su mujer, mucho menos a sus hijas.

Antes de meterse a la cama oró, agradeciéndole a Dios por su familia, y por todo lo que tenía, lo que hizo que se tranquilizara un poco, aunque se sintió un tanto hipócrita.

Se metió a la cama convencido en que no lograría dormir y, una vez que Azucena hubo apagado la luz, la típica oleada de imágenes volvió a aparecer; trayendo los distintos rostros de todos aquellas personas que habían experimentado su dureza y su desmedida locura, sobre todo al final, una vez que todo su poder estaba por esfumarse. No obstante, no se arrepentía de nada, había hecho lo que debía hacer y por ello recibió fuertes críticas, señalamientos y lo que más le dolía: el exilio, dejar su país, ese país que el ejército le enseñó amar con todas sus fuerzas y al cual juró defender hasta con sus propios dientes, de ser necesario.

3

Leonel López, Leo, como le llaman sus conocidos y su padre, finalmente ha logrado levantarse de la cama, después de batallar algunos minutos contra el sueño y contra las ganas de seguir enredado en su edredón; protegido a plenitud de las bajas temperaturas que imperan en toda la costa este de los Estados Unidos. Es un sábado gris de invierno, a las nueve de la mañana tiene que estar en su trabajo en una librería en las cercanías del campus, en la que ha estado trabajando desde su segundo año en la universidad.

El trabajo en The Last Word le ha permitido a Leo poder generarse un ingreso extra y estar un tanto más tranquilo, económicamente hablando, en la aventura de su vida: estudiar en una de las universidades más prestigiosas de los Estados Unidos. Todavía piensa que todo se trata de un sueño, un sueño que ha durado un poco más de tres años y que a lo mejor va a terminar en la primavera entrante, al concluir su carrera, lo que representara otro capítulo en su vida.

Peter, inició con The Last Word treinta años atrás, en la calle cuarenta, entre la calle Walnut y la calle Locust, en el corazón de la Ciudad Universitaria, en Filadelfia. El solitario hombre le dio la oportunidad a Leo, de darle una mano, aunque el negocio desde hace varios años no iba marchando de la mejor manera, a pesar de ello, se había resistido a cerrar la librería, y a reinventarse de nuevo, decidiéndose con aguantar hasta el final, hasta donde el destino lo condujera.

Las horas de Leo en la librería cada semana variaban, esto le permitía no descuidar sus clases y su proyecto final de grado, Peter entendía su situación y era muy flexible con su empleado, acomodándose a sus horarios.

El trabajo en The Last Word, representaba una gran ayuda para Leo, a pesar de contar con una beca completa, vivía de una manera austera, cuidando cada dólar, pues él no era como la mayoría de estudiantes de la universidad, generalmente precedidos de familias acaudaladas, no solamente de los Estados Unidos, si no que de varios países. Leo se había encontrado en sus clases con hijos de mandatarios, hijos de políticos influyentes, de empresarios famosos, entre la amplia gama de estudiantes que asisten a Penn. Y desde luego estaba él, que con lo único que contaba era con sus ilusiones y esas soledades, que desde siempre lo habían estado orillando a renunciar a todo. Sin embargo, ahí se encontraba: enfrentándose contra un mundo insólito para él, librando cada día una nueva batalla.

Le parecía increíble que había sido aceptado en Penn, con una beca completa, después de haber aplicado en varias universidades en diferentes países, motivado por su padre, que deseaba que su hijo se largase del país. Hasta que todos sus intentos dieron resultado, recibiendo una notificación del departamento de selección de Penn, diciendo que estaban interesados en hacerle una entrevista, que definieron como exploratoria, y que podría ser el punto de partida para que el proceso de admisión prosiguiese, aquel fue quizá uno de los días más felices de su vida.

Una vez fuera de la cama, Leo se asomó por la ventana, encontrando que todo estaba cubierto de blanco: las veredas, el patio interno del edificio de ladrillos rojos donde vivía, al igual que las ramas de los árboles, mientras, un par de ardillas correteaban sobre la nieve, persiguiéndose entre si.

A Leo le cautivaban aquellos días nevados y grises, nunca se quejaba del invierno; aún no dejaba de sorprenderle aquel espectáculo, especialmente, después de una copiosa nevada, como había sucedido la noche anterior, y buena parte de la madrugada; donde no había parado de nevar.

El día anterior trabajó el turno completo en la librería, después se fue a caminar por el paseo que bordea las aguas umbrías del río Schuylkill, el que se extiende por varios kilómetros, siguiendo el curso del río. Se encontró a muy pocas personas caminando a través del paseo; hacía mucho frío, y el viento que se dilucidaba desde las aguas del río, calaba hondo en su menudo cuerpo.

En la primavera, al igual que en el verano, incluso en el otoño, por las aguas del río se deslizan con velocidades asombrosas los más modernos y ligeros botes de remos, impulsados por estudiantes vigorosos. El río se convierte en el centro de competencias y prácticas, de las diferentes universidades que coexisten en la ciudad y sirve como sede de una competencia nacional en abril, donde las universidades de mayor prestigio del país luchan por los primeros lugares, para ser los mejores en remo.

Leo remató su día presenciando un concierto de música andina, en un pequeño teatro entre la Calle Walnut y Broad, en compañía de algunos compañeros, que al igual que él se quedaron el la ciudad.

Le hubiese gustado asistir al concierto con Gabriela, pero Gabriela se encontraba de viaje con su familia, en la casa que cada asueto de marzo su padre alquilaba en los Cayos de la Florida.

Cuando salió del teatro, se encontró con que había comenzado a nevar, se despidió de sus compañeros y, en lugar de tomar el metro caminó acompañado por la nieve, que caía de una manera delineada sobre las calles de Filadelfia.

Llegó a su edificio de ladrillos rojos en las cercanías de la facultad de ciencias, subió por las gradas hasta el séptimo piso, tal y como acostumbraba hacerlo, dejando por un lado el uso del elevador, pues no se sentía cómodo en los espacios encerrados. Encontró el apartamento que compartía con otros dos chicos al final del pasillo. Entró al mismo, chocando de golpe con un silencio sepulcral, se metió en su habitación, no tenía mucho sueño, así que leyó una colección de cuentos de William Faulkner, que tomó prestado de su trabajo, hasta que el sueño poco a poco se fue acrecentando. Antes de dormir le envió un mensaje de texto a Gabriela, deseándole " buenas noches" y diciéndole "que la amaba", al terminar de escribir el mensaje se sintió cursi, la verdad es que jamás creyó que diría tal frase a alguna chica: "te amo", le parecía un enunciado tan fuerte y al mismo tiempo tan gastado, tan usado por todo el mundo, pero se había enamorado por primera vez y supuso que así era cuando se estaba enamorado, aunque aquello significase ser presuntuoso y a lo mejor algo irracional.

Por fin se decidió en abandonar la pequeña pero cómoda habitación, para encontrarse de un porrazo con Andrew; uno de sus compañeros de apartamento.

Andrew acababa de llegar de visitar a sus padres en Oregon, aprovechando el receso de marzo. Andrew estudiaba biología y se estaba preparando para entrar de lleno a la facultad de medicina, para seguir con el legado de sus padres; ambos renombrados médicos en la ciudad donde vivían en Oregon.

Era un chico rubio y alto, bastante atlético, con unos ojos azules muy profundos, su carácter jovial resaltaba aún más su espíritu simpático, también era el capitán del equipo de Lacrosse de la universidad. Sin embargo, cuando estaba en la cancha se transformaba por completo, volviéndose un ser competitivo que se dejaba el pellejo por su equipo, siendo capaz de dar su vida misma por sus compañeros y por ganar. Recientemente acababa de romper con su novio; un estudiante alemán de intercambio, y Leo le había servido de paño de lágrimas, una vez que lo encontró tomando solo en el apartamento, cuando regresaba de estudiar de la biblioteca, desde aquel episodio los dos se habían acercado más, pues antes simplemente habían sido compañeros de residencia, que de vez en cuando se cruzaban en el espacio que compartían, intercambiaban un breve saludo, y eso era todo, seguidamente cada uno se dedicaba a lo suyo.

Los tres compañeros de apartamento pasaban más tiempo fuera que dentro, entregados a todos sus compromisos académicos y sociales, era muy raro cuando los tres coincidían en el mismo sitio.

Leo en alguna ocasión se tropezó con el ex novio de Andrew, habiendo intercambiado algunos saludos y nada más, cada quien vivía en su propio mundo. Sin embargo, al encontrar aquella vez a Andrew tomando y llorando, totalmente desconsolado, Leo no pudo hacer otra cosa que estar allí para su compañero de apartamento; aquella situación sirvió para que entre ambos naciera una mayor simpatía.

Leo terminó tomando de la botella de vino que Andrew estaba por terminar, y luego abrieron otra, escuchó paciente el relato de su compañero, el que estaba perdidamente enamorado, pero que no estaba dispuesto a seguir aguantando las repetidas infidelidades de su novio.

Luego fue el turno de Leo, que después de algunos vasos de vino, terminó soltando su lengua, desahogándose con Andrew, diciéndole lo duro que era el estar viviendo lejos de su tierra y en un ambiente tan distinto, entre otras cosas, pero no bajando la guardia del todo, por la sencilla razón que le costaba abrirse ante cualquiera.

Después de un rato, Leo terminó emborrachándose y Andrew incrementó la borrachera que ya llevaba encima, para luego acabar muertos de risa, gracias a cualquier tontería que se les ocurría decir a los dos.

Se abrazaron al encontrarse en el pasillo del apartamento, inmediatamente Andrew se fue a dormir, arrastrando su maleta de mala gana, estaba agotado del largo vuelo, que al final tuvo un extenso retraso por las condiciones climáticas.

Leo se metió a la ducha y después de vestirse salió a su trabajo, estaba aprovechando de la semana de receso en marzo para trabajar todos los días, ya que no tenía a nadie a quien visitar, aunque estuvo a punto de irse con Bernat, su otro compañero de apartamento, a una expedición por el Gran Cañón en Arizona, no obstante al final se decidió por quedarse en Filadelfia, para trabajar más horas y por ende ganar más dinero, aunque le hubiese gustado irse con Bernat.

Bernat al igual que Leo contaba con una beca completa, Leo se identificaba más con él que con Andrew, porque de alguna manera Bernat era un tanto como él; no procedía de una familia adinerada, nada que ver, venía de una familia común y corriente, de esas que muchas veces tienen que hacer de tripas corazón para llegar a fin de mes.

Bernat había nacido en Olot, un municipio de la Provincia de Gerona, en la comarca de la Garrocha, en la Cataluña rural; su padre trabajaba en una fábrica de ladrillos y su madre llevaba un salón de belleza que había heredado de su madre, varios años atrás. Bernat era un chico de pueblo, que decía lo que pensaba, y a Leo le fascinaba su espontaneidad, así como el sentido práctico con el que se enfrentaba a la vida. Aparte de ello, el hablar español hacía que la relación entre ambos fuera más estrecha.

Bernat era el mayor de los tres, había llegado para estudiar un máster en recursos renovables, luego de terminar la carrera de estudios ambientales en la universidad autónoma de Barcelona, tuvo que decidirse entre seguir sus estudios en Alemania o bien probar algo totalmente diferente en los Estados Unidos, al obtener una prestigiosa beca internacional de parte de una fundación. Se decidió por los Estados Unidos, para estar al otro lado del charco, lejos de sus orígenes y a lo mejor con la intención de hacerse su propio criterio acerca de la gran nación norteamericana y no dejarse llevar por lo que los medios dictan sobre el país, siempre creyó que no había nada como experimentar en carne propia las cosas, para luego poder emitir su propio criterio.

Bernat terminó su máster exitosamente, se quedó trabajando en el departamento de ciencias de la universidad, y estaba a la espera de la resolución de una nueva beca, esta vez una beca de la unión europea para estudiar un doctorado en Suecia.

De igual manera era una activista bastante comprometido con asuntos ambientales y tenía cada historia que contar... Leo le debe a Bernat, el haber conocido a Gabriela; todo sucedió el otoño pasado, cuando asistió a un evento sobre cambio climático organizado por su amigo, encontrándose allí a Gabriela.

Desde que vio a Gabriela, sintió algo que jamás había sentido con alguna otra chica: unas sensaciones que no lograba comprender, y la sorpresa fue mayor cuando empezaron a hablar, después de que Bernat los presentó, y los dos llegaron a la conclusión que ambos eran hondureños, aunque Gabriela había dejado Honduras a los dos años, ya que el trabajo de su padre así lo requería y jamás había vuelto a regresar.

Supo que estaba enamorado de Gabriela en diciembre, justo antes de que Gabriela se marchara a su casa para las festividades de navidad.

Estuvieron saliendo desde que se conocieron en el evento organizado por Bernat, pero antes de que Gabriela se marchase para Harrisburg, donde su familia residía, por dos semanas, Leo superó todos sus miedos, y le confesó que estaba enamorado de ella, Gabriela no dijo nada, simplemente se decidió por besar sus fríos labios, mientras le enseñaba a patinar sobre hielo, en una pista de patinaje frente al ayuntamiento de la ciudad, en medio del gentío. Leo estuvo a punto de caer sobre el hielo, ante la sorpresa de aquel beso, pero Gabriela lo sujetó, evitando que se desplomara, sin poder disimular su risa.

Afuera el termómetro marcaba menos cuatro grados centígrados, Leo se acomodó bien la bufanda alrededor de su cuello, y se dispuso a caminar por las aceras forradas de nieve. Vivía a unas cuantas calles de la librería, algo invaluable, pues en unos escasos minutos podía llegar a su trabajo. Después de recorrer algunas tres cuadras, exigiéndole a sus botas que no se atollaran en las honduras de nieve sobre la acera, llegó al café donde siempre compraba su tradicional café con leche, el que acompañaba con un croissant relleno de chocolate. Intercambió un par de palabras con Anna, una estudiante de Wisconsin que trabajaba en el café, cuando no estaba estudiando, y que tenía los brazos llenos de tatuajes, aunque aquella mañana lucía un suéter de lana que cubría sus numerosos tatuajes, dejando únicamente al descubierto algunos trazos de líneas tribales, que subían tímidamente hasta su cuello desde su caja torácica.

Intercambiaron un par de palabras, básicamente sobre el clima y sobre la copiosa nevada que había caído la noche anterior, Anna le dijo que, en un par de horas estaría saliendo hacia el Monte Pocono, al norte de la ciudad, junto a un grupo de amigos para esquiar.

Leo el verano pasado había acampado en las cercanías del Monte Pocono con Bernat, descubriendo varios senderos que le cortaron el aliento. Incluso llegó a sentirse un tanto melancólico, recordando las montañas de su natal Honduras, especialmente: el Cerro de la Tigra, donde su padre solía llevarlo a caminar, para escapar del smog de Tegucigalpa y del caos vial que impera en la ciudad, cuando era niño, y alguna que otra vez cuando ya había entrado en la adolescencia.

Después de comprar su habitual café y su croissant, habiéndole dicho a Ana que disfrutase de su viaje, siguió andando, apurando un poco más el paso.

Se tropezó con algunos transeúntes, que al igual que él, buscaban llegar a algún sitio, hasta que finalmente arribó a la librería.

Llegó a su trabajo faltando diez para las nueve, Peter se encontraba arreglando algunos libros en uno de los tantos estantes del establecimiento y Morris, el fiel amigo de Peter: un gato angora color negro, con unos ojos oblicuos tan amarillos, que se asemejaban a dos plenos soles de verano, descansaba placenteramente sobre el mostrador, al lado de la caja registradora.

Intercambiaron los respectivos saludos, Leo acarició el lomo y la cabeza de Morris, el que ronroneó gratamente, cuando sintió la mano de Leo circulando por su lomo peludo. Luego Leo limpió la nieve que estaba acumulada en la entrada de la librería, para que los clientes tuvieran un mejor acceso, usando una ancha pala, posteriormente arrojó algo de sal, para que la nieve no se hiciera hielo y Peter que vivía en un pequeño apartamento en el segundo piso del local, salió a su respectiva caminata diaria, dejando a Leo encargado de la librería, le dio una palmada en el hombro, para luego cruzar la puerta, sin decir nada.

Leo recalentó el café y el croissant en el microondas de un cuartito que servía como cocina, en la parte de atrás del establecimiento, comió su croissant en el mostrador sin inquietar a Morris, que dormía ajeno a todo lo que estaba ocurriendo a su alrededor.

En eso recibió un mensaje de texto de Gabriela diciéndole que estaba en el aeropuerto, esperando por su vuelo, que presentaba retraso y, que no aguantaba las ganas de verle. Respondió el mensaje deseándole a su novia " un buen viaje", agregando, " que él también tenía muchas ganas de verle". Al terminar de escribir el mensaje guardó su móvil en el bolsillo de su pantalón.

Leo sonrió, acariciando a Morris nuevamente, mientras le daba sorbos breves a su café con leche.

El día en la librería fue bastante tranquilo, Peter regresó de su acostumbrada caminata, subió a su apartamento, y no volvió a bajar hasta entrada la tarde. Peter representaba todo un misterio para Leo; que sentía una gran curiosidad por conocer más sobre la vida de aquel hombre, que lo había contratado, después de que llegó hasta la librería con un escaso currículo, preguntando acerca del rótulo en la vitrina solicitando ayuda, que se había encontrado una vez, cuando pasaba frente a The Last Word, un medio día de otoño, en su segundo año en Penn, cuando caminaba por las cercanías del campus pensando qué trabajo podía encontrar, que no interfiriese con sus clases. Regresó el día siguiente con un precario currículo, para preguntar por el trabajo.

Peter ni se dignó en leer el nefasto currículo que Leo llevaba, simplemente le explicó las labores a desarrollar, los horarios en que lo requería, los cuales congeniaban con los horarios de sus clases y el salario a ganar: nueve dólares la hora. Leo estuvo de acuerdo en todo, lo único que quería era trabajar y qué mejor lugar que en una librería.

Desde muy temprana edad Leo desarrolló una conexión bastante fuerte con los libros, todo gracias a su padre. Su padre una vez que había aprendido a leer, siendo todavía muy pequeño, lo motivaba trayéndole libros infantiles a casa, el trato era el siguiente: Leo tenía que leer los libros, luego su padre, al final de la semana iba hasta su cama, hablaban sobre las historias, haciendo una especie de resumen, donde ambos participaban, y luego su padre, al comprobar que efectivamente había leído los libros entregados, le pagaba una simbólica cantidad de dinero, que Leo depositaba en una alcancía, una vez que llenó la alcancía compró su primer libro: El Principito, ante la satisfacción de su padre, que estaba más que seguro que su hijo, que recién acababa de cumplir los seis años compraría algún juguete o a lo mejor un balón de fútbol, con el dinero ganado por leer los libros que le dejaba básicamente como tareas.

Debido al clima muy pocos clientes entraron en el establecimiento, seguía haciendo mucho frío, los camiones quita nieve libraban una lucha sin cuartel, para que las calles estuvieran sin nieve, mientras los coches circulaban con dificultad por las arterias de la ciudad. Leo terminó su turno a las cinco de la tarde, se despidió del misterioso Peter y de Morris, para salir a las frías calles de Filadelfia.

Anduvo caminando un rato por el campus, desafiando las bajas temperaturas y aprovechando la tranquilidad en el ambiente, ya que la mayoría de estudiantes todavía no regresaban de sus vacaciones. Pronto, la locura iba a regresar por todos los rincones del campus, el ajetreo se reanudaría, al igual que las acostumbradas premuras por no llegar tarde a clases.

Estuvo a punto de olvidar que tenía la usual llamada con su padre en Skype a las siete de la noche, así que regresó al apartamento, antes pasó por su restaurante favorito en la ciudad: un restaurante de comida india exprés, donde compró un pollo con mantequilla, arroz, pacoras y unos vegetales adosados en distintas especies, para comer en su apartamento.

Hablaba con su padre una vez por semana, generalmente los sábados o los domingos, sus conversaciones no pasaban de los diez minutos y siempre tocaban cualquier tema trivial, como la situación del país o cualquier otro asunto sin importancia. Se hablaban más por el compromiso que representa ser, los dos únicos miembros de una familia a comunicarse para expresar todos sus sentimientos y miedos.

No había duda que Leo amaba a su padre, era el único familiar con que contaba y había aprendido a respetar sus silencios y sus vacilaciones, aunque le llevó varios años aceptar el hecho, de que estaba condenado a vivir con tantas dudas, quizá por el resto de su vida.

La existencia de ambos había estado marcada por la tragedia, así que su padre había optado por dejar los asuntos del pasado enterrados en algún sitio, negándose a hablar de todo lo que les había sucedido, y cuando Leo ganó su beca para salir de Honduras, sintió que finalmente podía vivir sin el miedo de volver a perder otro hijo, aunque aquello estaba sellando el vivir en la más rotunda soledad por el resto de sus días.

4

El general y su familia pasaron del sol y el calor de la Florida, a la nieve y al frío de Pensilvania, de un día para otro. El vuelo sufrió un retraso de varias horas por las condiciones climáticas, así que no les quedó de otra que esperar en el aeropuerto de Miami, mientras las condiciones mejoraban para poder volar a casa.

El general siempre se desesperaba en los aeropuertos, y ni hablar cuando sus vuelos sufrían cualquier retraso; todo el rato que pasó en el aeropuerto lució tenso y una pletórica imagen de agobio se apoderó de su rostro por completo.

Jimena mataba las horas con su móvil, Gabriela adelantaba un ensayo sobre la literatura estadounidense de a principios del siglo XIX en su computadora portátil y, Azucena pasaba el rato ojeando un cerro de revistas que había comprado en un quiosco del aeropuerto.

El general para controlar su desesperación se decidió por caminar a través de la terminal del aeropuerto, buscando mantenerse activo y mirando constantemente hacia su alrededor, deseando abordar el avión lo más pronto posible y así poder llegar a casa de una vez por todas.

Mientras caminaba por la terminal llevaba en la cabeza una gorra de los Cachorros de Chicago, que había comprado el verano pasado en un viaje a la ciudad de los vientos con su familia, no era un fanático del béisbol, simplemente le pareció que era adecuado hacerse con algún souvenir en su visita a Chicago, donde pasaron un fin de semana juntos.

Llevaba la visera de la gorra bastante baja, llegándole

a casi tapar la mirada, se movía rápido por los amplios pasillos de la terminal, entre los rostros de varios viajeros que lucían cansados y al igual que él: desesperados, por llegar a sus destinos. De repente, sintió que alguien estaba detrás suyo, bastante cerca, casi respirándole en la nuca, se puso más ansioso de lo que ya estaba, redujo el paso, para hacerle saber a quién fuera que estaba siguiéndole que no estaba desesperado, que no tenía miedo, pero mantuvo un paso firme y una velocidad media, se abstuvo de mirar hacia atrás, para no alertar a su perseguidor; pasó enfrente de un café y sin pensarlo dos veces se desvió hacia el mismo, se dirigió automáticamente hacia la cola para pretender que ordenaría algo y fue entonces cuando miró disimuladamente a su perseguidor, teniendo cuidado de no ser tan obvio, se encontró con un chico rubio, que llevaba un suéter de la universidad de Princeton, unos jeans un tanto gastados, zapatillas de correr y una mochila sobre su espalda, caminaba afanosamente por la terminal. "¿Qué me pasa?", se preguntó el general, justo cuando una señora con la cara roja, a lo mejor por el sol de la Florida y con bastante peso de más encima de su cuerpo, le preguntaba si se iba a mover, ya que la fila para ordenar había avanzado.

No dijo nada y se salió de la fila, le dio únicamente una mirada a la señora que, denotaba que la estaba mandando a la mierda.

Respiró profundo y emprendió el regreso hacia la puerta de embarque donde su familia esperaba, antes, siguió algunos segundos con su mirada al chico rubio, que se había alejado notablemente de su alcance, "no es más que algún estudiante que regresa a su universidad", caviló el general. Cuando el chico se perdió de su vista, empezó a mover sus piernas, mirando hacia todos los ángulos visuales, que sus dos ojos claros le permitían observar.

Azucena sabía la razón por la que su marido, lucía siempre una gorra en los aeropuertos, particularmente en el aeropuerto de Miami: para no ser reconocido por algún compatriota o por alguien vinculado a su pasado, siendo esto también la causa de su nerviosismo y de su ansiedad. Sin embargo, Azucena nunca decía nada, se guardaba sus comentarios para ella misma creyendo que su marido era un paranoico de primera; los años habían pasado y ya nadie se podía acordar de él, por eso no entendía la obsesión del general por seguir alejado de todo lo que tuviera que ver con Honduras, incluyendo a su familia, de la que había sido expulsada, cuando se decidió por casarse con el hombre que, sus padres jamás se imaginaron que escogería como su esposo. " ¡ Cómo si una gorra fuese el disfraz perfecto para no ser reconocido! ", pensaba Azucena, riéndose en su interior de las paranoias de su marido. Algunos comportamientos del general estaban dejando al descubierto que, el paso de los años no lo habían perdonado, especialmente desde su jubilación; seguía siendo el hombre serio y de pocas palabras de siempre, lleno de misterios, pero Azucena que llevaba más de un cuarto de siglo con él, percibía que su marido estaba cambiando, tenía otra expresión en su mirada, algo que no sabía cómo explicar, pero no era la misma mirada de antes, esa mirada henchida de seguridad y de pericia, que se escondía a la perfección en sus ojos claros, que al no conocerlo bien, eran capaces de engañar a cualquiera, dando a entender que el general era un ser dócil.

Después de varias horas de espera por fin lograron abordar el avión, era un vuelo sin ningún asiento vacío y los rostros de los pasajeros reflejaban la frustración a la perfección, por haber estado esperando por varias horas para poder llegar a sus destinos.

Luego de casi tres horas en el aire, donde los pilotos

libraron una disputa contra las turbulencias que mecían el fuselaje de la aeronave, aterrizaron a las once y media de la noche en el aeropuerto de Filadelfia, por si fuera poco: después de la eterna espera en el aeropuerto de Miami, el recorrido hasta Harrisburg, que normalmente no pasa de las dos horas en coche, tardó el doble; todo por la nieve acumulada en las autopistas de Pensilvania y el tráfico que no daba tregua, sin importar que era los primeros minutos de una nueva madrugada.

Una vez que llegaron a casa, en compañía de Jimena y Azucena, el alivio fue inmenso. Gabriela se despidió de su familia en el aeropuerto, tomó un taxi hacia Haverford, ya que estaba por empezar sus clases. El general insistió para que se fuera con ellos hasta Harrisburg, pero Gabriela fue firme en su posición, argumentando que tenía que terminar con varias cosas pendientes, antes de regresar a clases. El general finalmente desistió de su intento por tener a sus dos hijas bajo el mismo techo por un día más, se despidió de Gabriela en la puerta del taxi, diciéndole que la llamaría mañana, dándole un beso en la mejilla.

Una vez que se despidieron de Gabriela en el taxi, fueron a buscar el coche que dejaron aparcado en el parking del aeropuerto. El general colocó el equipaje en el maletero, mientras Azucena y Jimena se ponían cómodas en sus respectivos lugares. Se puso detrás del volante, decidido en conducir hasta llegar a casa, aunque el cansancio estaba acechando muy de cerca. Odiaba tanto los parkings, los que creía que no tenían ningún sentido, dio varias vueltas en el laberinto de concreto, entre miles de coches aparcados, hasta que pudo encontrar la salida. Una vez en la autopista su mujer y su hija cayeron profundamente dormidas, dejándolo solo. Puso un disco de Frank Sinatra para hacerse compañía, mientras trataba de mantener sus ojos abiertos, concentrándose en las luces de los demás coches y escuchando la voz de Sinatra, que siempre lograba tranquilizarlo.

El tráfico en la autopista fue una locura, todavía había mucha nieve acumulada, se tenía que conducir con sumo cuidado, aunque para más de alguno las condiciones de la carretera era lo de menos, como resultado de ello, el general se encontró con varios accidentes en el trayecto hacia Harrisburg.

El llegar a casa representó un gran alivio para el general, que estuvo a punto de parar el coche en algún motel para dormir, había sido un día extenuante, lo único que deseaba era acostarse en su cama y dormir.

Al cruzar la puerta de casa, Azucena y Jimena se fueron directamente a la cama, mientras el general a pesar del cansancio que su cuerpo experimentaba bajó el equipaje del maletero del coche, luego descendió hasta el sótano de la casa, donde tenía su oficina, a revisar en la computadora todo el movimiento que las distintas cámaras con que contaba en los exteriores de la casa habían grabado en su ausencia, sin encontrar nada irregular. Lo único que la cámara que se ubicaba en la entrada principal de la casa había grabado era: el chico negro que repartía el correo y James, el vecino de al lado, al cual le había encomendado que le recogiera el correo, así el buzón no estaría rebosando de sobres, lo que el General creía que podía llamar la atención de algún posible ladronzuelo, que al ver que el buzón estaba lleno, asentaría que los habitantes de la casa se encontraban de viaje, haciendo que se plantease el entrar en la vivienda, para extraer cualquier objeto de valor, de hacerlo las alarmas se activarían, aún así no quería correr ningún riesgo, así que le pidió a su vecino el favor de recoger su correo.

El vecindario de clase media en Harrisburg que el

General había elegido para vivir con su familia, era sumamente tranquilo, nunca ocurría nada fuera de lo habitual, aún así el general no se confiaba de nadie, ni de ninguna circunstancia; no podía darse ese lujo, no después de todo lo que había visto en la vida, continuamente estaba desconfiando de las personas y sobre todo de las situaciones ordinarias.

En un principio se resistió a dormir. Pero la fatiga causada por todo el ajetreo que había representado el viaje y el retraso de su vuelo, hizo que sucumbiese ante la extenuación, yéndose a dormir al lado de Azucena, en la habitación principal de la casa, en la segunda planta, justo al lado de la habitación de Jimena. Antes, le dio un beso en la frente a su hija, quien dormía gratamente, envuelta en una gruesa frazada en la comodidad de su habitación.

Por suerte el general logró encontrar el sueño, al colocar su cabeza en la almohada, ajeno a todo pronóstico, que decía que pasaría horas con la cabeza puesta sobre la almohada, con los ojos abiertos, sin poder dormir y pensando en tantas cosas, hasta que finalmente se quedaba dormido, justo cuando se había resignado a no hacerlo. Pasaba cada noche, desde que tenía uso de razón.

Azucena se levantó antes que su marido, dejando que éste siguiera durmiendo. Ella estaba al tanto de las pesadillas del general, en un principio le preguntó al respecto. Sin embargo, el general tal como era de esperarse, no se pronunció sobre ello. Azucena no siguió insistiendo, conocía de sobra a aquel hombre duro que nunca aceptaría que algo le ocurría, así que dejó de preguntar cuándo se levantaba sudando y exaltado, en medio de la madrugada.

El general se levantó agitado, pero al mismo tiempo muy descansado, comprobó en el reloj despertador, que se hallaba en la mesa de noche, al lado de la cama, que eran las tres de la tarde. Era la primera vez en toda su vida que dormía tantas horas seguidas, sin levantarse de golpe gracias a cualquier sonido o en el peor de los casos, ante la presencia de alguna de las tantas pesadillas que rondaban su existencia con tanta persistencia.

Se vistió rápidamente y bajó a la primera planta, encontró a Azucena en la cocina, preparando una sopa para la cena y a Jimena sentada en el sofá de cuero en la sala, embelesada con su móvil, acarició el pelo de su hija, quien no se inmutó en lo absoluto, estaba totalmente entregada a su móvil.

Se sirvió un vaso con agua al tiempo y, Azucena le preparó un café. Encontró un cerro de sobres en la mesa del comedor; su vecino al ver que, ya habían regresado de su viaje, tuvo la gentileza de llevarle el correo recolectado, en la ausencia de la familia, Azucena recibió todos los sobres, agradeciéndole al buen vecino por el favor hecho, de recoger el correo por ellos. James era un veterano de Vietnam, era el vecino perfecto para el general, que nunca cruzaba sus limites, y sin embargo cuando la situación lo requería estaba allí para ayudar a sus vecinos. Vivía en su burbuja, se acababa de retirar como vendedor de coches y se entretenía con el hobby que representaban sus motos Harley Davidson. Hablaban lo necesario cuando se encontraban, nada más, sin cruzar las fronteras privadas de sus existencias, aunque Azucena había escuchado a otros vecinos decir que, la mujer de James lo había dejado al no soportar un trastorno bipolar, el que se agravó después que regresó de Vietnam.

El general para hacer algo y sintiéndose culpable por haber dormido buena parte del día, empezó a revisar el correo apilado sobre la mesa. Mientras llevaba a cabo aquella acción, Azucena le sirvió el café. A medida que flotaba por los sobres esparcidos sobre la mesa, iba encontrando lo que era de esperarse: cuentas que tenía que pagar, estados de resultados de sus bancos, publicidad, y otras cosas sin importancia, hasta que encontró un sobre blanco, que tenía como remitente el nombre de Esteban Blanco, únicamente el nombre, sin ninguna dirección en el campo designado para el remitente.

Al leer el nombre de Esteban Blanco el pulso le tembló, estuvo a punto de derramar el café, que estaba llevándose hasta la boca, dispuesto a tomar un sorbo corto, cuando vio el misterioso sobre sin la dirección en el remitente y con una estampilla cualquiera, arriba de su nombre y de su dirección.

"¿De qué se trataba aquello?", pensó. Aquel nombre, desde luego que le resultaba bastante familiar, afortunadamente, contaba con una memoria infalible, considerando el paso de los años.

Aunque quiso abrir el sobre para ver de qué se trataba, no lo hizo, no en aquel momento, no, mientras Azucena se encontrara cerca, al igual que Jimena. Puso el sobre en el bolsillo del suéter que se había puesto al levantarse de la cama, decidido en esperar hasta más tarde para abrirlo, una vez que su mujer y su hija no estuvieran cerca suyo.

Los tres cenaron la sopa que Azucena preparó, luego cada quien se marchó a hacer sus cosas; Jimena se encerró en su habitación y Azucena se quedó en la amplia sala, viendo en la televisión un programa sobre crímenes y las respectivas investigaciones, llevadas a cabo por los más intrépidos detectives; los que siempre terminaban resolviendo todos los casos investigados.

El general después de limpiar la cocina, bajó hasta el sótano, decidido en abrir el sobre que llevaba en el bolsillo de su suéter, para ver de qué se trataba.

Se sentó en la cómoda silla de cuero frente a su escritorio, iluminado con la luz de una lamparita, que relucía su cara bonachona, que en aquel momento poseía otra expresión: una expresión de preocupación.

Colocó el sobre en el escritorio, y aunque no era de esos hombres que, le dan largas a los asuntos, no hizo ninguna acción, se quedó viendo el sobre blanco por un buen rato, hasta que se decidió a abrirlo.

Saludes de Esteban Blanco, General Arriaga o Míster John Sanders, como le guste más. Espero que todavía me recuerde, pues, yo no le he podido olvidar.

Felicidades por la bonita familia que tiene, sobre todo por sus hijas, muy guapas las dos por cierto.

Siga cuidando de su familia, porque en estos tiempos, nunca se sabe que puede suceder...

Atentamente,

EB

No había duda que aquella nota era una amenaza, quizá lo que más le sorprendió no fue tanto en sí, el hecho de haber recibido una amenaza, sino la cantidad de años que la misma tardó en aparecer.

El general cerró su ojos claros, trató de encontrar los pensamientos que tanto necesitaba en aquel momento.

No sentía miedo por su vida, lo que le preocupaba eran sus hijas, aunque la experiencia le decía que las amenazas, eran únicamente señuelos desesperados, lanzados a las profundidades de las aguas revueltas por cobardes, que a su vez, eran incapaces de dar la cara. Creía en los hechos, no en las palabras. Lo que sí consiguió perturbarlo fue: que alguien había podido dar con él, llegando al extremo de tener su dirección, aquello si que le preocupaba; saber que alguien andaba rondando cerca, observándole, a lo mejor observando a sus hijas, haciendo que sintiera lo que él muchas veces hizo sentir: miedo.

Sacó del cajón de su escritorio su glock calibre cuarenta niquelada, la colocó encima del escritorio, al lado de la nota, asintiendo que no dudaría en usarla, sí alguien se acercaba más de la cuenta, con la intensión de hacerle daño a él y a su familia.

Por su subconsciente siempre merodeó la idea de que, el día en que alguien del pasado se asomase iba a llegar, a lo mejor cuando menos lo esperase, cuando quizá se había convencido que nada malo podía pasar.

Se había dado a la tarea de meterse muy bien en la cabeza, en que estaría preparado para el día en que alguien de su pasado apareciera, buscando venganza, queriendo hacerle daño. Sin embargo, la nota recibida agitó aún más sus aguas, haciendo que pensase en aumento en todos sus fantasmas, y en algo que no le gustaba en lo absoluto: la amenaza indirecta en contra de su familia.

El general cerrojeo la pistola, entonces, su cara cambió por completo, pasando del rostro taciturno de antes, al semblante déspota que algún día tuvo.

-Sí alguien me anda buscando, pues habrá de encontrarme-. Dijo en voz alta, mientras revisaba que todo estuviera en orden con su pistola.

5

José intentaba no caer sometido, ante el cansancio que su cuerpo experimentaba, para seguir viendo por enésima vez la primera entrega de la Guerra de las Galaxias; su entrega favorita de todas, la que había visto en varias ocasiones y, la que podía seguir mirando por el resto de sus días, sin aburrirse en lo más mínimo.

Había comprado todas las secuencias de las Guerras de las Galaxias en el Barrio Chino de Nueva York, repasaba las mismas una y otra vez, cuando no estaba partiéndose el alma en el trabajo, era su antídoto para combatir severamente las dudas y las soledades que lo abrumaban.

A José le cautivaba de sobremanera la lucha constante entre el bien y el mal, que creía se representaba a la perfección en las Guerras de las Galaxias, a lo mejor porque él mismo estaba sosteniendo la misma lucha, desde que decidió dejar todo, para llevar acabo la delicada misión de acabar con la vida del hombre que alteró el curso de su existencia; convirtiéndole en el ser que era: un ser sombrío y sin ansias de vivir.

Llevaba cinco años esperando concluir su misión, cinco años que terminaron convirtiéndose en cinco siglos y finalmente tenía un ápice de esperanza que el día en que todo terminase estaba por llegar, aunque aquello le causaba una aneurisma de preguntas y de dudas, que desde luego no sabía cómo responder.

Se conocía cada episodio de la película como la palma

de su mano, sin embargo, no le importaba, seguía sumido en el mundo galáctico, ajeno a lo que estaba ocurriendo en su vida, hasta que no pudo más, sus ojos poco a poco se fueron cerrando y justo cuando estaba a punto de caer en una inconsciencia total, reaccionó. Apagó su computadora portátil, la colocó sobre la mesita que tenía al lado de su cama, volvió a sentir como su cuerpo se dilataba al moverse, le dolía todo, desde la mata que tenía como pelo hasta las uñas de sus pies, ni hablar de su espalda y de sus brazos.

A primera hora José tendría que tomar el tren, para llegar a su centro de trabajo, en una construcción en el corazón de Manhattan, desde la Estación Central de Newark, en la vecina Nueva Jersey, donde vivía desde que salió huyendo de todas las locuras que ocurren en Nueva York, en las que figuraban el robo que sufrió, cuando apenas había puesto pie en la gran manzana, quién lo diría: ser atracado en Nueva York y no en Tegucigalpa, donde los asaltos y los robos estaban a la orden del día.

Era necesario descansar, reponer las energías, aunque para ello le tomaría a lo mejor semanas, quizá meses, sin mover ni un tan sólo dedo, para poder sentirse completamente reposado.

Estaba agradecido porque a pesar de que era invierno, contaba con un trabajo, pues muchas veces se había visto desempleado, debido a que las construcciones se paraban por largas temporadas, especialmente, cuando las intensas nevadas golpeaban la costa este de los Estados Unidos, reduciendo así las fuentes de trabajo, era esencial ahorrar en la época buena, para poder sobrevivir en la temporada de las vacas flacas. Por suerte José era muy bueno con el dinero, el cual irónicamente nunca le había importado, estando siempre en segundo plano, pero a pesar de ello no gastaba en tonterías, como lo hacían sus compañeros de trabajo, como un chico de Senegal, que adquirió una salamandra, en una tienda de mascotas en el Bronx, para que el exótico animal le hiciese un poco de compañía.

Otro compañero de trabajo; un hombre rumano ya entrado en años, cada semana se teñía el pelo de un color distinto. "Al parecer Nueva York les estaba afectando algo en el cerebro", pensaba, cuando escuchaba los disparates de sus compañeros de trabajo.

José no trabajaba por el dinero, si no por mantenerse ocupado, por no estar todo el día esperando la orden que nunca llegaba de tomar alguna acción en su misión, de haberlo hecho así: se hubiera vuelto loco encerrado. De igual forma era vital actuar como cualquier otro inmigrante que llega a la gran nación norteamericana en busca de gloria y fortuna, para no levantar sospechas.

Desde que empezó a trabajar en las construcciones se mantuvo a parte de sus compañeros, con los que no tenía nada en común, trataba de socializar lo esencial, lo referente al trabajo, tratando de mantenerse al margen de asuntos privados. Aun así, el no escuchar todas las historias de sus compañeros de trabajo en la gran manzana era imposible, aunque no deseaba escuchar las mismas, pero sus compañeros confesaban sus experiencias a todo pulmón, mientras trabajaban en las numerosas construcciones, que redundan a placer por todos los conductos de la gran manzana.

Desde que José llegó a los Estados Unidos, motivado por encontrar el rastro del general Andrés Arriaga, hizo de todo para sobrevivir, hasta que finalmente se logró ubicar en el rubro de la construcción, trabajaba largas horas, y obviamente ganando menos que, lo que un trabajador normal debía de ganar; por no contar con documentos, aunque el dinero para él no era trascendente, su anhelo era otro: era el de acabar con la vida del general Arriaga.

Trabajaba para mantenerse ocupado, también porque era esencial el tratar de llevar una vida, si se puede llamar "normal", tal y como le había indicado don Simón; el cabecilla de un movimiento, que buscaba a toda costa encontrar a los responsables de las torturas y las desapariciones de miles de personas, ocurridas en los años ochentas, y a inicios de los noventas, cuando la cúpula de las Fuerzas Armadas de Honduras contaba con todo el poder en el pequeño país centroamericano.

Cada día José se preguntaba, "¿por qué estaba metido en aquel asunto, de ajusticiar al general Arriaga?", cuando nunca en su vida había atentado contra cualquier elemento que tuviese existencia propia, a excepción de los mosquitos que le quitaban la paz en el apartamento donde había terminado viviendo, en el centro de Tegucigalpa, después de que perdió a su familia.

El odio que sentía hacia el general, lo llevó a ofrecerse como voluntario para llevar a cabo una misión, que no sabía muy bien de qué se trataba, y ahí estaba, viviendo en otro país, navegando en la incertidumbre y embarrado en el odio.

Cada vez que sentía que las dudas lo orillaban a dejar todo (lo que sucedía a cada minuto), recordaba el daño causado por el general, entonces aparecía el profundo odio, al igual que el desprecio que sentía hacia el hombre que destruyó su destino. Aquello le daba fuerzas para seguir adelante, para seguir esperando el momento propicio para actuar.

No podía defraudar a don Simón; aquel individuo al que apenas conoció en Tegucigalpa, y el que había depositado toda su confianza para que él, llevase a cabo la misión más importante del movimiento.

Nadie había confiado tanto en él, ni tan siquiera sus

padres y su hermano, cuando todavía estaban con vida, por eso no le podía fallar a don Simón, aquel voto de confianza entregado, representaba todo para él.

A José le dolía el haber dejado atrás su vida en Tegucigalpa, aunque era una vida ajada por la soledad, por la rutina, por el pasado y por la monotonía, pero al fin y al cabo era su vida. De igual manera, le pesaba el haber abandonado su trabajo, como el responsable de los recursos audiovisuales en la biblioteca de la Universidad Nacional, todo para ser la pieza fundamental que acabaría con el general Andrés Arriaga. Jamás se imaginó que terminaría viviendo tal aventura, le parecía que era el personaje de algún film insólito; de esos que tanto le gustaban, donde lo inverosímil se conjugaba a la perfección con lo creíble, hasta que terminó aceptando que no era así, que estaba viviendo su propia realidad. Ocurrió sobre todo en el primer año en que llegó a los Estados Unidos, después el tiempo fue pasando, y el momento de actuar todavía no llegaba, su paciencia se estaba enfrentando a una prueba sumamente extrema.

Él, era el encargado de que el general reclamase clemencia por su vida, soñaba con ver el miedo en su cara, suplicando perdón y ese sería el momento más feliz de su existencia; cuando finalmente podría encontrar la paz que tanto necesitaba, o al menos así lo deseaba creer. Estaba seguro que aquel día llegaría, debía de seguir confiando en don Simón, tratando de encontrar la certeza que todo estaría bien, especialmente cuando las dudas aparecían, para poner en tela de juicio en lo que se había metido.

Apagó el interruptor de la luz, y una vez que la oscuridad apareció en la pequeña habitación, fiel a su tradición de cada noche: pensó en el general Arriaga.

Asumía que el general ya había recibido el anónimo, enviado a solicitud de don Simón. Imaginó su rostro de niño bueno, convertido en su rostro verdadero: ese rostro donde el mal se proyectaba con exquisitez. Lo odiaba con todas sus fuerzas, y alimentaba su ira con sus recuerdos, con sus fantasmas y con sus soledades. Ya no tenía por qué vivir, el general se había encargado de ello, cuando le arrebató todo lo que era suyo, muchos años atrás, cuando empezaba a crecer.

En la oscuridad de su habitación se dibujó una sonrisa en su rostro, creyendo que el momento de actuar estaba acercándose. Cayó en un sueño profundo, acompañado por un silencio delicado y por la encarecida intimidad de su habitación.

Otro día más en su calendario perpetuo, para llevar a cabo su anhelada venganza había terminado, mañana sería otro día, a lo mejor otro día igual a los demás días que habían ido transcurriendo taciturnamente, desde que llegó a los Estados Unidos, siguiendo el rastro del general Andrés Arriaga, o el de John Sanders; como se hacía llamar el otrora jefe de las Fuerzas Armadas de su país. A menos que don Simón le contactase para darle nuevas ordenes, lo que anhelaba de todo corazón, sería otro día más: partiéndose el alma en las construcciones de Nueva York y trasladándose con el cansancio a cuestas en los vagones repletos de indiferencia, de aquellos trenes que lo trasladaban de un sitio a otro.

6

Un fallo en la energía eléctrica en Tegucigalpa, imposibilitó que Leo hablase con su padre a través de Skype. Esperó un buen rato para ver si su padre aparecía, mientras comía la comida india que había llevado a casa, sentado delante de su computadora, alerta por si entraba la llamada de su padre, lo que no sucedió.

Después de un rato de espera, terminó enviándole un mensaje de texto a su móvil. Afortunadamente su padre contestó su mensaje al instante, se disculpó por no haberse conectado. Resulta, que el servicio de energía eléctrica se había interrumpido, gracias a un torrencial aguacero que caía sobre Tegucigalpa, que obligó al profesor López a sacar las típicas candelas para alumbrarse, en aquella casa que poco a poco se fue quedando tan vacía, con la desaparición de su familia, siendo Leo el último miembro de lo que un día fue su estirpe, en desaparecer de aquella atmósfera, que de no ser por el ruido del tráfico en la calle, hubiera regido un silencio sepulcral.

La tormenta se había dejado venir de la nada, tal y como sucedía en Tegucigalpa, el cielo claro podía cambiar su matiz en un abrir y cerrar de ojos, para darle paso a una negrura amenazante.

Leo recordaba muy bien aquellos cortes de energía, a menudo solo bastaba una breve lluvia para interrumpir el servicio eléctrico, dejando a los habitantes de una ciudad vapuleaba por la sobre población y por la falta de planeamiento en la zozobra.

Al leer el mensaje de su padre recordó el sonido de

aquellas gotas tan pesadas, que parecían estar rellenas de plomo, estrellándose contra las tejas del techo de su casa, cuando llovía a cantaros en la ciudad capital.

Quedaron en que hablarían en cualquier otro rato, se despidieron los dos de una manera casual, sin expresiones de cariño.

A Leo la frialdad de su padre había dejado de molestarle desde varios años atrás, quizá porque se había acostumbrado a ella, no tenía ninguna duda que su padre lo amaba, sumado a ello: sus existencias se resumían a únicamente ellos dos, el resto había dejado de existir, cuando la tragedia se apoderó de la familia López Oliva.

Leo se fue a la cama, antes le envió un mensaje de texto a Gabriela, diciéndole -que no aguantaba las ganas de verla-.

Se despertó a las ocho de la mañana, sin recurrir a su alarma, la que olvidó programar la noche anterior. Se preparó algo rápido para desayunar y un café, ninguno de sus compañeros de apartamento se dejaban ver, al menos no en la sala o en la cocina, que eran los espacios del apartamento por donde se movía con soltura. Regresó a su habitación para desayunar, mientras miraba las noticias en su computadora, en eso, Gabriela lo llamó.

Leo contestó rápidamente, emocionado por hablar con Gabriela, y por ponerse al tanto de todo, por suerte era domingo, y no tenía que trabajar, así que, sí Gabriela gustaba, podrían pasar el día juntos.

La voz de Gabriela sonaba cansada y pausada, había pasado buena parte del sábado en el aeropuerto de Miami, esperando que el clima mejorase para poder volar, pero ya estaba de vuelta en el campus de su universidad, en Haverford, el pequeño y pintoresco poblado, a escasos minutos de Filadelfia.

Se saludaron emotivamente, Gabriela le expresó que no aguantaba, que tenía tantas ganas de verle, y Leo por su parte le confesó que la había extrañado una eternidad.

Se quedaron de ver en Le Bohémien, un café en las cercanías de la Plaza Rittenhouse, en el centro de la ciudad, que siempre se quedaba abierto hasta tarde, y donde fueron por primera vez el otoño pasado, cuando todo empezó.

Se despidieron con la certeza de que se mirarían en poco tiempo. Leo terminó su desayuno sin apetito, tomó una breve ducha, se vistió y se dispuso a salir para encontrar a Gabriela, con una rebosada emoción saltando en su pecho.

Se decidió por caminar desde su apartamento, desafiando el termómetro, y al viento, que se colaba por entre su abrigo, para añejarse en sus huesos a placer.

De alguna manera, caminar lograba calmar sus emociones, le ayudaba a poner sus ideas en un mejor orden y ver todo con una óptica más amplia, pero al mismo tiempo más aguda. Gabriela por su parte iba a tomar el tren de cercanías, para acudir a ver a Leo en la ciudad.

Filadelfia todavía dormía, a pesar de que el medio día estaba a la vuelta de la esquina. Leo caminó por las apacibles calles de la ciudad, apurando el paso, para que sus huesos se calentasen. Se movía muy bien por la ciudad, había conocido la misma a su cabalidad, podía asegurar que Filadelfia le pertenecía, tal y como alguna vez le perteneció Tegucigalpa.

Se sentía muy cómodo en Filadelfia, le gustaba mucho el tamaño de la ciudad, donde se podía llegar a cualquier sitio en poco tiempo. Había estado en Nueva York en dos ocasiones, la primera con Bernat, y la segunda solo; simplemente para tener la experiencia de lo que era Nueva York, regresando a Filadelfia despavorido y valorando más la ciudad en que vivía.

Nueva York le resultó un enorme galimatías, donde moverse era muy difícil, aunque disfrutó andando por el Central Park, y la pasó muy bien descubriendo Brooklyn.

Pero Nueva York, la ciudad en sí, lo había agobiado, no entendía cómo era posible que las personas viviesen en aquella locura de lugar, donde los minutos avanzan de una manera endiablada, donde apenas queda tiempo para respirar.

Filadelfia tenía algo, algo diferente, una especie de cordialidad, que hacía, que el proceso de adaptación, para los nuevos allegados fuera más factible, al menos así lo había sentido Leo, desde el primer día que llegó. Aunque, la ciudad también contaba con su lado oscuro; un lado donde los tiroteos estaban a la orden del día, donde la pobreza se refleja con refinamiento en los mendigos que deambulan por las calles, y donde los adictos a tantas sustancias, vagabundean a sus huestes; perdidos en sus propios mundos, haciendo que todo sea un completo contraste, un contraste que, en cierta medida, le recuerda un poco a Tegucigalpa, aunque la diferencia a primera vista pareciera algo abismal.

Mientras se desplazaba en el tren de cercanías, todos los pensamientos de Gabriela eran exclusivamente para Leo; estaba loca por verlo, necesitaba quedarse un buen rato en sus brazos, abrigar su esencia en su boca, sentir sus labios humedeciendo los suyos, y simplemente verle a la cara, para comprobar que era cierto que él estaba allí, a su lado, y que jamás se marcharía.

Al parecer el tiempo los sincronizó, ya que los dos llegaron al mismo momento al café; se besaron cómo dos enamorados que llevan años sin verse, entrelazaron sus sentimientos con sus deseos. Después de un rato sintiendo el grosor de sus labios fríos; se abrazaron, se quedaron fundidos el uno contra el otro por varios segundos, a pesar de las ráfagas de viento, que soplaban inverosímilmente a través de los edificios del centro.

El café era una desolación, las personas preferían estar en

sus casas o en sus apartamentos, no era para menos: con el frío que se estaba haciendo sentir. Sería tan diferente, si aquel domingo fuera un domingo de verano o de primavera, incluso de otoño, las mesas del café estarían ocupadas, al igual que el patio, y ni hablar de las calles de la ciudad entera, pero todavía quedaba una eternidad para que el buen tiempo apareciera, por lo pronto el ambiente en la ciudad era un ambiente de duelo y gris.

La camarera, una chica bastante joven, quizá más joven que Leo y Gabriela, mataba el tiempo con su móvil, esperando a que su turno terminase para largarse, impasible al resto del mundo. Leo y Gabriela la sacaron de su universo cuando cruzaron la puerta del café.

Tomaron un café y hablaron entre otras cosas del viaje de Gabriela. Gabriela le dijo a Leo -que hubiera dado todo, para que él estuviese con ella en la playa, tomando el sol y descubriendo la Florida juntos-.

Por un instante pensó en invitarlo, pero, sabía que no era el momento propicio, pues, necesitaba tiempo; tiempo para preparar el terreno con su padre, antes de presentárselo, así era su padre: todavía un papá chapado a la antigua, estricto, y que siempre les exigía dar el máximo, a ella y a su hermana.

No obstante, era así de exigente y disciplinado porque las amaba, las dos estaban consciente de ello, y las dos lo adoraban, aunque a veces las agobiaba demasiado, primordialmente, porque quería estar enterado de todo lo que pasaba en sus vidas.

Cuando Gabriela terminó la secundaria, finalmente pudo salir de casa, aquello representó un gran alivio, aunque la pequeña universidad que había elegido se encontraba en Haverford, bastante cerca de Harrisburg, así que no tenía excusas para visitar a sus padres, de una manera regular.

Gracias a sus buenas calificaciones, y a todas las actividades extra curriculares que llevaba a cabo en la secundaria, fue aceptada en una universidad en las afueras de Boston, y en otra más, en el sur de California, al otro extremo del país. Sin embargo, se decidió por el Haverford College, a pesar de que quería respirar más libre, al mismo tiempo le aterraba el estar tan lejos de sus padres, siendo todo una sublime contradicción. También, Haverford gozaba de una muy buena reputación, y su padre no la visitaba tan a menudo, como ella había esperado que sucedería, eso sí: siempre estaba pendiente de ella, llamándola para preguntar cómo iba todo, y de vez en cuando le daba por aparecerse en el campus para visitarla, sin avisarle.

Lo único que Leo conocía sobre la familia de Gabriela, era lo que su novia le había contado, y lo que ella misma sabía, lo que comprendía una serie de retazos sueltos, varios misterios y un sinnúmero de interrogantes, que no habían podido encontrar sus respectivos sitios en su cabeza.

Gabriela le contó a Leo, cuando se estaban conociendo que: -sus padres salieron de Honduras cuando ella tenía dos años, después que su padre fue contratado por una compañía estadounidense, para manejar distintos proyectos en los Estados Unidos, y otros sitios en el exterior; su padre era una especie de ejecutor y administrador de proyectos. Míster Sanders, se había jubilado dos años atrás, estaba dedicado enteramente a su casa y a su familia.

El abuelo de Gabriela, el que no llegó a conocer, había sido un estadounidense radicado en Honduras, donde conoció a su abuela. Los dos murieron en un accidente de tránsito, cuando su padre terminaba el colegio, quedándose su padre al cuidado de una tía materna. Su abuelo no contaba con familia en los Estados Unidos, así que su padre, se quedó viviendo en Honduras, estudiando y trabajando a la par. Hasta que logró ubicarse en una importante empresa del país, para luego salir hacia los Estados Unidos, gracias a su ferviente dedicación por el trabajo.

Aquella era la versión que Gabriela había escuchado de sus padres y con la que creció, una versión que estaba precedida de varios elementos que no cuajaban, que no tenían pies ni cabezas.

Respecto a su madre, Gabriela le mencionó a Leo: - que su madre era originaria de San Pedro Sula, en la costa norte del país, donde todavía contaba con una parte de su familia, la que ella ansiaba poder algún día conocer. Por asuntos que su madre jamás le había aclarado, su familia se había alejado de ella-.

Leo por su parte, no indagó más sobre la familia de Gabriela, a lo mejor porque él tampoco sabía con precisión qué había ocurrido con su propia familia, estaba al tanto de lo que representaba vivir con misterios y con tantas preguntas.

Le gustaba todo de Gabriela, no había nada que le disgustase, a parte dominaba el español a la perfección, lo que creaba un vínculo más sólido entre ambos, era una especie de reconexión con sus respectivos orígenes, lo que los dos valoraban.

En su segundo año en la universidad, Leo tuvo una especie de algo que, bien puede definir como: una relación, con una compañera de clases, una chica de Maryland, Lisa; con la cual se vio enredado en una breve aventura, la que duró cuatro escasos meses. Aunque, no fue ningún noviazgo formal. Lisa le dejó muy claro que, lo único que quería era pasarlo bien, sin ataduras, ni compromisos de por medio. Pero, de alguna manera Leo, terminó acostumbrándose a Lisa, no obstante, siempre tuvo claro que su romance con aquella chica no llegaría muy lejos.

Lisa fue la encargada de hacer que Leo perdiera su virginidad, a los veinte años, en un evento bastante extraño. Nunca fue un amante del alcohol, no desde la experiencia que se llevó cuando acababa de cumplir los doce, una experiencia que lo acarreó hasta una clínica; producto de una intoxicación alcohólica, cuando junto a Guido, su amigo del alma, se tomaron una botella de ron entera entre los dos, para experimentar lo que era estar borracho, terminando la aventura con los dos amigos en una clínica privada, víctimas de una intoxicación alcohólica.

El profesor López, encontró a los dos párvulos, tendidos en una laguna de vómitos, entró en pánico al instante y temió lo peor, afortunadamente, el suceso no pasó a mayores, Leo todavía recuerda la resaca, y la vergüenza que sintió, tanto con su padre, como con los padres de Guido, una vez que todo pasó. Ya en la adolescencia siempre recordaban con Guido aquel episodio, muriéndose de risa, evocando el lavado de estómago que sufrieron, y la triste resaca del día siguiente.

La primera vez que se acostó con Lisa, fue después de una fiesta, a la que acudió sin estar del todo convencido que era una buena idea, era un sábado por la noche, y no tenía nada mejor qué hacer, así que a última hora se decidió por asistir a la fiesta, que Lisa lo había invitado.

Al principio pensó que Lisa lo había invitado por pura cortesía, pues la chica invitó también a otros compañeros de la clase que tomaban juntos.

Leo se encontró con la sorpresa de que Lisa se entusiasmó de una forma portentosa, cuando entró en su apartamento, le dedicó toda la noche una atención, que jamás esperó recibir.

Allí bebió más de la cuenta, también fumó algo de marihuana, cuando los porros pasaban de mano en mano, entre los cerca de veinte invitados, que se encontraban en la reunión, en el pequeño apartamento que Lisa compartía con dos chicas en el sur de la ciudad, muy cerca al barrio italiano de Filadelfia.

Era la primera vez que fumaba marihuana, todo el mundo lo hacía, así que no quería desencajar.

Su visión poco a poco se fue nublando, sin embargo, se sentía bien, quizá liberado de una timidez que desde siempre había estado tan presente en él.

Los invitados se fueron retirando, y Lisa le pidió que se quedase, que no se marchara, justo cuando se estaba despidiendo de ella, se quedó un rato más, hablando con Lisa, respondiendo las preguntas que la chica de cabellos rubios le hacía sobre Honduras, mostrando un gran interés por viajar, por conocer otras realidades y no tanto interés en pasar el tiempo en los salones de clase.

Cuando los últimos invitados salieron, y una vez que Lisa hubo cerrado la puerta, se lanzó hacia él, metiendo sus manos por todas partes, hasta que terminaron revolcándose en un sofá negro, de un cuero falso, que estaba bastante resquebrajado.

Los recuerdos de aquel primer encuentro fueron muy difícil de recapitular, aunque recuerda muy bien la mañana siguiente, cuando se levantó en una cama que no era la suya; Lisa estaba a su lado, completamente desnuda.

Se sorprendió al mirar la blancura extrema de su cuerpo, y dos senos que se acrecentaban cuando respiraba, al igual que su sexo, protegido por un montículo de vellos castaños y un obligo bastante plano con un piercing dorado.

Se levantó de la cama mareado, y afectado por todo lo que se había metido la noche anterior, observó en el suelo tres condones usados, probablemente conteniendo su semen. Se metió en el cuarto de baño para orinar, fue entonces que descubrió las marcas en su cuello, en su pecho, incluso en sus brazos.

Los dientes de Lisa estaban marcados en su piel, como pequeños tatuajes sombreados por un color púrpura.

Aquella fue su primera vez con una chica, y no rememoraba cómo había sido, daría todo por haberle podido contar a Guido aquel episodio.

Para su fortuna, se acostaron varias veces más, permitiéndole esto compensar el primer encuentro, donde los recuerdos eran excesivamente vagos, no recordando a plenitud los detalles sobre lo qué ocurrió.

Tuvieron sexo en distintos escenarios, incluyendo: el coche de Lisa, el baño de un teatro, y en una sala de estudios en el campus de la universidad, entre otros lugares.

Al principio, todo era tan extraño para Leo. Pero, poco a poco se fue acostumbrando al cuerpo de Lisa, aunque en aquel entonces, no fue capaz de sentir, lo que estaba sintiendo por Gabriela, estaba seguro de ello.

Después de cuatro meses de estar teniendo sexo juntos, Lisa simplemente le dijo -que era suficiente-, concluyendo todo de golpe, sin dar más explicaciones.

Al año siguiente Lisa dejó la universidad para marcharse a un viaje a través de la India -para encontrarse a sí misma-, según le expresó, antes de marcharse, despidiéndose de él con un simple apretón de manos, como si nada hubiese sucedido entre los dos, aquello desconcertó por completo a Leo, decidiéndose que lo mejor que podía hacer era concentrarse en sus clases.

Sin darse cuenta desarrolló un sentimiento hacia Lisa que no pudo definir, sabía que no era amor, de eso estaba convencido, aunque nunca se había enamorado, quizá era simplemente deseo, o a lo mejor fue la necesidad de estar con alguien, la verdad es que, el alejamiento de Lisa de su vida le afectó por un tiempo, hasta que todo pasó, sin que se diera cuenta.

Con Gabriela todo había sido tan diferente, respecto a lo vivido con Lisa, a Gabriela le pasaba lo mismo con él, encontrando en Leo lo que siempre soñó encontrar en un chico.

Gabriela fantaseaba con regresar a Honduras, con conocer el país dónde había nacido y del cual, y a pesar de que no recordaba nada, se sentía tan conectada.

Muy a menudo se preguntaba por qué tanto su padre como su madre no hablaban de sus vidas en Honduras, por qué no habían regresado, ni tan siquiera a visitar. Pero, quizá lo que más la desconcertaba, era el hecho de que sus vidas tenían tantos renglones en blancos e historias que no encajaban.

Amaba a sus padres y estaba orgullosa de ambos, más sin embargo no entendía el por qué de aquella situación, ninguno de los dos habían aclarado todas sus dudas, encontrando siempre la manera de driblar sus preguntas, y muchas veces dejándola con las palabras sobre su boca, escapando de su presencia, inventado cualquier estúpida razón, para no estar cerca de ella; hasta que se cansó de todo, aprendiendo a vivir con todas las incógnitas que rodeaban su existencia. Una vez simplemente dejó de hacer preguntas sobre sus vidas.

Las clases estaban a punto de terminar, ambos se encontraban trabajando en sus proyectos finales, y después todo estaría en el aire, Leo no estaba seguro qué haría al terminar con sus estudios, su visa de estudiante expiraría una vez que terminase sus compromisos académicos, lo que ocurriría en mayo.

Una parte suya le decía que volver a Honduras era necesario y otra parte que era pertinente seguir descubriendo nuevos caminos, sobre todo ahora que tenía a Gabriela a su lado, aunque esto implicaba dejar a su padre atrás, al igual que sus silencios, no obstante, su padre era el más interesado en que no regresase, que hiciese su vida lejos, que fuera feliz, se lo había dejado claro en varias ocasiones.

Gabriela quería regresar con él, conocer juntos su país,

y después ya verían, tenían toda la vida por delante y un millón de planes por llevar a cabo.

Una vez que se pusieron al tanto de los eventos de los últimos días, donde estuvieron separados, salieron del café, caminaron por la ciudad cogidos de la mano; charlando y soñando despiertos, ignorando las bajas temperaturas y el viento que soplaba cada vez más fuerte, hasta que se fue haciendo tarde.

Pillaron algo de comer en un restaurante tailandés, muy cerca al edificio de Leo.

Después de comer anduvieron unas cuantas cuadras, teniendo como dirección el apartamento de Leo, donde hicieron el amor en la pequeña cama donde Leo dormía, en la cual apenas cabía su propio cuerpo.

Se desnudaron sin prisas, contemplando sus cuerpos, dejando que sus ropas cayeran al suelo con suma libertad, mientras se acariciaban de pie, besándose, entrelazando sus lenguas dentro de sus bocas, para luego tumbarse en la pequeña cama, donde los besos y las caricias prosiguieron, hasta que sus cuerpos se volvieron uno sólo; al entrar Leo dentro de Gabriela, con parsimonia, con delicadeza, mientras Gabriela se sujetaba de la sábana que salvaguardaba un colchón rígido, con sus delgados dedos, sintiéndose plena y en una dimensión incomparable.

Hicieron el amor una segunda vez, después se quedaron en la cama un buen rato; hablando, acariciándose, y nombrando los lugares donde querían viajar juntos, hasta que se quedaron dormidos, abrazados, justo cuando empezaba a nevar levemente sobre la ciudad.

Se levantaron todavía entrelazados, tan aledaños el uno del otro, que podían escuchar las pulsaciones de sus corazones a la perfección.

Leo tenía que trabajar, y Gabriela debía de regresar a Haverford, no había tiempo para desayunar juntos, los dos salieron a las frías calles de Filadelfia: Leo hacia su trabajo, y Gabriela hacia la estación de tren más cercana.

Se despidieron en la calle, besándose, mientras varias personas pasaban muy cerca de los dos, entregadas a sus propias existencias, sin prestarles atención alguna.

Era lunes, el inicio de una nueva semana, y el día distaba tanto del domingo que acababa de morir. Las personas se desplazaban rápidamente por todas partes, el ruido de los coches no daba respiro, cada quien buscaba llegar a su respectivo sitio, de cualquier forma posible, y ahí estaban ellos dos: despidiéndose, diciéndose adiós, después de haber estado fundidos en un sólo cuerpo.

Leo llegó al trabajo puntual, se encontró con Peter, que acababa de abrir la librería, su jefe sostenía una taza de café, de la que salía un humo tímido; debajo de sus ojos verdes se dibujaban dos bolsas oscurecidas, que denotaban que llevaba noches enteras sin dormir, la preocupación en su rostro era más que evidente.

Peter saludó a Leo un tanto distraído, luego salió a la calle, por su regular caminata, dejando a su empleado al cuidado del negocio.

Las ventas cada vez iban disminuyendo, Leo presentía que en cualquier momento Peter le comunicaría que ya no podría seguir pagándole su salario, se sentía mal por Peter, aunque no había nada que él pudiera hacer, para mejorar la situación.

El día en la librería transcurrió apaciblemente, unos cuantos clientes entraron para curiosear, entre los miles de libros, que adornaban los estantes de The Last Word; únicamente dos de ellos compraron algún ejemplar. Aprovechó el tiempo para ponerse al tanto de sus clases, para escribir reportes y enviar correos electrónicos.

Leo terminó su turno a las tres de la tarde, Peter volvió a aparecer cerca de las dos, subió directamente a su apartamento, en la segunda planta del edificio, y bajó faltando cinco para las tres, para despedirse de su empleado. Morris venía detrás suyo, moviendo su esqueleto sin ganas, dejando un rastro de pelos por doquier, y maullando retraídamente.

Leo salió de la librería hacia su apartamento, caminó pensando en Gabriela, en la noche que habían pasado juntos, mientras se proyectaba una sonrisa en su rostro, la que definió como una sonrisa idiota, de esas que tienen los enamorados, lo que le causó mucha gracia, para luego pensar en Guido: su amigo de infancia, de toda la vida, que cada semana se andaba enamorando de una chica nueva, y que le contaba todas sus aventuras.

Se sintió mal por no haber pensado en Guido en los últimos días, su recuerdo desaparecía poco a poco y esto le asustaba. Pero, cuando el recuerdo de Guido volvía a aparecer, era de una manera intensa, como si nunca se hubiese marchado.

Guido fue como el hermano que nunca tuvo, hasta que la delincuencia que azota Tegucigalpa se lo llevó para siempre. Extrañaba tanto hablar con él, morirse de la risa con los embrollos en que su amigo se metía a diario, sobre todo con los asuntos de faldas; en los amoríos de su amigo, esos que duraban días, semanas, a lo sumo, todo para disfrazar quien era en realidad.

Estaba seguro que Guido estaría contento por él, pues Gabriela era una muy buena chica, y estaba convencido que quería estar a su lado.

Entró al apartamento y no encontró ningún rastro que delatara la presencia de Andrew y la de Bernat. Se encerró en su habitación, y rápidamente encendió su computadora, para ponerse a trabajar, encontrándose con la sorpresa que su padre aguardaba por él en Skype.

Intentó llamarlo, pero la conexión dejaba mucho que

desear. Siempre era igual con la conexión a internet en Honduras, era tan frustrante, sobre todo cuando la urgencia de hablar con su padre estaba a punto de rebalsarse.

Finalmente, después de varios intentos y de los intercambios de mensajes, la conexión permitió que padre e hijo pudieran hablar, mirándose a la cara, aunque fuera a través de un monitor.

-Por fin -dijo Leo, mientras su padre se acomodaba las viejas gafas redondas, a lo John Lennon, las mismas de toda la vida, buscando con el ratón de la computadora algo, quizá cerrar alguna ventana abierta en la computadora, para agilizar la rapidez de la conexión.

-Por fin Leo- contestó su padre, sonriendo. No existía duda que los años le habían caído encima, incluso carecía de algunos dientes, aunque nunca fue tan consciente de su aspecto personal. Pero, el profesor López se miraba más descuidado de lo habitual, el matojo de pelo que todavía le quedaba sobre la cabeza había emblanquecido, y las arrugas aceleraron el proceso de tomar posesión de su rostro marchito.

-¿Cómo va todo hijo? Preguntó.

-Todo bien, trabajando y aprovechando el asueto de marzo, para trabajar más horas, aunque el movimiento en la librería cada vez es menor, ya mañana se reanudan las clases.

Leo hizo una pausa, como buscando las palabras que debía usar para contarle a su padre sobre Gabriela, y las preocupaciones que estaba experimentando sobre su futuro. Pero, su padre interrumpió.

-He visto en las noticias internacionales que ha nevado mucho. Me acuerdo la primera y única vez que he visto la nieve cuando viajé a Moscú, para el curso de filosofía romántica en…

Leo, ya conocía de sobra la famosa historia sobre el viaje a Rusia, sin embargo, le gustaba escuchar el mismo relato de siempre, era mejor a nada, a los silencios entre los dos…

-Jamás podré olvidar aquella experiencia: la blancura de la nieve, el frío, y tantas otras cosas…-, añadió el profesor. Hasta que se dio cuenta que no llamaba a su hijo para hablar sobre él, todo lo contrario; quería escuchar como estaba Leo.

-Pero, cuéntame, ¿cómo va ese proyecto final y las clases?

-Avanzando, todo en orden, afortunadamente. Esperando que todo terminé y luego ya veré… Contestó Leo.

El profesor de filosofía Ramón López, no quería que su hijo volviera a Honduras, no deseaba que su hijo cometiera el mismo error que él mismo cometió, cuando pecando de ingenuo, quizá de soñador, se decidió por arreglar su país, el cual iba dando severos tumbos, pagando un precio bastante alto por ello.

El profesor López tuvo varias oportunidades para rehacer su vida en otros países. Pero, siempre se resistió a dejar su país, aduciendo que Honduras era su patria, y su deber era intentar ser un agente de cambio, para el bienestar de las generaciones futuras.

Sin embargo, en los últimos años, y sobre todo después de los acontecimientos que habían sucedido, su dialéctica fue cambiando; no deseaba ver a su hijo viviendo frustrado, naufragando en un país que, a lo mejor había dejado de pertenecerle, justo desde el preciso instante en que salió del mismo. Ninguno de los dos hablaba del futuro, quizá porque para los dos, aquella palabra estaba plagada de interrogantes y de temores.

Leo intentó preguntar cómo iba todo con él, por cortesía, pero sabía que su padre no arrojaría detalles sobre sí mismo. Todo para protegerle, para que no se preocupase. Así que, se ahorró las preguntas y saltó directo al tema que le estaba quitando la tranquilidad: su futuro y su relación con Gabriela, adentrándose en territorios que nunca visitaba cuando hablaba con su padre.

Le contó a su papá lo concerniente a su relación con Gabriela, el profesor López escuchaba atentamente, mostrándose contento, pues su hijo había encontrado a alguien, a lo mejor aquella chica sería la coyuntura perfecta para que no regresase. Era lo mejor para su hijo, no cometería el error de intentar retenerlo, únicamente para estar menos solo, de alguna manera se había acomodado a la soledad y no estaba dispuesto a sacrificar a su hijo, por tenerlo a ratos a su lado.

No existía la menor duda que Leo se había enamorado, de la misma manera en que él lo hizo de la madre de su hijo, cuando todavía era un soñador.

Felicitó a Leo, le deseó lo mejor y le dijo que quería saber más sobre la chica con la que estaba saliendo. Era la primera vez que hablaban de temas importantes, y no sobre cualquier asunto trivial.

Leo se derritió en halagos ante Gabriela, el profesor López escuchaba atento, prestando toda la concentración del caso, a cada frase que su hijo expresaba.

Leo incluso le mandó una foto donde aparecían los dos con Gabriela, patinando en la pista del ayuntamiento. El profesor inmediatamente detectó algo en la cara de Gabriela, algo que le resultó familiar, sobre todo en sus ojos claros, en su mirada y en sus facciones.

Era una chica bastante guapa y tenía un aire de intelectual. Pero, esos ojos y esa mirada…Aquello empezó a darle vueltas en la cabeza. Cuando Leo le dijo a su papá que Gabriela había nacido en Honduras, pero que dejó el país, debido al trabajo de su padre, la curiosidad del profesor López llegó hasta su cénit, y siguió haciendo más preguntas sobre Gabriela, pero su hijo al parecer no conocía muchos detalles sobre la familia de su novia, limitándose a contarle a su padre, lo que Gabriela le había contado sobre su familia.

Después de un rato, hablaron como siempre lo hacían de las clases que el profesor impartía en la Universidad Nacional, de cómo los alumnos cada vez estaban menos interesados en la filosofía, en la historia, en la sociología, en todo lo que tenía que ver con el comportamiento humano, " lo único que les importa es el dinero, una carrera que los haga millonarios", decía a menudo el profesor López, dejando salir su frustración por todo lo alto.

Terminaron la llamada con una efusiva despedida, principalmente por parte del profesor López, lo que sorprendió a Leo, ya que su padre no era para nada dado a demostraciones afectivas.

Una vez que la llamada por Skype terminó, el profesor López se quedó mirando la foto donde su hijo se miraba tan feliz al lado de Gabriela, " estos ojos, esta mirada, estos rasgos…", cavilaba el veterano profesor de filosofía, mientras observaba detenidamente el rostro de Gabriela, sonriendo al lado de su hijo.

7

El general Arriaga desde niño libró una lucha constante para encontrar el sueño, era como si el insomnio fuera parte de sí mismo. Se había acostumbrado a dormir algunas cuantas horas, despertándose fácilmente ante cualquier ruido; siempre estaba alerta, era muy raro que sus sentidos se relajasen por completo.

Le extrañaba que después de la demora en el aeropuerto en Miami, y luego de llegar a casa, había podido dormir varias horas continuamente, sin despertarse.

Incluso Azucena se había preocupado por su marido, llegando al extremo de observarle de cerca en la cama, para asegurarse que el general estaba respirando, que no había muerto en su sueño.

Azucena se quedó un buen rato mirando al hombre, al cual le había entregado su vida, tendido sobre la cama, boca arriba, con la cara limpia y un tanto bronceada, gracias al sol de la Florida. Se miraba tan vulnerable, como un recién nacido que no se daba cuenta de nada. Pero, en el fondo, Azucena entendía que nada de aquello era cierto, que su marido tenía tantos asuntos pendientes con su pasado; asuntos que jamás lo dejarían en paz.

Salió al supermercado para comprar varias cosas que necesitaba, dejando que el hombre con quien llevaba veintiocho años de casada durmiera, se lo tenía bien merecido, después de todos esos años que llevaba lidiando con el insomnio, y con la ligereza de sus descansos.

Una vez que el general Arriaga hubo abandonado la

amplia cama, asustado por la cantidad de horas que había dormido, y después de haber leído la misteriosa nota que apareció en su buzón, que carecía de remitente, y que obviamente era una amenaza; el insomnio de siempre volvió a aparecer, trayéndole a la realidad que todas las horas en que logró dormir sin pesadillas, ni ningún otro sueño, a lo mejor no había sido algo real.

Pasó la noche entera en su oficina en el sótano, en aquel sitio que había acondicionado tan bien, y que le resultaba tan cómodo: era su reducto perfecto, el lugar donde se sentía a salvo de todo.

Estuvo pensando consecuentemente en el anónimo recibido; claro que recordaba a la perfección a Esteban Blanco, como recordaba cada una de las caras y los nombres de las dos mil personas que pasaron por las celdas de la Policía Militar Nacional, mejor conocida como la POMINA.

Por suerte su memoria no representaba algún problema, incluso, él mismo se sorprendía de tal atributo, era capaz de recordar detalles, fechas, rostros, lugares, etc. Con suma facilidad, era como si tuviese una cámara digital en su cerebro, que era capaz de almacenar cada pormenor, cada detalle, y cada situación acaecida, sin importar el tiempo transcurrido.

Pero, el caso de Esteban Blanco había sido uno de sus casos más "especiales", llegando al extremo de sentirse sorprendido por cómo se desarrollarían los hechos.

Aquella noche, sentado frente a su amplio escritorio, en una cómoda silla de cuero, aparecieron las memorias que no quería recordar, las cuales como un efecto domino fueron trayendo otros recuerdos, sobre todo aquellas imágenes de su niñez.

El general Andrés Gonzalo Arriaga Urueta, nació

en el poblado de Monte Verde, una pequeña aldea, en el departamento de Santa Bárbara, en el occidente de Honduras. Jamás conoció a su padre biológico, limitándose a escuchar simplemente rumores sobre él.

En la aldea decían que su padre era un extranjero, uno de los tantos foráneos que trabajaban dirigiendo la explotación de una mina de oro y plata, en las cercanías de Monte Verde.

La mina era la fuente principal de trabajo para las comunidades vecinas; las cuales estaban sumidas en la miseria y en la desesperación.

Su madre, la mujer que lo trajo al mundo, era una humilde muchacha, que estaba por cumplir los dieciséis años; trabajaba limpiando las oficinas de la compañía minera, y lavando ropa de otras personas para poder sobrevivir.

A su madre tampoco la conoció, ya que la misma murió en el intento de traerlo al mundo, lo que pudo conseguir; habiendo dado su vida para ello.

El parto que, en un principio se esperaba que sería simple, se complicó, y a pesar que la partera de la aldea, hizo todo lo que estaba a su alcance, la joven madre terminó partiendo de éste mundo, sencillamente, su corazón dejó de latir.

Según había escuchado luego: su madre era de un poblado en la zona sur de Honduras, la zona más empobrecida del país, donde muy rara vez llueve, y donde el calor arropa con su manto de fuego cada metro cuadrado.

El rumor de que, una compañía minera se había establecido en el departamento de Santa Bárbara, llegó hasta el poblado, donde su madre buscaba eludir a la miseria. Se decía que la compañía minera pagaba bastante bien, y que requería mano de obra, había trabajo de sobra para todos. Así que su madre, con tan sólo catorce años dejó la vida en su pequeño pueblo, para trasladarse hasta

Santa Bárbara, sin decirle a sus padres, y sin despedirse de sus numerosos hermanos. Su plan era trabajar un par de años para la compañía, y a lo mejor después regresar a su pueblo, lo que no terminó sucediendo, al quedar preñada y posteriormente muriendo en el acto de dar a luz a su hijo.

La partera que lo trajo al mundo, que por cierto, había visto de todo; desde una vez que atendió a una esquelética mujer, totalmente desnutrida, a la cual apenas se la dibujaba su barriga de preñada; desde un inicio pensó que aquella mujer no sería capaz de parir, llevándose la sorpresa de que aquella mujer pariría no uno, ni dos, si no, que cuatro varones, todos en perfecto estado.

También, a diario se las veía con niñas que recién habían tenido su primera regla, y ya estaban tristemente preñadas, esperando sus turnos para parir.

La partera nunca pensó que aquella adolescente, que se miraba bastante fuerte y que se había presentado como Carmen, a secas, sin ningún apellido, moriría en el intento de dar a luz.

Sintió mucho pesar por la joven madre, y sucumbió ante la ternura que se dibujaba en los ojos claros de la criatura, abiertos de par en par, contemplando atentamente lo que estaba a su alrededor, que por cierto era muy poco, ya que su madre vivía en condiciones precarias; en una casita compuesta de tablas viejas, por donde se colaba a placer el viento por la noche, y el sol por el día.

A la partera le llamó la atención que la criatura no lloraba, una vez que salió de la matriz de su madre que había dejado de respirar, justamente después del último pujido, ese que permitió que su hijo saliera expulsado de su propio ser, para enfrentarse a una vida, que no sería para nada fácil.

La criatura lucía muy tranquila, era un varón sereno, bastante sano, con unas manos grandes y piernas largas.

Era tan diferente a todas las criaturas que había traído al mundo, había algo en él, algo que desconocía qué era, pero que le fascinaba. Sabía que Carmen no tenía a nadie cerca, y simplemente no pudo abandonar aquella criatura a su propia suerte.

La partera, mejor conocida como doña Mina, como le gustaba que la llamasen, pues su nombre completo: Herminia del Calvario, no era de su agrado, terminó adoptando la criatura, inscribiéndole como hijo suyo y de su marido, dándole sus apellidos.

A doña Mina le resultaba tan irónico que, a pesar de que había traído cientos de criaturas al mundo, ella no había podido tener hijos por su cuenta, así que el pequeño Andrés, vino a llenar sus vacíos.

Lo crió como si fuese su propio hijo, lo puso en la escuela, decidida que aquel niño era especial. Lo que resultó ser cierto. El pequeño Andrés era muy bueno en las clases, y prefería pasar a su lado a hacer lo que los demás niños hacían: jugar al fútbol, andar por allí; en el campo, corriendo al aire libre y metiéndose en líos, no, aquel niño era tan distinto a los demás: callado y alejado del bullicio.

Sin embargo, el marido de doña Mina: un campesino que vivía bajo el embrujo perpetuo del alcohol, desquitaba todas sus frustraciones con el pequeño Andrés, que recibía todo el odio que aquel hombre añejaba adentro de sí mismo, al igual que las constantes tundas de su padrastro y los reclamos, que él no era el hijo verdadero de la pareja, que le decía a cada segundo, cuando se lo encontraba en su camino.

Hasta que una vez su padrastro lo despertó del catre donde dormía, era muy de madrugada, el sol todavía no se dignaba en aparecer, y todo estaba en silencio.

Andrés se levantó al sentir los golpes a puño limpio, que

terminaron lanzándolo al piso de tierra, donde su padrastro le propinó incontables patadas.

Doña Mina intervino, exigiéndole que parase, a lo que su marido respondió con el filo de un machete, que descansaba en una esquina de la salita de la humilde casa de bloques de cemento, laminas de zinc y piso de tierra.

Su marido le asestó varios machetazos por todo el cuerpo, estaba totalmente embrutecido por el alcohol. El pequeño Andrés aprovechó para escapar, ante los gritos de la que consideraba como su mamá, pidiendo auxilio y clemencia, mientras los chorros de sangre salían a raudales de su cuerpo, ante los machetazos que su padrastro le asestaba, con una furia desmedida.

Recién acababa de cumplir los once años, cuando abandonó para siempre Monte Verde, la pequeña aldea incrustada en las montañas de Santa Bárbara, para trasladarse a Tegucigalpa, una ciudad donde nunca había estado, donde todo era caos y ruido.

Si no hubiese sido por la partera que lo trajo al mundo, y que luego lo adoptó como su propio hijo, a lo mejor su padrastro lo hubiera matado a golpes aquella noche, cuando lo golpeó más de la cuenta. Le debía a doña Mina el estar con vida y el poder leer y escribir, si no hubiera sido por ella hubiese sido otro analfabeta más.

Pudo llegar hasta la capital gracias a la buena voluntad de varias personas que le ayudaron, sobre todo los choferes de los autobuses en los que viajó, que se apiadaron de aquel niño que viajaba solo, todo moreteado y con la tristeza más profunda, evidenciada en sus ojos claros.

Desde pequeño traía esa mirada triste, y al mismo tiempo tranquila, una mirada que inspiraba por un lado confianza y por otro lado compasión, quizá fue aquella mirada la que hizo que doña Mina lo recibiera como su hijo.

Una vez que llegó a la capital, mendigó por los mercados de la ciudad, pasó varias noches durmiendo en las aceras, comiendo lo que encontraba en los basureros, y temiendo ser atacado por algún chico mayor que él. Se defendía de cualquier manera, mientras conocía aquel mundo nuevo: uno totalmente diferente a lo que estaba acostumbrado.

Fue rescatado de las huestes de la calle por Fray Isaac; un Franciscano nacido en un pequeño pueblo cerca de Logroño, que nunca había salido de España, hasta que le ordenaron trasladarse a Centroamérica, cuando recién se acababa de ordenar, en un principio para evangelizar, lo que cambió rápidamente, al verse frente a frente con la miseria y con las injusticias.

Fray Isaac cambió su misión, convenciendo a sus superiores, que era necesario rescatar a los miles de niños y jóvenes, que deambulaban por las calles de Tegucigalpa, sin rumbo y expuestos a toda clase de abusos, incluyendo los abusos de la policía y el mismo ejército, que controlaba todo en el país.

Con la ayuda de varias personas, logró fundar un centro, para socorrer niños y jóvenes de la calle, en su segundo año de haber llegado al país. Les ofrecía un techo, comida caliente, y la opción de aprender un oficio, o simplemente aprender a leer y a escribir.

Para el general, Fray Isaac fue lo más cercano a lo que puede definirse como una figura paterna, fue él el que le tendió la mano, justo cuando más lo necesitaba, él que le enseñó el valor de la disciplina y lo rescató de la calle, sino hubiera sido por el piadoso cura, lo más seguro era que su vida hubiese sido otra de las tantas vidas desperdiciadas, muriendo en algún callejón de Tegucigalpa de alguna intoxicación alcohólica, en harapos y descalzo.

En el centro de Fray Isaac encontró la familia que nunca

tuvo, fue allí a donde su carácter se empezó a templar.

Terminó la escuela primaria en el cuadro de honor, sobresaliendo en sus clases, sobre todo en matemáticas, deportes y ciencia. Los domingos le ayudaba a Fray Isaac en la misa dominical, fue bautizado y justo en su último año de primaria recibió la primera comunión. Aunque siempre tuvo dudas en los asuntos religiosos, en particular con los misterios de la fe católica, con los ritos, las historias narradas en la biblia, y en aquello que hay después de la muerte, ya que nada le parecía racional, aún así, participaba en las actividades organizadas por Fray Isaac de buena gana, por respeto al cura que lo había salvado de la calle.

Del niño escuálido y lleno de parásitos no quedaba ni rastro, había desarrollado un muy buen parecido, y su estatura iba sobresaliendo, respecto a la de los demás críos.

Varios de los críos con que había compartido en el centro, habían vuelto a la calle, sin embargo, él quería seguir estudiando, ser alguien en la vida, y dejar todos sus padecimientos en Monte Verde enterrados en el pasado.

Una vez que terminó la primaria, se matriculó en el Instituto Central de la ciudad, en la jornada nocturna, por el día trabajaba en un puesto de venta de zapatos en el mercado San Isidro, y los fines de semana ayudaba a Fray Isaac con los deberes del Centro y en la misa dominical. El escaso tiempo que tenía libre lo dedicaba para descansar, y para ejercitarse, jugando al fútbol.

Terminó el primer año de secundaria, y otra vez sus calificaciones fueron sobresalientes, uno de sus maestros le habló sobre su futuro, le preguntó qué le gustaría hacer, cuando acabase con la secundaria. El recién llegado a la adolescencia no lo tenía claro, lo único que sabía, era que no quería regresar a mendigar por las calles. Aquel profesor le había cogido un cariño especial, reconocía el esfuerzo y su perseverancia por salir adelante. Fue él, que le habló de la oportunidad de labrarse una carrera en la milicia.

Resulta que su profesor era muy amigo del Director del Liceo Militar, un centro educativo de orientación militar en San Pedro Sula, la ciudad industrial del país y la entrada a la Costa Caribe de Honduras.

El joven Andrés no había escuchado hablar de aquella institución, sin embargo, al sólo escuchar el nombre de Liceo Militar, vinieron a su mente los siguientes pensamientos: disciplina, excelencia, trabajo y honor. Todo lo que él deseaba en la vida. Así fue cómo, su profesor lo recomendó con el director del Liceo Militar. Viajó hasta San Pedro Sula para una entrevista, allí mismo tomó varios exámenes, tanto académicos como físicos, sobresaliendo en todo.

Sin saber cómo, fue aceptado con una beca completa, es más; se convirtió en el primer estudiante becado en la historia de la institución, la que era destinada exclusivamente para los ricos del país.

El cambio fue brutal, el dejar el centro donde había aprendido a ser alguien de bien y el abandonar a Fray Isaac, fue bastante duro, pero tenía que seguir adelante, era la única manera de llegar a lo más alto.

Las primeras noches fueron bestiales, fue objeto de las bromas más crueles que pueden existir, por parte de sus compañeros, aunque nada se comparaba a las palizas que le propinó su padrastro, que de alguna manera lo habían preparado física y mentalmente, para la bienvenida que recibió por los otros estudiantes, que miraban con malos ojos que, un don nadie tuviese la oportunidad de estudiar en tan prestigiosa institución.

Incluso varios de sus maestros la traían en contra suyo, le exigieron más e hicieron de todo para que reprobase o renunciara.

Nada le resultó fácil, y nadie le regaló algo. Poco a poco se fue acostumbrando a los comentarios en su contra, los fines de semanas que sus compañeros tenían libres, él se quedaba en su habitación estudiando, mientras sus compañeros visitaba sus familias o paseaban por la ciudad, en los coches de sus padres.

Con el tiempo los desprecios recibidos, y los insultos dejaron de importarle, hasta que una noche todo llegó al extremo.

Era una noche en la que llovía a cantaros en San Pedro Sula, Andrés estaba tumbado en la cama de la habitación que compartía con tres chicos más, había sido un día bastante largo, donde los alumnos habían sido llevados a realizar unas maniobras militares en una montaña cercana. Como era de esperarse: Andrés fue el que mejor realizó las maniobras, demostrando en cada acción valor y decisión, cuando tuvo que disparar su fusil Fal contra varios blancos, el pulso estuvo a la altura, sin fallar ningún disparo.

También, ese día recibió sus calificaciones finales; las mejores de todo el Liceo Militar. Esto hizo que la envidia entre sus compañeros fuera más grande, y aquella lluviosa noche, cerca de diez estudiantes lo levantaron a golpes de su cama, le ataron las manos y los pies con un lazo, le amordazaron la boca y le cubrieron el rostro con un cubre almohadas.

Lo llevaron hasta las cercanías de una pequeña laguna en los predios del Liceo, donde se decía que pernoctaba un lagarto, aunque ninguno de los alumnos había visto en realidad al animal, siendo más que todo una leyenda urbana, pero que, sin embargo imponía algo de miedo y precaución. Llovía muy fuerte, y aunque se resistió, no pudo contra el numeroso grupo que lo atacaba.

Lo ataron contra una palmera de cocos, con su pecho hacia la palmera, lo despojaron de su ropa interior, para luego introducirle un pepino en su ano, en repetidas ocasiones.

Sus atacantes en ningún momento hablaron, solamente pudo escuchar las carcajadas, así que le resultó imposible identificar las voces de quienes lo secuestraron y quienes lo torturaron.

Lo dejaron amarrado en la palmera, completamente desnudo y con su hombría por los suelos. La mañana siguiente fue soltado por los superiores, después de que un empleado de mantenimiento lo encontró.

No lloró porque nunca fue lo suyo, pero sintió muy dentro de sí un profundo odio, un odio que jamás había experimentado, incluso contra su padrastro.

Los superiores asintieron que aquellas bromas eran hasta cierto punto normales, aduciendo que lo del pepino era algo un tanto extremo, aunque un supervisor a pesar que intentó disimular su sonrisa, terminó estallando en una rotunda risotada, al imaginar al estudiante pobre, que no procedía de ninguna familia de alcurnia, desnudo, atado a la palmera, siendo violado por un pepino.

Al terminar el primer año de estudios en el Liceo, el único sitio que tenía por visitar, era el centro de Fray Isaac, pasó las vacaciones de diciembre y enero en el hogar, ayudando a Fray Isaac, y trabajando en la zapatería en el mercado San Isidro, para ganar algo de dinero.

Estuvo a punto de no regresar al Liceo Militar, hasta que le contó a Fray Isaac todos los improperios que recibía por sus compañeros, omitiendo la parte del pepino, por la sencilla razón que le daba mucha vergüenza.

Fray Isaac lo animó, diciéndole - que sus compañeros lo trataban de tal manera, porque él era diferente, y que las personas muchas veces temen de las personas que no son iguales a ellos, pero, que en la diferencia está la razón para vivir, y tú eres diferente, eres un luchador, y estás dispuesto a demostrar lo que vales-.

Aquellas palabras le cayeron como un bálsamo, el cura era el único amigo con que podía contar, fue por él que pudo regresar, decidido en demostrar quién era en realidad.

Regresó al segundo año diferente, con otro semblante y dispuesto a defenderse, incluso con su propia vida, de ser necesario; no estaba dispuesto a seguir siendo el hazme reír de todos.

Sus compañeros se encontraron, de qué del cadete Andrés Arriaga, del primer año, no quedaba ni rastro, se encontraron con un adolescente macizo y de un carácter templado.

En los primeros días de clase alguien quiso meterse con él, y Andrés se encargó de poner al chico en su lugar. El estudiante se llevó una rotunda paliza ante la sorpresa de los otros cadetes.

Rápidamente, fue sobresaliendo en los eventos deportivos, siguió manteniendo las mejores calificaciones del Liceo Militar, su pasión por las maniobras militares, así como todo lo que tenía que ver con tácticas de combate, se fue haciendo cada vez más intensa.

Cuando terminó su segundo año regresó de nuevo a Tegucigalpa, y Fray Isaac no lo reconoció. Había crecido mucho, sus brazos denotaban su fortaleza. Pero, sus ojos claros; seguían conservando ese aire apacible y afligido de siempre.

Volvió a trabajar en la zapatería y siguió ayudándole a Fray Isaac con los otros jóvenes, y niños que cada vez iban llegando en mayor número al centro, que buscaban alcanzar una vida diferente, a lo que la calle ofrecía.

Se sentía tan cómodo con el cura, hasta que Fray Isaac intentó cruzar la raya, cuando juntos reparaban una sierra en el taller de carpintería.

Estaban tan cerca, el uno del otro, tratando de averiguar qué estaba pasando con una sierra eléctrica, cuando Fray Isaac intentó besarlo en los labios, mientras agarraba su pene con su mano derecha.

El joven Andrés no supo cómo reaccionar, lo único que pudo hacer, fue desviar los labios del cura, y pretender que nada había pasado. Fray Isaac hizo lo mismo, y siguieron tratando de reparar la sierra. Pero, ya nada sería igual entre ellos.

Los años fueron pasando, hasta que terminó graduándose del Liceo Militar con honores, y con el respeto de toda la institución, aunque nadie asistió a su graduación, por la sencilla razón: que no tenía a nadie en la vida.

En su último año de estudios, mientras leía un diario local, en un receso, se encontró con la noticia de que, Fray Isaac había sido asesinado en uno de los talleres en el centro que edificó con tanta ilusión.

Aparentemente, un grupo de delincuentes se adentró en las instalaciones pretendiendo robar cualquier cosa de valor, Fray Isaac que leía en su habitación escuchó los ruidos en el taller de carpintería, bajó para ver de qué se trataba, encontrando la muerte.

Le asestaron varias apuñaladas en su cuerpo, el diario publicó la foto del cura ensangrentado, tirado en el suelo, todavía con la larga sotana que usaba, y sus sandalias de un cuero bastante rústico, que siempre calzaba.

Aquella vez, ha sido la única vez, que al general Andrés Arriaga se le ha derramado una lágrima en toda su vida. Se sintió tan triste, de ver al hombre que lo había rescatado de las arterias de las calles, tirado en el suelo, bañado en su propia sangre, cuando lo único que había querido hacer, era ayudar a los más necesitados, por él era que no había sucumbido ante la calle y la miseria.

No pensó en el extraño momento aquel, cuando Fray Isaac intentó besarlo en la boca.

-¡Ay Esteban Blanco! ¿Por qué te has dignado en aparecer, después de tantos años?-. Dijo el general, en voz alta. Luego, subió hasta la primera planta de la casa, con la pistola en la mano.

Se aseguró que todo estaba en orden, revisó que las puertas estuviesen cerradas y las alarmas activadas, después subió a la segunda planta, convencido que debía intentar dormir, a primera hora haría una llamada a un… amigo, aunque la palabra correcta era conocido, ya que, en su mundo los amigos no existían, lo había aprendido muy bien, en fin; movería algunas piezas para ponerse al tanto del asunto, y poder dar con la persona que se había atrevido a interrumpir en su vida, trayendo sus pasados al presente de una manera tangible.

Si de algo estaba seguro era de que, Esteban Blanco estaba bien muerto, y los muertos no regresan físicamente a cobrar sus cuentas, regresan de otra forma: en sueños por ejemplo, y en el peor de los casos en pesadillas, lo que él estaba experimentando.

Antes de meterse en su cama, donde Azucena dormía profundamente, pensó en Fray Isaac, sintiendo un ápice de tristeza.

8

José se levantó a las cinco de la mañana, para encontrarse con la típica oscuridad, de los días tan cortos de invierno.

El sol no se dejaba ver con toda su plenitud, hasta alrededor de las ocho, era tan diferente en Tegucigalpa, donde, desde las cinco y media de la mañana la claridad estaba presente, al igual que el bullicio en la calle.

Se despertó dando tumbos, logró dar con el interruptor de la luz, al lado de la puerta de su habitación, iluminando el reducido ambiente donde habitaba.

Tenía que estar en su trabajo a las ocho, y prefería estar en la estación de tren antes de tiempo, por sí el tren sufría algún retraso, lo que ocurría a menudo en el invierno, gracias a las inclementes tormentas y a las gélidas temperaturas, así tendría tiempo de pillar el autobús, y no llegar tarde al trabajo, si algo pasaba con el tren.

Compartía el apartamento con un paisano centroamericano de Nicaragua, Camilo, un hombre atento y muy bonachón; con varios años en los Estados Unidos; curtido en experiencia, y que sabía todo lo que se debe saber, para poder sobrevivir en la gran nación norteamericana.

José encontró en Newark, Nueva Jersey, su hogar, después de probar vivir en el Bronx por escasos dos meses, hasta que dejó el tétrico apartamento que encontró, cuando irrumpieron en el mismo, robándole las pocas pertenencias que traía en una maleta de Honduras, que se reducía a su ropa, algún que otro recuerdo de su vida pasada, y desde luego: el efectivo con que don Simón lo había mandado, para llevar a cabo su misión.

En Newark se concentraba una población muy numerosa de inmigrantes hondureños, al igual que otros latinoamericanos, pero José prefería mantenerse alejado de sus paisanos, debido a que sus intensiones eran otras, no las típicas intensiones de alcanzar el sueño americano.

Su sueño era distinto, era el de ver al general Arriaga rogando por su vida, suplicando clemencia y pidiendo perdón por todos sus crímenes.

Mantenía un perfil bastante bajo, lo que no le resultó difícil de hacer, porque siempre lo había hecho, manteniéndose alejado de todo, la única vez que se vio obligado a ser el centro de atención, fue cuando ocurrió el macabro incidente en la casa de su familia, donde su hermano disparó contra sus padres, perdonándole la vida a él, para después dispararse en la sien derecha.

Los periodistas lo acosaron con sus preguntas, mientras le acercaban grabadoras y micrófonos, lo siguieron a todas partes, hasta que después de algunos días, y tal como suele suceder con los hechos en el país, dejaron de prestarle atención, cuando otro hecho violento sucedió, restándole protagonismo a su tragedia.

Llevaba una vida común y corriente en Newark, pasaba más tiempo en el tren que lo trasladaba a Nueva York que en la ciudad, y cuando estaba en la ciudad, se dedicaba a descansar, matando las horas mirando sus películas o en el internet, relacionándose con su entorno lo menos posible. Don Simón había sido bastante claro, diciéndole - que el éxito de la misión dependía de un alto grado de su discreción-.

Era otra mañana fría de invierno, no apetecía para nada dejar el apartamento, sí por él fuese, se quedaría todo el día en la cama mirando las Guerras de las Galaxias o lapidando las horas en el internet; viendo cómo andaban las cosas por el mundo. Pero el deber llamaba y no podía echarse para atrás, trabajando logró controlar la ansiedad que estaba tan presente en él, escapándose de su mundo por algunas horas, olvidándose de cuál era su propósito verdadero en los Estados Unidos.

No existía algún día cuando José no pensase en Esteban, su hermano mayor, fue siempre su ejemplo a seguir, hasta que cayó en las manos de los secuaces del general Arriaga, después de aquello, nada volvió a ser igual, arrastrando a la familia Blanco hacia un precipicio de dolor.

El cambio que su vida había dado en los Estados Unidos fue descomunal, pasó de las salas de recursos audiovisuales de la biblioteca de la Universidad Nacional a las extensas avenidas de Nueva York, donde pasaba la mayor parte del tiempo; ganándose el pan de cada día, en las diferentes construcciones que a diario se edifican en la gran manzana y dejando el pellejo esparcido en el cemento y el polvo.

Todo aconteció en cuestión de días, cuando se ofreció sin saber muy bien qué hacía, para encontrar al general Arriaga y acabar con él. Nunca se le cruzó por la cabeza que terminaría viviendo en los Estados Unidos, mucho menos en Newark, la pequeña ciudad, que acoge a miles de latinos, que a diario viajan a Nueva York para trabajar, porque les resulta mucho más económico, ya que los alquileres en la gran manzana, están fuera de contexto.

José se vistió rápidamente, se comió una banana y un poco de cereal con leche, recogió su mochila y su casco amarillo; que lo delataba como un trabajador de la construcción y salió del apartamento.

Vivía muy cerca de la estación de trenes y caminar por la mañana le ayudaba para sopesar sus pensamientos.

Mientras caminaba los escasos diez minutos que lo separaban de la estación, reflexionó sobre su vida, pensó en la soledad en que vivía, como hacía todos los días en su recorrido al tren.

Sus padres al igual que su hermano ya no estaban para brindarle ese calor que solamente la familia puede ofrecer. Sus abuelos habían muerto, y sus primos, al igual que sus tíos, después del abominable crimen donde sus padres murieron a manos de su propio hijo desaparecieron, a lo mejor por no saber cómo tratar la desgracia que había sucumbido a la familia entera.

De golpe se encontró con la estación de tren, la que era un hervidero. Se perdió entre hombres vestidos en elegantes trajes y finos abrigos, entre estudiantes, inmigrantes, que, al igual que él: buscaban llegar a sus trabajos. Y entre tantas otras personas, todos con las mismas prisas, y ese cansancio que se escapaba por los poros de sus rostros, de un modo dramático.

José disfrutaba aquellos viajes en tren y saltar de metro en metro en Nueva York, le parecía que en aquellos vagones se representaba a la perfección la igualdad de clases, pensaba que todas las personas eran iguales, no existía distinción de estatus sociales, sobre todo en el metro de Nueva York, donde el que lucía como cualquier otra parroquiano, bien podría ser algún millonario, y desde luego, estaban aquellos que parecían importantes hombres o mujeres de negocios, y lo único que hacían, era trabajar para pagar sus deudas, viviendo en un eterno estrés, que en muchos casos terminaba; ya sea en un cáncer, en un intento de suicidio o en alguna adicción.

Abordó el tren todavía un tanto adormitado, a pesar de que el frío le había golpeado las mejillas una vez que pisó la calle, logrando que despertara de una vez por todas.

Pero, al entrar en la estación y luego al abordar el tren, la calefacción hacía que el sueño nuevamente volviera a aparecer.

Afortunadamente, encontró un asiento disponible al lado de una señora que bien podía ser dominicana o puertorriqueña, vestida con un abrigo largo que le llegaba hasta los tobillos, leía una revista Hola en español y no se inmutó cuando José se sentó a su lado.

Una vez que estuvo sentado, se colocó los auriculares en las orejas, decidido a matar los treinta y cinco minutos que duraría el recorrido en tren, escuchando algo de música en su móvil.

Sin saber cómo y sin esperarlo, la voz de Luis Eduardo Aute apareció, uno de los cantantes favoritos de Rocío, cuando él esperaba que apareciera en sus auriculares las guitarras de Iron Maiden o la voz de Bruce Dickinson, uno de sus cantantes de heavy metal favorito.

No se explicaba cómo, la voz de Aute había aparecido en su móvil, fue una sorpresa que no se esperaba, porque no era su música predilecta. Sin embargo, escuchó la canción que había aparecido desde la nada, la misma que a lo mejor se había inmiscuido entre todas sus canciones, sin darse cuenta, cuando actualizaba la música en su móvil.

La canción que escuchaba tenía como título: las cuatro y diez, era uno de los temas preferidos de Rocío, hablaba sobre una pareja que se vuelve a encontrar después de varios años, y empiezan a recordar momentos especiales que vivieron en el pasado, más sin embargo, las cosas entre ambos habían cambiado, todo le daba paso a la melancolía del pasado y a la realidad de estar en el presente.

Recordó muy bien una tarde, cuando hacía un calor intenso, en su apartamento en Tegucigalpa, acababan de hacer el amor y Rocío puso un disco de Aute, cuando él todavía estaba desnudo en la cama, luego Rocío le cantó las cuatro y diez al oído, a pesar de que no era su música favorita, le resultó imposible el no apreciar la letra, y sobre todo: la sensibilidad con la que Rocío le cantaba la canción de Aute, desnuda, simulando que su puño cerrado era su micrófono, mientras se acercaba a él, sensualmente, moviendo las caderas tímidamente, y con una mirada en la cara que, delataba que quería volver hacer el amor.

José cerró sus ojos mientras escuchaba la voz de Aute, se puso un tanto melancólico, recordando la imagen de Rocío y cada centímetro de su cuerpo, el que conoció tan bien, hasta que terminó preguntándose, como siempre lo hacía: qué habría sido de la vida de aquella chica de la que un día se enamoró.

Pensaba en ella a menudo, lo que de alguna manera le cautivaba, ya que le permitía que pensase en otra cosa, que no fuera en el lío en que se había metido, al igual que en todas las dudas que lo acompañaban, marcando sus pasos muy de cerca.

Recordó las caminatas por el centro de Tegucigalpa, las eternas charlas sobre libros, música y cine, que sostenían cada vez que estaban juntos. Soñaban con comerse el mundo, con ser felices, hasta que todo terminó.

El tren de cercanías fue devorando kilómetros, y José repitió la canción de Aute varias veces en su móvil, en eso, el río Hudson se dejó ver, al igual que el puente de Brooklyn y Nueva York entera: esa selva de concreto y rascacielos.

Después, la claridad fue quedando atrás, entró el tren en uno de los inacabables túneles de la ciudad. Se bajó en la estación del World Trade Center, donde las míticas torres gemelas estuvieron antes de ser derribadas por los ataques terroristas del once de septiembre.

Una vez en la calle, debajo de los enormes rascacielos;

caminó un par de cuadras hasta llegar al edificio donde trabajaba. Antes de llegar a su destino se compró un café, para calentarse un poco, el sol brillaba con toda su intensidad sobre Manhattan y ahí estaba él: presto, para empezar otra jornada extenuante, mientras un par de turistas japoneses, a pesar de que todavía era temprano, empezaban a disparar sus modernas cámaras fotográficas, contra todo lo que se moviese.

Pronto todo terminaría, podría largarse a otro Estado o incluso, quizá podría volver a Honduras o todo lo contrario: podría terminar en una celda de por vida o a lo mejor con varias balas en su cuerpo, pero en síntesis: todo le daba igual. Se limitó a esperar la orden de don Simón para actuar, así transcurrían todos sus días, desde cinco años atrás, cuando se ofreció para acabar con la vida del general Andrés Arriaga, después que don Simón logró dar con su paradero, luego de mover cielo y tierra para dar con él, usando todos sus contactos y su basta red de informantes.

Al final todo había valido la pena, cada vez que don Simón se comunicaba con él, pensaba que el día de asesinar al general había llegado, desilusionándose en el acto, después de escuchar que don Simón, simplemente lo llamaba para darle cualquier otra información, nada que él considerase relevante, así había ido pasando el tiempo: entre espera y espera, y al final nada estaba pasando.

9

El general Arriaga dejó caer su esqueleto junto al de su mujer, en la descomunal cama que los dos compartían, no obstante, ninguno de los dos traspasaba su respectivo lado en la cama; respetaban la frontera invisible que ambos habían establecido, para no tocar sus cuerpos entre sí, aunque ninguno de los dos lo había proclamado públicamente.

Eran las dos de la mañana, y después de haber deambulado por la casa, asegurándose que todo estaba en orden, no le quedó más remedio que acostarse, esperando que el sueño apareciera. Por si acaso colocó su pistola debajo de la cama. Saber que su arma estaba allí, cerca suyo, a su alcance, lo tranquilizaba.

Azucena, no se dio cuenta cuando su marido llegó a la cama, dormía profundamente. Pero, tal y como era de esperarse: el general no pudo conciliar el sueño al instante. Se quedó un buen rato acostado boca arriba, con sus ojos abiertos; entregado a sus pensamientos, acompañado únicamente por el silencio y la oscuridad de la habitación.

En los últimos meses había empezado a sentir miedo cuando llegaba el momento de dormir, porque sabía que tarde o temprano las pesadillas aparecerían, aquel miedo no era tanto hacia lo que soñaba, sino hacia la tranquilidad que aquellas imágenes le robaban.

Sin embargo, no se arrepentía de todo lo que había hecho, es más: se sentía orgulloso de sus acciones, pues había salvado su país de una amenaza que se extendía rápidamente por el continente: el comunismo. Aunque, alguna vez se preguntó sí su lucha fue contra aquella filosofía que, estaba ganando muchos adeptos en los años ochentas o simplemente se le había metido en la cabeza que quería tener todo el poder, y era necesario encontrar un enemigo, un chivo expiatorio, para demostrar que con él no se jugaba, que todo iba muy en serio, y que no estaba dispuesto a parar, en su afán por llegar lejos.

En el último viaje que realizó a Irak, antes de jubilarse, donde pasó cerca de tres meses, coordinando la seguridad de un grupo de inversionistas estadounidenses, que estarían desarrollando varios proyectos de infraestructura en el país, tuvo una conversación con uno de sus colegas: un ex infante de marina del ejército de los Estados Unidos, con el que trabajaba por primera vez en una misión. Antes de regresar pasaron una semana en Kuwait, con el mismo grupo de inversionistas, dueños de un gigantesco consorcio petrolero con sede en Houston, Texas.

El día antes de retornar a casa, salió a cenar con su compañero de trabajo, estaba desesperado por regresar, por estar al lado de sus hijas y por volver a llevar una vida normal, ya que en aquellas giras de trabajo podía pasar de todo: desde morir por algún misil lanzado desde una bazuca hacia el convoy en que viajaba, a vérselas en medio de alguna emboscada, perpetuada por algún grupo armado fundamentalista, el enemigo podía ser cualquiera, incluyendo niños y mujeres, envueltas en sus velos.

Su familia desconocía el verdadero peligro al que se enfrentaba en sus viajes, nunca comentaba sobre todo lo que miraba en sus giras de trabajo, no quería que se preocupasen por él, así que, al volver de sus misiones siempre decía que – sus viajes eran un aburrimiento total, que nunca pasaba nada fuera de lo normal, y que se la pasaba en tediosas reuniones-.

Si le hubiera contado a sus hijas, todo lo que había visto en sus viajes, el estrés que experimentaba, el riesgo a que estaba expuesto en cada aventura, sus hijas no lo dejarían ir a otro viaje de trabajo.

El general Arriaga no quería pasar el tiempo detrás de un escritorio, aunque sabía que corría un gran riesgo de perder la vida en aquellos viajes, era mejor que estar viéndoselas todo el tiempo con una computadora, mapas, y papeles. Viajar algunas veces al año le daba el equilibrio de poder llevar de la mano, lo que representaba el trabajo de oficina, su familia, y cuando sentía que se estaba aburriendo, aparecían las misiones a las que era enviado, para devolverle la vitalidad de sus años mozos.

Todo lo hacía por sus hijas, la paga era muy buena, hacía su trabajo de la mejor manera, y toda la compañía lo respetaba.

Llevaba quince años en la compañía, después de haber cumplido un ciclo en el consejo de seguridad de la Organización de Estados Americanos, en Washington, una vez que salió de Honduras, gracias a la recomendación del extinto presidente Bonilla – por tú servicio a la nación- le dijo, en la casa presidencial, al mismo tiempo que le entregaba el comprobante de una transferencia bancaria, a una cuenta que poseía en aquellos entonces, en un banco de Nueva York.

Durante la cena, su compañero se mostró bastante nervioso, incluso alterado, el general observó el comportamiento de su colega, sin embargo, no preguntó nada, después de comer su compañero le pidió que lo acompañase a tomar un trago en su habitación.

Su compañero había podido encontrar clandestinamente una botella de whisky escocés, el general aceptó la invitación, uno o dos tragos no le caerían nada mal, principalmente después de todos los altos niveles de estrés a los que se había enfrentado, el sólo hecho de pensar que en cualquier instante podría haber muerto, hacía que su adrenalina corriese a borbotones por todo su cuerpo, aquella sensación hacía que se sintiese joven, lleno de vida, no obstante, también le hacía ver, que era vulnerable a la muerte.

Su compañero de misión y de trabajo, acababa de cumplir cincuenta años, era un roble macizo, nacido en un pequeño pueblo de Wisconsin, y que había andado deambulando por varios países, con dos divorcios sobre los hombros, y un hijo que estaba a punto de graduarse como abogado, al que miraba una vez al año, y que le había sorprendido la última vez que se encontró con él, cuando le confesó que era homosexual, y que esperaba casarse con su novio en San Francisco, donde pensaba vivir después de terminar sus estudios, aunque el compañero del general ya tenía sus sospechas sobre la sexualidad de su hijo, aquella declaración no dejó de sorprenderle.

El whisky estaba haciendo hablar a su compañero más de la cuenta, era tan curioso: a pesar, de que con sus compañeros se cuidaban las espaldas, muchas veces se jugaban la vida misma, casi nunca entrecruzaban sus vidas privadas, cada quien vivía en su propio mundo, metidos en sus asuntos.

Su compañero insistía que tomase otro trago. Pero, el general cortésmente contestó -que estaba bien-. Ya se había tomado un tercer trago, el que era su límite. Sin embargo, su compañero seguía hablando y bebiendo, hasta que le confesó al general las pesadillas que cada noche experimentaba, sobre todo después de su última misión en Afganistán, cuando servía en la marina, donde había sido testigo de las cosas más macabras que la mente humana pueda imaginar, como cuando su mejor amigo y compañero de batallón, voló por los aires al pisar una mina terrestre, o cuando tuvo que descargar su ametralladora M-50 contra un grupo de supuestos milicianos, que resultaron ser simplemente pastores, que no pasaban de los trece años. Cuando se acercaron en el auto blindado en que patrullaban, junto a tres compañeros más, y vieron lo que habían hecho, se echaron a reír: -¡que se pudran en el puto infierno!-. exclamaron, al unísono, provocando esto más carcajadas.

Resulta que su compañero de misión había empezado a ver un siquiatra, y aunque estaba gastando una fortuna, estaba dando resultados.

El general se quedó pensando en aquella noche en un cuarto de hotel en Kuwait, cuando su ex compañero de trabajo le habló sobre sus visitas al siquiatra.

Por un instante pensó que a lo mejor él necesitaba lo mismo que su ex compañero: un siquiatra, alguien con quien hablar sobre su vida.

Pero, desechó la idea casi al instante en que la misma llegó a su cerebro.

No se miraba hablando con un desconocido, abriéndose de par en par, contándole todo a alguien que no conocía. Eso era para débiles de carácter, él era diferente, había sido formado de la mejor manera, y no se podía dar el lujo de quebrarse, no lo hizo de joven, no iba a suceder ahora de viejo.

Finalmente se quedó dormido, sin darse cuenta y, cuando menos lo esperaba. La fatiga de tanto pensar había pasado su factura, haciendo que su mente se quedase en blanco, al menos hasta que las pesadillas apareciesen.

Apenas consiguió dormir un par de horas. Se levantó de golpe a las cinco de la mañana, sin la necesidad de alguna alarma, creyó escuchar algún ruido en algún sitio de la casa.

Lo primero que hizo, fue buscar la pistola debajo de la cama, todavía estaba oscuro, a pesar de ello; no encendió la lámpara, al costado de la cama.

Conocía a la perfección cada centímetro de su habitación, podía lidiar con la oscuridad, y era capaz de encontrar una aguja tirada deliberadamente sobre la alfombra, que cubría el suelo de su cuarto, sin valerse de ninguna luz, guiándose únicamente por su instinto. Cogió su pistola, sintió el calor de la fina empuñadura de su arma de fuego, vistió sus pies en sus pantuflas afelpadas, y deambuló por la habitación, con sumo cuidado, tratando de no despertar a Azucena, que de encontrarle despierto, empezaría a preguntar qué hacía levantado, y con una pistola en su mano, en horas de la madrugada.

Salió de la habitación, merodeó por la planta de arriba, abrió la puerta de la habitación de Jimena, que dormía, ajena a que su padre la espiaba.

Luego bajó hasta la primera planta, encendió las luces de la sala, y la cocina. "Todo en orden", pensó, mientras miraba a través de la ventana, hacia el patio frontal de la casa, no encontrando nada extraño.

Buscó un vaso con agua en la cocina y se preparó un café , después se dirigió al sótano, a su oficina, colocó la pistola sobre su escritorio. Acto seguido, puso las noticias en la televisión plana, que colgaba de la pared, mientras se ejercitaba en una bicicleta estática, que conseguía relajarle.

-Todo está bien- decía, mientras pedaleaba con todas sus fuerzas, agradeciendo que, por lo menos no había tenido alguna pesadilla, en las pocas horas que había logrado dormir.

Las noticias eran las mismas de siempre, nada del otro

mundo, y lo único que le llamó la atención fue, la buena nueva sobre la economía estadounidense, que según los indicadores económicos, estaba restablecida en su totalidad, después de los tumbos de los últimos años.

Pedaleó por veinte minutos, cuando terminó estaba empapado en sudor, y sus pensamientos lograron tranquilizarse, sintiéndose sosegado; lo que tanto ansiaba. Volvió a subir a la cocina, se preparó un segundo café, el que tomó despacio, una vez que estuvo listo, mientras observaba a su alrededor, ya más relajado. Estaba tan orgulloso de su casa, de todo el espacio con que contaba; representaba una muestra de su trabajo, de su buena cabeza, y pensó en sus días en Monte Verde, en la humilde covacha donde vivió de niño, después de que aquella mansa mujer lo adoptó como su hijo, quien después murió desangrada, al no soportar las múltiples heridas provocadas por los machetazos de su padrastro; años después regresó a la aldea en busca de aquel individuo, con varios de sus hombres, para cobrar la cuenta pendiente, encontrándose con la noticia de que su padrastro (sí podía llamarlo de tal manera) se había suicidado varios años atrás, colgándose de un árbol, para poner así fin a una vida marcada por el alcohol y la violencia. Jamás volvió a regresar a Monte Verde. Había desafiado a la vida misma, y estaba seguro que era el vencedor de la partida.

Una vez que terminó su segundo café, subió hasta su habitación para tomar una ducha, Azucena todavía dormía. Se duchó y seguidamente se afeitó, para luego refrescar su rostro con un poco de colonia, se miró en el espejo, sintiéndose vigoroso, y en muy buena forma. Se vistió con ropas casuales. Pero, al mismo tiempo presentable, cuidando mucho que su pelo ralo estuviese impecable, peinado hacia el lado derecho.

Volvió a bajar a la primera planta, se preparó una tostada de pan con jalea de frambuesa, y un bol de avena; se sentó en la mesa del comedor, cuando Azucena bajó, envuelta en su pijama.

Su mujer lo saludó, preguntándole cómo había dormido, a lo que el general respondió indiferentemente –que bien-, para no entrar en detalles, sobre todo, acerca del anónimo recibido. "Nunca había compartido con su mujer sus asuntos, ¿por qué debía de hacerlo precisamente ahora?", reflexionó.

Después del escueto diálogo Azucena se dirigió a la cocina, mientras el general la seguía con la mirada. Nunca había amado a su mujer, la había elegido como su pareja, porque así lo requería la situación, no era posible que un hombre que se estaba acercando a los cuarenta siguiese soltero, sobre todo cuando su carrera militar iba subiendo como la espuma. Era esencial tener a una mujer a su lado, fundamentalmente; a una mujer fina, bonita, y dócil, y qué mejor que Azucena, hija de una de las familias más respetadas de San Pedro Sula para ser su compañera. Quizá porque nunca tuvo una familia, siempre tuvo miedo de formar una, por eso había prolongado empezar una familia, tampoco, tenía mucho tiempo para ello, su razón para vivir era el poder, llegar a lo más alto.

Antes de casarse con Azucena, aprovechaba cuando viajaba al extranjero a algún curso, para acostarse con prostitutas en exclusivos clubes, prefería pagar buenas sumas de dinero, por un rato de placer a meterse en algún lío de faldas en Honduras, como sucedía con varios de sus colegas militares, los cuales andaban de boca en boca, siempre envueltos en dramas sentimentales.

Él era diferente, no se podía dar el lujo de desconcentrarse en pequeñeces, hasta que la presión por estar soltero se fue incrementando, viéndose en la necesidad de empezar a pensar en sentar la cabeza y comenzar una familia.

"A pesar del paso de los años Azucena todavía conserva su buen parecido y su elegancia", pensó el general, mientras su mujer buscaba una fruta en la cocina, aunque ya no lo excitaba, es más: no recordaba cuando había sido la última vez que habían tenido un encuentro íntimo.

Azucena era diez años menor que el general, el mes pasado había cumplido los cincuenta y cinco, y efectivamente, conservaba una buena figura y los buenos modales de toda la vida. Por su parte el general, desde que se casaron siempre le fue fiel, dejó de acostarse con prostitutas cuando viajaba, y honestamente casi nunca pensaba en sexo, su mente estaba siempre en otros sitios, menos en las mujeres, aunque de vez en cuando miraba algo de pornografía suave en el internet, o apreciaba alguna chica guapa en la calle. Pero, inmediatamente, le invadía un sentimiento de culpa, sintiéndose sucio, recriminándose lo que hacía en el instante.

Azucena musitó algo que el general no comprendió desde la cocina, porque había desviado su atención de su mujer, para mirar hacia la calle, segundos después comprendió que su mujer se refería a Jimena, que seguía en la cama, y que fiel a todos los días; parecía que no lograría llegar a tiempo al colegio.

Se levantó de la silla del comedor, se dirigió hasta la amplia ventana de la sala, ignorando lo que su mujer seguía diciendo, porque creía haber visto algo, a lo mejor una sombra pasar. Comprobó que todo estaba en orden en la entrada de los coches, que daba hacia el garaje, a un lado de la casa.

Abrió la puerta principal de la casa con sumo cuidado, esperando encontrar algún paquete abandonado en la entrada, conteniendo alguna bomba casera o algún sobre con otro anónimo; se tropezó con la quietud del vecindario, y la nieve acumulada en el patio frontal de su casa, cerró la puerta porque Azucena se había quejado, de la corriente de hielo que había entrado cuando abrió la puerta principal de la sala. Se puso su abrigo encima, sus botas, y salió a inspeccionar alrededor de la casa: nada fuera de lugar. Entró en el garaje, donde su coche reposaba al lado del coche de su hija y el de su mujer, inspeccionó detenidamente el garaje, sin encontrar nada extraño.

Entró a la casa por la puerta del garaje, apareciendo en la cocina, donde Jimena se servía un bol de cereal con algo de fruta, mientras su madre le decía que se diera prisa, que llegaría tarde al colegio.

Besó la mejilla de su hija, le preguntó cómo había dormido, Jimena contestó que muy bien, seguidamente se sentó a desayunar mientras revisaba su móvil.

El general se despidió de Jimena deseándole un buen día en el colegio, para bajar hasta su oficina, se sirvió antes una tercera taza de café.

Se sentó en su escritorio, resguardado por dos sendos libreros, donde recopilaba varios libros, sobre todo biografías de grandes estadistas; que eran sus libros favoritos. Su oficina era su lugar predilecto de la casa, se sentía seguro y resguardado por el silencio. El espacio era fresco en el verano y cálido en el invierno.

Encendió su computadora para revisar los correos diarios, y sus cuentas bancarias en el internet. Después de un rato el nombre de Esteban Blanco volvió a aparecer, haciendo que pensase de nuevo en el anónimo recibido.

Aunque estaba más tranquilo, sin embargo, era necesario tomar cartas sobre el asunto, y empezar a investigar en serio.

Sí algo lo caracterizaba en la vida era que, nunca dejaba los asuntos para luego, le gustaba encargarse de las cosas en el momento, sin darle muchas largas a las situaciones, y odiaba cuando alguien pronunciaba la palabra mañana, cuando pedía hacer algo para él, sólo existía el ahora, nada más.

No le dio muchas largas al asunto, se le ocurrió una idea en décimas de segundos; cogió su móvil decidido que Chris, era la persona indicada a contactar, quizá el único contacto que todavía le quedaba; el que podía ayudarle a esclarecer las dudas que volaban sueltas por su existencia.

Marcó el número de Chris, al que había conocido varios años atrás, y que todavía seguía activo, trabajando en el Departamento de Seguridad de los Estados Unidos, o al menos aquello era lo último que sabía de él, más sin embargo, valía la pena intentarlo. Chris le debía algunos favores, que prefería no recordar, pero que estaba dispuesto a mencionarlos, de encontrarse con alguna negativa por parte de Chris para colaborar con él.

Chris no contestó la llamada, le dejó un mensaje en su buzón de voz, le pidió que le llamara cuando tuviera una oportunidad, que deseaba hacerle algunas preguntas.

Al terminar de grabar el mensaje, escuchó unos pasos, descendiendo por las gradas, quien fuese trataba de no hacer ruido, sacó su pistola del cajón de su escritorio, donde la había colocado, su arma se encontraba bala en boca, lista para ser usada. Cuando los pasos se acercaban más hacia él, escuchó la voz de Azucena quejándose porque según ella, ahí abajo hacía mucho frío.

El general puso la pistola en el cajón, dejó salir el aire que había contenido en sus pulmones.

Su mujer bajaba para informarle que saldría a realizar algunas compras, el general dio el visto bueno, contestando que él también saldría pronto a cortarse el pelo. Azucena se marchó a realizar sus mandados, lo que el general aprovechó para sacar el anónimo del cajón de su escritorio.

Saludes de Esteban Blanco General Arriaga o Míster John Sanders, como le guste más. Espero que todavía me recuerde, pues yo no le he podido olvidar.

Felicidades por la bonita familia que tiene, sobre todo por sus hijas, muy guapas las dos por cierto.

Siga cuidando de su familia, porque en estos tiempos nunca se sabe que puede suceder...

EB

El general se quedó leyendo el mensaje desplegado sobre su escritorio, varias veces, dándole vueltas al asunto. Era obvio que se trataba de un viejo enemigo, de alguien que tenía que ver con su pasado, que había aparecido para vengarse de él, amenazando de una manera cobarde, a través de un anónimo.

"Todo por haber protegido a mí país", se decía siempre. Llegando al extremo de sacrificar su familia, para vivir en el destierro, y sabiendo que jamás podría regresar a Honduras, para no levantar más polvo, o al menos así, se lo prometió al presidente Bonilla, cuando éste, lo orilló para que abandonara el país -por su seguridad personal y la de su familia-, según le dijo.

Se marchó pensando que regresaría cuando las aguas se calmaran un poco. Pero, después del primer año de su partida, vino el atentado que acabó con la vida del presidente Bonilla; ese remedo de hombre, que nunca le cayó bien, y que terminó arrastrándolo, de una manera gentil, para que se hiciera a un lado, aduciendo que - era el momento de descansar, ya había hecho demasiado por la patria-.

El general tomó la decisión de no regresar, si habían acabado con el presidente de la República, -¿qué no harían con él? Estaba consciente que había perdido el poder, y no podía arriesgar a su familia, así que se decidió por valerse de todas las prebendas de sus contactos oficiales en los Estados Unidos, al igual de todos los favores hechos por el difunto presidente y de sus allegados, para empezar una nueva vida en otro país.

Habían motivos de sobra para asesinarlo, no podía negarlo, pero, -¿ por qué después de tantos años? No estaba dispuesto a quedarse con todas sus turbaciones rondando por su cabeza y esperando a que Chris lo llamase, sí es que lo hacía. Se levantó de su escritorio, cogió la pistola, subió hasta la sala, se enfundó en su abrigo nuevamente, cubrió su cuello con su bufanda a cuadros, y agarró el sombrero que descansaba en un perchero, al lado de la puerta en la entrada de la casa, al igual que sus guantes de cuero, salió a la calle a caminar un poco, eso sí, con la pistola en uno de los bolsillos de su abrigo de lana.

Al abrir la puerta, miró vigilante hacia todos lados, pues creía que su verdugo podría estar escondido en cualquier sitio, incluso en el apacible vecindario de Harrisburg, donde era un simple ciudadano más, que pagaba puntualmente sus impuestos, al igual que cumplía con sus demás obligaciones cívicas, y que nunca se había metido en algún lío, todo lo contrario: era un ejemplo a seguir en la comunidad.

Dio la vuelta a la manzana mirando hacia todos lados, saludó a algunos vecinos que se encontró en su andar, brevemente, para luego de unos minutos regresar a casa, para sacar el coche, ya que quería cortarse el pelo, en el centro de la ciudad, y hacía mucho frío para seguir caminando.

Estaba dentro del coche, accionando con el control remoto la puerta del garaje para salir, cuando su móvil sonó. Se trataba de Chris, la persona que le podía aclarar el panorama.

Su corazón aceleró sus pulsaciones al máximo. Antes de contestar su móvil midió muy bien todas las palabras qué diría, suspirando hondo y contestando la llamada, tratando de sonar natural y jovial, pero conservando su característica seriedad.

10

Leo se levantó a las seis de la mañana, con la ayuda de su reloj despertador. Rápidamente se dirigió hasta la ventana, para encontrarse únicamente con las farolas que alumbraban su calle, al igual que con algunos coches que empezaban a circular y con unos cuantos peatones; caminando insipientes con sus largos abrigos, tratando de llegar a algún sitio, a pesar de que todavía era temprano y la luz natural brillaba por su ausencia.

Los martes no trabajaba en la librería. Sus martes empezaban a primera hora: a las ocho de la mañana, con una de las últimas clases que estaba cursando, después tenía que correr hasta la organización donde realizaba su práctica académica: en una dependencia del ayuntamiento de Filadelfia, encargada de velar por los diferentes recursos naturales en la ciudad y en sus alrededores.

El nacer y crecer en Tegucigalpa hizo que Leo tuviese un interés muy particular en el medio ambiente, el que relacionaba con el aspecto social de como están estructuradas las grandes metrópolis.

El plan que tuvo en mente fue el de regresar a Tegucigalpa al terminar sus estudios: a esa ciudad vapuleada por el crecimiento desmedido, y concebida sin ninguna planificación, donde los árboles de las colinas que rodean la misma, fueron exterminados para edificar paupérrimas viviendas, desafiando los principios geométricos básicos; dichas viviendas son el reflejo claro de la ciudad: esa ciudad abatida por las desigualdades sociales.

Los ríos que algún día fueron cristalinos, y donde los capitalinos nadaban o se refrescaban; corrieron la misma suerte, convirtiéndose en ciénagas, donde ahora circula abiertamente la basura y la mierda.

La nostalgia vapuleaba a Leo constantemente, ansiaba regresar a Tegucigalpa, fantaseaba con caminar por las callecitas empedradas del centro de la ciudad, entre el bullicio del gentío o sentarse en las escalones de la Catedral Metropolitana , para contemplar el mundo pasar; ese mundo que era tan distinto al mundo de Filadelfia, que era su nuevo mundo.

Habían días, especialmente cuando todavía no salía con Gabriela, que extrañaba tanto Tegucigalpa, la ciudad que la mayoría de hondureños catalogaba como fea, que ni sus propios habitantes estaban orgullosos de ella.

Pero a él no le importaba, extrañaba el viejo barrio donde nació y creció, la casa de toda la vida, y sobre todas las cosas: la esencia de aquella ciudad, reflejada en el rostro de sus habitantes, que hacen malabares para sobrevivir, y para no dejarse ahogar por las injusticias y por la miseria.

Le parecía increíble como se había adaptado al ritmo frenético de vida en los Estados Unidos, aunque no fue fácil, particularmente, en su primer año, cuando varias veces estuvo a punto de dejar todo para regresar.

Pero, cuando esos días de mandar todo al carajo aparecieron, allí había estado su padre; para darle ánimos, y recordarle que no todos tenían la oportunidad que él estaba teniendo, aquellas palabras siempre traían consigo un doble filo: ya que, por un lado, Leo se sentía de nuevo positivo, seguro de sí mismo.

Pero, por otro lado, se sentía culpable; culpable por estar viviendo una vida diferente, llena de posibilidades, no sucediendo lo mismo con el millón de personas que habitan

Tegucigalpa, una ciudad preconcebida para aguantar no más de cien mil habitantes, en su quebradiza topografía.

Tegucigalpa al final sucumbió ante la migración desmedida de miles de personas que, buscaban escapar de la falta de oportunidades en el interior del país, creyendo que en la capital las cosas irían mejor, encontrando todo lo contrario: más miseria, marginalización y miradas despectivas, hasta que los cinturones de pobreza se fueron extendiendo por las colinas que circundan la ciudad, formándose así: incontables favelas, con sus propios gobiernos y códigos, donde prevalecen las leyes de las pandillas juveniles, de las mafias, y la delincuencia común, y donde ni la policía misma se atreve a entrar.

Los cerros que amortiguan a las favelas, tuvieron siglos gloriosos, adonde la plata y el oro marcaban todos los caminos, los colonizadores españoles se dieron cuenta de ello, y empezaron a explotar los yacimientos mineros.

Con el paso de los siglos todos los cerros y las colinas fueron claudicando, hasta que la migración del campo a la ciudad se fue haciendo más manifiesta; los nuevos allegados se vieron en la necesidad de invadir los cerros y las colinas, ante la imposibilidad de poder vivir en las partes planas de la ciudad, reservada en su mayoría para la clase pudiente.

Las diferencias de clases se fueron haciendo cada vez más visibles, hasta llegar a ser lo que es hoy en día: una ciudad donde de un lado se tiene un mundo moderno y del otro lado: la cara más dura de la pobreza.

Leo detestaba tanto aquellas divisiones tan notables de clases sociales, al igual que lo hacía su padre. Las caminatas que realizaron con su papá por el cerro de La Tigra; uno de los últimos pulmones que se resiste a morir, proveyendo agua y oxigeno a los habitantes de la ciudad, eran el escape perfecto de la dureza y de la locura, que representaba vivir en la ciudad. Todos los veranos, los que gradualmente se habían ido convirtiendo en meses de intenso calor, el agua escaseaba, al igual que la electricidad, los apagones estaban a la orden del día, y cuando la lluvia por fin aparecía, las ciénagas que rondan por la ciudad, miserablemente, recobraban sus caudales, arrastrando la basura arrojada contra sus entrañas, llevándose sin misericordia, todo lo que encontraban a su paso.

Los deslaves de tierra tampoco se quedaban atrás, trayendo consigo las pordioseras viviendas, edificadas de cualquier manera posible, al igual que sus habitantes a ras de suelo, causando muerte y dolor, entre los más vulnerables.

Los racionamientos de agua eran severos y cientos de miles simplemente no contaban con agua potable, viviendo con un barril del vital líquido al día: en el mejor de los escenarios.

El esperado regreso a Honduras había entrado en tela de juicio, la culpable de ello era Gabriela, y también su padre; ya que no quería que su hijo regresase, cada vez que hablaba con él, le comentaba que los problemas en el país estaban empeorando la situación, tratando de hacerle ver a su hijo que, era mejor que se quedase en los Estados Unidos, aunque aquello estaba en veremos, porque la visa de Leo expiraba al terminar sus compromisos académicos.

Los martes eran para Leo un correr inacabable, después de sus clases y sus horas en el ayuntamiento, pasaba las horas restantes en la biblioteca de la universidad, trabajando en sus reportes finales, posteriormente caía rendido en la cama. A duras penas le quedaba tiempo para comer algún sándwich, dándose a la tarea de tomar varios cafés, los que lograban que se mantuviese despierto, y viviendo al filo de la navaja. Pero, todo estaba valiendo la pena, estaba muy cerca de culminar sus estudios en una de las universidades más prestigiosas de los Estados Unidos, era consciente de lo que aquello representaba, aunque trataba de no prestarle atención, para no ponerse presiones extras.

Había salido de Honduras lleno de sueños y de ilusiones, después de haber trabajado duro en el colegio, estaba cumpliendo sus aspiraciones de vivir en otro país, aunque Estados Unidos no fue su objetivo primordial, pero la aplicación que realizó por medio de una fundación que asiste a estudiantes de países pobres, lo trajo hasta la Universidad de Pensilvania.

Fueron meses de extensas jornadas de estudio, de llenar aplicaciones que parecían infinitas, de tomar pruebas, entrevistas online, pero todo dio resultado, cuando finalmente fue admitido con una beca completa, que incluía la estadía, libros y algo de dinero mensual, que le ayudaba para apalear sus necesidades básicas y dos billetes de avión: una de ida y otro de regreso.

En un principio soñaba con Europa, Inglaterra, quizá Francia, también le seducía Australia y Canadá, jamás se imaginó que sería aceptado en la Universidad de Pensilvania.

Dejar Honduras no fue tan complicado como lo había pensando, lo difícil llegó después, cuando transcurrieron los meses y fue apareciendo la nostalgia típica del inmigrante, es más: estaba desesperado por respirar otros aires, lo que si resultó difícil de dejar fue a su padre, sin embargo, éste le insistió para que se marchase, en una ocasión, incluso le dijo que no regresara, que en Honduras no existía nada para él.

Leo no podrá olvidar aquel momento, cuando su padre le dijo aquellas palabras, la tristeza en su cara lo decía todo, sabía del amor de su padre hacia su tierra, pero con las cosas que habían pasado y el desarrollo de las mismas, su padre se había vuelto un ser leve, sin peso, que había dejado de soñar, como si su espíritu hubiese levitado enteramente, dejándolo desprovisto de toda materia.

Leo no soportaba la negatividad de su padre, el que afirmaba "que el país estaba acabado, que era cuestión de años para que se empezaran a matar entre sí, únicamente por un vaso de agua o algún plato de comida caliente".

El profesor López se limitaba a sus clases en la universidad, a leer los mismos libros de siempre, de toda la vida. Y a quejarse del sistema, al cual despreciaba con todas sus ganas.

Leo se acostumbró a crecer con las sombras que resguardaban el andar de su padre, con sus sañas, con su negatividad, con el recuerdo del suicidio de su madre, cuando acababa de cumplir siete años, con el crimen de una hermana que no recordaba, y con todas las preguntas que su padre jamás respondió, hasta que dejó de preguntar, convencido que su papá nunca se abriría ante él.

Con el paso de los años aprendió a ver lo positivo de su padre, en lo que figuraba su vocación a la docencia, su sensibilidad ante la naturaleza y el amor que sentía hacia él, el que percibía de una manera extraña, puesto que su padre nunca se lo expresaba con palabras.

Su padre había sido un padre diferente, no tradicional, por ejemplo: nunca fueron al fútbol juntos o al cine, es más: el profesor López odiaba el fútbol, cuando Leo estaba loco por una mascota siendo niño, su papá apareció con una iguana, que casi lo mata del susto. Quizá la única actividad típica entre padre e hijo que llevaron a cabo, fue cuando el profesor López llevó a Leo a tomar unas cervezas, para celebrar el cumpleaños de su hijo.

El Diplomático, en el centro de Tegucigalpa, era el bar

donde se daban cita los soñadores, poetas, algún que otro político, y muchos que solamente buscaban ahogar alguna pena, emborrachándose en nombre de cualquier amor frustrado.

Aunque el profesor López no era un asiduo bebedor, cuando decidía tomarse algunas cervezas, lo hacía en el Diplomático, en compañía de algún conocido, para hablar de cómo estaba el mundo y el país.

No obstante, estuvo sin visitar el bar varios años, en los ochentas, después de las diferentes redadas llevadas a cabo por la POMINA, la temible policía militar.

En repetidas ocasiones los agentes de la POMINA llegaron al Diplomático buscando comunistas entre los asistentes, llevándose al que les entraba la gana llevarse, sin ninguna orden judicial, lo que era muy común en aquellos turbios años. Los detenidos eran conducidos al cuartel general de la POMINA, en el fortín del Estado Mayor, donde eran interrogados. Algunos corrían con suerte y no eran torturados, siendo dejados en libertad después de responder algunas preguntas de rigor, como "¿a qué se dedicaban? O ¿Adónde vivían?", o después de haber respondido si conocían algunas personas, al ver fotografías de ciertos individuos, mostradas por los elementos de la POMINA. Todos los detenidos eran fichados, pasando a ser parte de una extensa y detallada base de datos de la policía militar nacional.

Otros no corrieron con la misma suerte, jamás los volvieron a ver, y otros recibieron tremendas tundas, dependiendo del ánimo en que se encontrasen los oficiales que interrogaban a los detenidos.

Los miembros de la POMINA tenían ojos por todos los rincones de la ciudad, al igual que oídos, varias veces detenían jóvenes por llevar el cabello largo o barba, pues aducían que era el look de los comunistas o como la vez que detuvieron en la plaza central de Tegucigalpa, a un estudiante que regresaba a su casa, después de un agotador examen en la universidad. El joven estudiante llevaba debajo del brazo un cuaderno y un libro que decía: la revolución de las máquinas. El joven fue detenido por dos miembros de la POMINA que caminaban de paisano, buscando sospechosos a mansalva entre los transeúntes, para colmo de males el joven vestía una camiseta con el rostro de Jim Morrinson, luciendo una frondosa barba, lo que terminó de afirmar las sospechas de los efectivos de la POMINA, que aquel joven era un revolucionario, aunque ninguno de los dos sabía quién era Jim Morrinson y mucho menos acerca de la revolución de las máquinas.

Detuvieron al chico, que resultó ser un estudiante de ingeniería industrial, al que la política le daba igual, aún así fue golpeado brutalmente, detenido ilegalmente por varios días, mientras sus padres lo buscaban desesperadamente por todas partes. El chico se cansó de decirles la verdad, "que venía de un examen, y que el libro pertenecía a una asignatura". Fue dejado en libertad, todo moreteado y con dos costillas rotas. La historia rápidamente se fue regando por la ciudad, especialmente en los cafetines y bares, causando risa e indignación.

Estaba claro que hacían aquellas redadas para intimidar, para que los que estaban metidos en política, recibieran el mensaje y los que no: que se mantuvieran al margen.

A pesar de todos los embates El Diplomático se mantuvo de pie, logrando sobrevivir a los años ochentas: la oscura década de las desapariciones y de las torturas, lo que continuó hasta los dos primeros años de los noventas.

Luego, de alguna manera la situación cambió, cuando el presidente Bonilla llegó al poder, aunque todo fue una pantomima, de todos era sabido que el presidente Bonilla lo único que quería era llenarse los bolsillos, tal y como lo habían estado haciendo los militares, desde décadas atrás.

Era un sábado esplendoroso, donde Leo en lugar de levantarse al compas de las mañanitas, como era la tradición, se despertó con los rayos de un sol vigoroso; entrando plenamente a través de la ventana de su habitación, golpeándole en la cara, haciéndole saber que era el momento de levantarse, y de disfrutar de su cumpleaños dieciséis. Su padre lo recibió en la cocina con una taza de café y un apretón de manos, Leo todavía tenía su pelo crespo desordenado, y sus ojos pegados a sus párpados, estaba medio adormitado, pero feliz de haber despertado.

Su padre lo felicitó por su cumpleaños, luego le preguntó sí tenía planes, el único plan con que Leo contaba, era el de ir al cine con Guido a ver Capote, la película, con uno de sus actores favoritos: Philip Seymour Hoffman.

El profesor López le dijo -que podía ir al cine con Guido el domingo, que quería hacer algo con él, en el día de su cumpleaños.

El único cumpleaños que sus padres le habían celebrado fue cuando cumplió siete años, y su madre se cortó las venas la semana siguiente, así que no tenía muy buenos recuerdos. Sus padres organizaron una fiesta en un parque en las afueras de la ciudad, le dijeron a Leo que invitara a sus compañeros de escuela, algo que fue un tanto complicado, porque Leo no tenía amigos en la escuela, y las amistades de sus padres se habían alejado de ellos, desde el crimen de su hermana, en cierta medida porque los dos se volvieron locos: su madre se encerró en su mundo, culpando a su marido del crimen y su padre por su parte, perdió la cabeza, escapándose a otra órbita, de la que decidió bajar varios años después. Leo giró las invitaciones con vergüenza entre sus compañeros de escuela. Su timidez era un asunto que lo tenía atado de pies y manos. El día de la fiesta llegó y los únicos asistentes fueron: sus padres, Guido y los padres de su amigo. A pesar de la escasez de la concurrencia, partieron el pastel de chocolate, y se colocaron los gorritos en la cabeza, luego cada quien se marchó por su lado.

Salieron al filo de las once, de la vieja casa en el Barrio La Leona, dejaron el destartalado escarabajo Volkswagen del profesor López aparcado enfrente de la casa, pues podían llegar andando al centro de la ciudad, lo que a los dos le gustaba hacer. Pasaron por el parque La Leona, se detuvieron algunos minutos en el mirador para apreciar la confusión que representa Tegucigalpa desde las alturas, donde las calles y avenidas se confunden con el caos y el desorden vial, mientras la ciudad entera es vigilada desde las elevaciones por las miles de favelas, agrupadas de cualquier manera posible. El profesor se fumó un cigarrillo, le ofreció uno a Leo, quien dijo que no.

Se entretuvieron contemplando a un imponente avión volando a muy baja altura que buscaba aterrizar en el aeropuerto internacional de la ciudad, driblando los cerros y las casitas edificadas a la brava, sobre las colinas, hasta que logró su cometido, estampando sus llantas contra la pista de aterrizaje, mientras los coches, taxis y buses esperaban poder avanzar, estancados en un infernal tráfico. Después bajaron por el sin fin de callejones estrechos, hasta que llegaron al Barrio La Ronda, en pleno centro de la ciudad. Siguieron por la avenida Máximo Jerez, cruzando veredas y metiéndose entre los coches, que pitaban deliberadamente, exigiendo que el tráfico se moviera, misión que era imposible, porque el embotellamiento no permitía ir hacia ninguna parte.

La frustración en la cara de los conductores era más que

notoria, mientras las personas circulaban por las aceras sumidas en sus propias existencias, y atentas a no ser sorprendidas por algún ladronzuelo, esos que rondan las calles del centro como aves de presa.

Al profesor López le daba tanto pesar como el centro de la ciudad estaba en el abandono, los edificios coloniales estaban a punto de desmoronarse, y las librerías, cafés y bares, poco a poco iban cerrando o mudándose al otro lado de la ciudad, donde los ricos habían elegido vivir en sus exclusivos vecindarios.

Las prostitutas deambulaban por las calles desde las primeras horas del día, con sus diminutas prendas, luciendo alegres y decidas a todo, tratando de esconder en sus miradas el dolor y el miedo que sentían cada vez que se iban con un cliente, pues podía ser el último cliente de sus vidas.

El profesor López sentía tanta pena por aquellas mujeres, que iban desde los trece hasta los cincuenta años, en más de alguna ocasión había charlado con algunas de ellas, para conocer más sobre sus vidas, encontrándose con cada historia…

El Diplomático seguía en pie, en la misma esquina donde cuarenta años atrás había empezado a funcionar, en las cercanías de la Plaza de la Independencia.

Entraron al bar, adentro era un hervidero, no encontraron ningún puesto libre en la barra, ni tampoco en el salón principal, el profesor López estrechó algunas manos de conocidos que lo saludaban y le recriminaban que ya días no lo miraban en el bar. Se desplazaron entre el gentío, escabulléndose en un pasillo donde habían otras mesas, todas ocupadas. Llegaron al patio donde encontraron una mesa vacía debajo de una frondosa ceiba, que daba una brisa muy agradable.

Eran las once de la mañana y el bar a estaba a reventar, todos los asistentes eran hombres, varios buscaban librarse de alguna resaca, otros simplemente seguían la parranda de la noche anterior, y otros tantos, sencillamente no tenían nada mejor qué hacer, que matar las horas con alguna cerveza o algún trago conversando, enredándose en temas candentes, entre los que figuraban la política, la religión y el fútbol.

Uno de los hijos del fundador del bar, que había heredado El Diplomático, una vez que su padre hubo muerto, llegó hasta la mesa, el profesor intercambió algunos saludos con el hombre, que debía tener algunos cuarenta años, y que poseía una enorme panza, y un frondoso bigote, que irradiaba una soberana simpatía y al mismo tiempo respeto. El profesor presentó orgulloso a su hijo, añadiendo que era su cumpleaños, el dueño del bar dijo que la primera ronda corría por la casa, extendiéndole la mano a Leo y colocando con la otra mano un plato con cacahuetes sobre la mesa.

El Profesor López se encontró con algunos amigos de antaño, los saludaron y felicitaron a Leo respetuosamente, diciéndole que su padre era un gran hombre; se gastaron algunas bromas y se contaron anécdotas. Leo se tomó dos cervezas, nunca había visto a su padre tan alegre.

Salieron del bar y caminaron por la calle peatonal, el profesor López había tomado más que su hijo, estaba ya un tanto tocado por las cervezas, hablaba sobre sus años mozos, sus aventuras en las calles de Tegucigalpa, y lo admirable que era todo en el pasado en la ciudad, donde se podía caminar a cualquier hora, sin temor alguno a ser atracado, y sin mirar hacia todas partes.

-Eran otros tiempos hijo, tiempos que no volverán-. Pronunció el profesor.

Leo comprobó que las lágrimas estaban a punto de rodar por los ojos de su padre, cuando en eso, les salieron dos chiquillas que no podían pasar de los quince, ofreciéndoles compañía. -Ves, a esto me refiero-. Reafirmó a su hijo el profesor López.

Leo pensó en preguntarle a su padre más sobre su vida, sobre el asesinato de su hermana, sobre su vida con su madre, sobre tantas cosas... aprovechando el momento de sensibilidad de su padre. Pero no se atrevió, por miedo a arruinar el momento. Después de un rato andando por la calle peatonal, se detuvieron para tomar un café, en el Café Roma, otro de los míticos lugares que se estaban resistiendo a morir. Ahí el profesor se encontró con varios colegas, y conocidos de antaño, que le recriminaron que hacía siglos que no lo miraban, tal y como sucedió en El Diplomático.

Tomaron el café tranquilamente, hablando sobre cualquier asunto, luego abordaron un taxi que los condujo a casa, la noche había caído sobre Tegucigalpa y caminar en la oscuridad, no era para nada recomendable, no querían llevarse alguna sorpresa.

Ya en casa su padre se fue acostar, antes volvió a felicitar a su hijo, le dijo que estaba orgulloso de él, y que lo quería con toda su alma, le dio un beso en la mejilla derecha. Era la primera vez que Leo recibía tal demostración de afecto por parte de su padre. Aquel ha sido el mejor cumpleaños de toda su vida, la única vez que su padre había mostrado sus emociones ante él, tuvo que esperar dieciséis años para ser testigo de ello.

Una vez que concluyó sus clases se dirigió corriendo hasta la oficina del ayuntamiento, donde hacía su práctica profesional, se puso al corriente de varios asuntos y cuando hubo terminado sus compromisos se dispuso a caminar hasta la biblioteca, para pulir unos informes que tenía pendiente, al igual que algunas tareas. Había sido un día bastante extraño, donde le costó mucho concentrarse en sus cosas, estuvo pensando en Gabriela, en qué haría una vez que terminase con sus clases, el tiempo iba avanzando y era irremediable el no pensar en ello.

Estaba cerrando su computadora cuando Gabriela lo llamó para invitarlo a cenar. Lo cierto es que a Leo la llamada de su novia le cayó de maravilla, necesitaba hablar con ella, definir qué haría con su vida, una vez que sus estudios terminasen.

No quería separarse de Gabriela, era muy probable que regresara a Honduras, lo que en cierta medida deseaba, después de estar fuera por casi cuatro años de su país, pero no estaba seguro de ello. Se había acostumbrado a otro estilo de vida, y a parte estaba Gabriela, el pensar que era posible que no volvería a verla lo llenaba de agonía. Ya lo había experimentado en las dos semanas en que no la había visto, cuando Gabriela estuvo con su familia en la Florida.

Una opción era que Gabriela regresase con él, para juntos descubrir su país, luego ya verían qué harían… Se quedaron de mirar en un restaurante mejicano en la calle Market, muy cerca de la estación de trenes de la calle treinta.

Leo caminaba resuelto al encuentro con Gabriela, estaba seguro que era el momento de abrirse por completo ante ella y juntos idear un plan.

11

El general Arriaga se cortó su pelo en el lugar de costumbre; en la pequeña barbería en el centro de Harrisburg, donde se había cortado el pelo desde hacía quince años, cuando decidió establecer su residencia en la apacible Harrisburg, al oeste del estado de Pensilvania, después de haber vivido una temporada en Washington, una vez que tuvo que dejar su casa en Las Lomas del Guijarro, una de las zonas más exclusivas de Tegucigalpa.

Mientras esperaba su turno le echó un vistazo a una edición de la revista The Economist, llamándole la atención un extenso reportaje sobre la mejora de la economía en los Estados Unidos, que le hizo sentir bien, puesto que todas las inversiones que había hecho se beneficiarían del repunte económico del país.

No tenía nada de que preocuparse, el futuro de sus hijas estaba solventado, al igual que su vejez. Todo iba bien, de no haber sido por el anónimo recibido, el que había logrado moverle el piso, haciendo que su tranquilidad se tambalease.

Intentaba no pensar en la llamada que Chris le quedó de hacer por la tarde, para informarle lo que había encontrado sobre el caso del anónimo recibido.

Cuando se estaba cortando el pelo conversó con Aldo, el dueño de la barbería; hijo de inmigrantes italianos, que había heredado el negocio y el oficio de su padre, hablaron sobre el clima, y sobre el asalto ocurrido recientemente, cuando el general estaba en la Florida, y del que todo

Harrisburg estaba comentando. Un par de delincuentes se habían atrevido a asaltar un banco, justo enfrente al Capitolio del Estado, los asaltantes no contaba con qué, uno de los clientes del banco estaba armado, ni mucho menos que alguien adentro del banco iba a repeler el asalto.

El cliente desenfundó su pistola contra los asaltantes matando a uno en el acto. Pero, el compinche del caído en acción, le disparó al cliente, hasta quitarle la vida. En el intercambio de disparos otros dos clientes resultaron muertos, entre ellos una mujer embarazada, y cuatro más salieron heridos; dos estaban todavía coqueteando con la muerte en el hospital local y los otros dos estaban fuera de peligro.

Cuando el atracador se disponía a huir, sin el botín, fue acribillado a tiros por la policía, quedando tendido en la acera, a pesar de que se había rendido, arrojando la pistola al suelo y levantando sus brazos en señal de rendición.

Pero, la policía no hizo caso, y el mal afortunado ladrón, quedó tendido sobre la vereda, bañado en su propia sangre.

Se trataban de dos jóvenes de la comunidad, el mayor de veinte años y el menor de dieciocho, ambos blancos, adictos a las metanfetaminas, y con una serie de delitos sobre sus hombros, varias personas estaban convencidos que los atracadores no esperaron que el asalto terminase de tal manera; que lo único que deseaban era agenciarse una buena cantidad de dinero, para abastecerse muy bien de drogas, y no preocuparse por una buena temporada.

Toda la comunidad estaba en shock y la paranoia como era de esperarse estaba presente en los habitantes de Harrisburg, el asalto al banco era el tema de conversación en toda la ciudad.

El general había visto la noticia en la casa de vacaciones en Isla Morada, cuando miraba un informativo en la televisión. Acababa de regresar de sus vacaciones, y ya estaba extrañando el calor de la Florida, y el murmullo del mar, ese sonido mágico que era su música favorita, que hacía que lo demás saliera sobrando.

- En ningún sitio se puede estar a salvo- les dijo a sus hijas y a su mujer, cuando los cuatro estaban viendo la noticia, sorprendidos que el violento episodio que había sucedido en Harrisburg. – Por lo menos los chicos no son negros-. Dijo Gabriela. Todos la quedaron viendo sin decir nada. Gabriela era una critica fiera de los medios de comunicación, porque según ella: satanizaban a los afro americanos, y a las demás minorías, culpándolos de todo lo malo que ocurría en el país, dándole cabida a toda clase de estereotipos.

El general salió de la barbería, caminó algunos metros para comprar un café y unos muffins de chocolate para llevar consigo, después se dirigió a casa.

Al llegar a casa se cercioró de que todo estuviese en orden, dejó el coche afuera del garaje, se bajó del mismo con la mano adentro del bolsillo de su abrigo, acariciando su pistola, revisó los alrededores, temiendo otro anónimo, no encontró nada, después recogió la correspondencia, únicamente había publicidad sin importancia y unos catálogos sobre modas para Azucena. Halló a Azucena mirando un documental sobre una civilización ancestral en África, sentada frente a la televisión, con la chimenea a tope.

Se saludaron con disimulo, el general le ofreció un muffin y su mujer aceptó su ofrecimiento, le dio las gracias, por haber pensado en ella, no dijo nada, rápidamente bajó a su estudio, Chris estaba por llamar.

Se sentó en su escritorio, decidió por no encender la computadora, agarró un blog de papel y un lápiz, para estar listo cuando Chris llamase, y tomar nota, ya que no quería dejar pasar ningún detalle, y tampoco quería volver a llamar a Chris, para no deberle otro favor.

El general había conocido a Chris en una misión en Panamá, en el ochenta y cuatro, donde se encontraba realizando unas maniobras en compañía de varios oficiales centroamericanos. Chris era parte de los instructores del ejército estadounidense, que llevaba a cabo las maniobras en la selva panameña.

Después de pasar dos semanas en las maniobras, preparándose para luchar contra las guerrillas comunistas, compartieron con Chris, y otros instructores en Ciudad de Panamá, donde se conocieron más.

Años más tarde se volvieron a encontrar en Washington D.C, después de que el general abandonase Honduras, para emprender una nueva aventura en la OEA, adonde Chris trabajaba, hasta que fue colocado en el Departamento de Seguridad Interna de los Estados Unidos, donde se jubilaría a finales del año.

En el mundo en que el general se movía, la discreción y las distancias eran dos elementos vitales, así que, era necesario hablar lo esencial, y callar lo más que se podía, lo más importante era saber escuchar, y actuar seguro de lo que se hacía.

No podía asegurar qué Chris era su amigo y viceversa. Pero, era alguien a quien podía recurrir, sobre todo, para indagar sobre cualquier individuo, gracias a todos los accesos que Chris poseía de información clasificada.

Cuando Chris le devolvió la llamada, después de haber escuchado el mensaje que el general le dejó en su móvil, intercambiaron un breve saludo, y el general le comentó sobre al anónimo que había recibido.

Chris estaba al tanto del pasado del general, aunque

nunca hablaban del mismo, siempre se dedicaban a asuntos profesionales y cuando tenían que cruzar las fronteras se referían a otros temas, como: política internacional, economía o inteligencia militar, pero nada del plano privado.

El general se sintió un tanto anómalo, contándole a su camarada sobre el anónimo recibido. No obstante, estaba dispuesto a llegar hasta el fondo de aquel asunto, aunque esto representara que debía de tocar puertas, que creía, que jamás volvería a llamar. Chris le dijo que lo llamaría en dos horas, necesitaba mover algunos de sus contactos, para ver que lograba obtener.

El general esperó ansioso por la llamada, decidió que lo mejor era sudar un poco, en la bicicleta estacionaria, mientras escuchaba algo de Jazz, intentando relajarse, lo que no logró, porque estaba desesperado por escuchar de Chris.

Chris finalmente llamó, dos horas exactas, después que hubo colgado la primera llamada exploratoria. Le informó al general que a lo mejor tenía algo que le sería de utilidad: había encontrado en la base de datos de migración, la entrada en el país del ciudadano hondureño José Manuel Blanco Raudales, cinco años atrás, el punto de entrada había sido el aeropuerto JFK de Nueva York. La emisión de la visa había tenido lugar en Tegucigalpa, el señor Blanco, hubo cumplido con todos los requisitos expuestos por la embajada de los Estados Unidos en Tegucigalpa, habiendo sido aprobada un visa de turista por diez años.

Sin embargo, no existía algún indicio de salida del país, lo que indicaba que el señor Blanco se había quedado de manera ilegal en algún lugar de los Estados Unidos.

Aquel nombre le resultó bastante familiar al general, no tuvo duda alguna que se trataba del hermano de Esteban

Blanco; miembro de un movimiento estudiantil en la Universidad Nacional, que andaban bien envalentonados con lanzar una revolución, como había ocurrido en El Salvador, Guatemala y Nicaragua.

El general tuvo que actuar contra él, y contra otros de los miembros del movimiento, después que se habían tomado las instalaciones de la universidad nacional, como presión para realizar algunas reformas académicas en la casa de estudios. El general no entendía nada sobre las consignas o las reformas que los estudiantes exigían, lo único que tenía claro era que, debía de cortar el asunto de raíz, antes que otros revoltosos aparecieran haciendo más exigencias.

Todo fue en defensa de la soberanía de la patria, y luego fue puesto en libertad, al comprobar que sólo era un agitador más, pero eso sí: bien escarmentado, llegando al extremo que el prisionero había perdido la razón, después de las torturas aplicadas.

Esteban Blanco terminó disparando contra sus padres, una vez que fue liberado, perdonándole la vida a su hermano menor José, luego se pegó un disparó seco en la sien derecha, quitándose la vida.

El crimen conmovió a todo el país, cuando apareció en los distintos periódicos, en las cadenas televisivas y radiales. Pero como era de esperarse: todo se olvidó, después que la noticia desapareció de los medios, una vez que otros macabros hechos fueron emergiendo.

Chris comprendió que aquello era lo que el general andaba buscando, le brindó más detalles de José Blanco, incluso le mandó a su correo electrónico una foto de su pasaporte, y la aplicación de la visa tramitada en Tegucigalpa, que revelaba más datos de José Blanco.

El general le agradeció por toda la información proporcionada, luego le preguntó cómo iba el proceso de su jubilación, a lo que Chris contestó –que ya faltaba muy poco, estaba contando los días para retirarse, y vivir en un rancho que había adquirido en Wyoming.

Se despidieron sin tanto protocolo, y cada quien siguió con sus respectivos asuntos, aunque el único asunto en la cabeza del general se llamaba José Blanco, por lo menos tenía una pista, un punto de partida; para empezar a planificar su plan de acción.

De alguna manera aquel hecho le excitó, ya que desde su retiro se estaba amilanando con la vida cotidiana, necesitaba mantenerse activo, y que mejor que investigar sobre la persona que lo estaba amenazando a él, y a su familia.

Empezó a sentirse vigoroso, con ansías de seguir adelante, por sí fuese poco, ya llevaba algunos días sin las molestas migrañas, y sin soñar con sus fantasmas.

-Esto es lo que necesitaba, estar ocupado- dijo, mientras miraba la copia del pasaporte de José Blanco, reflejaba en la pantalla de su computadora.

12

Cada día cuando el reloj marcaba las dos de la tarde, José sentía que no daba para más. Pero, todavía tenía tres horas por delante, para terminar su trabajo.

Cuando daban las cinco, apenas podía sostenerse de pie, el cansancio era tan intenso que no sabía si era capaz de volver a su apartamento en Newark o quedarse tendido entre los escombros de las construcciones.

Cuando dejaba las construcciones, una vez que terminaba sus turnos de trabajo, caminaba por las calles de Nueva York, teniendo como rumbo la estación de metro más cercana, seguía escuchando los sonidos del concreto al romperse, cuando su mazo golpeaba las paredes, al principio con todas sus fuerzas, a medida que los impactos incrementaban, las fuerzas lentamente se iban reduciendo, hasta que estaban a punto de extinguirse por completo, pero seguía levantando sus brazos, impactando contra las paredes y estructuras, pues no le quedaba de otra.

Al final del día podía levantar sus brazos con sacrificios sobre humanos, su espalda estaba destrozada, y su cuello era un infinito nudo. Era allí, ante tales dolencias, cuando extrañaba su trabajo en el departamento de audiovisuales en la Universidad Nacional de Honduras, donde era el encargado de que los proyectores, cámaras de video y computadoras, entre otros, estuvieran en optimas condiciones, al exceso de los estudiantes y profesores, cuando lo requiriesen. A pesar de que la paga no era jugosa, disfrutaba de su trabajo, contaba con tiempo para leer, para navegar en el internet, y para mantenerse informado sobre los avances tecnológicos, algo que le apasionaba.

Sus manos aún temblaban, eran tan pesadas, como dos rocas macizas, había estado impactando el mazo contra un sin fin de paredes de concreto, en la demolición del interior de un edificio, que sería transformado en su totalidad.

Para ahorrar costos el dueño de la empresa constructora, un irlandés que había visto una sola vez, contrataba inmigrantes ilegales, así no tenía que pagar seguros y otras prebendas, ahorrándose miles de dólares, y desde luego: multiplicando sus ganancias.

Las construcciones en el invierno siempre disminuían, afortunadamente la empresa contaba con varios contratos para renovar espacios interiores, asegurándole un ingreso constante, por lo que quedaba de invierno, que según como iban las cosas, iría para largo.

La demolición era el inicio de todo, y otra vez para ahorrar costos, casi todas las labores se hacían artesanalmente. José junto a una docena de empleados impactaban sus herramientas contra innumerables estructuras, destruyendo lozas, paredes de yeso, de cemento y todo lo que se les pusiera enfrente, luego vendría el turno de transformar los lugares, donde también tenía participación, pero las labores eran otras, más suaves, no tan exigentes.

Odiaba tanto el ruido que causaba su mazo golpeando cualquier elemento firme, sin embargo, había aprendido a disfrutar ciertas cosas de su nueva faceta en la construcción: le gustaba colocar las baldosas de cerámica, montar estructuras metálicas, llegando incluso a vencer su miedo a las alturas, cuando subía a considerables elevaciones, todo con los estándares de seguridad más rudimentarios que pueden existir, porque la empresa invertía lo menos posible en seguridad, todo corría bajo la responsabilidad de los mismos trabajadores.

José había escuchado tantas historias, de trabajadores que se habían descalabrados de algún andamio, algunos habían sobrevivido para contar el cuento, eso sí: medios muertos, o incapacitados de por vida para seguir valiéndose por sí mismos, otros no habían corrido con la misma suerte, pasando a mejor vida. La empresa no se hacía cargo de las víctimas de los accidentes laborales, ya que ninguna ley amparaba a los empleados.

Su cuadrilla bien podía ser un concejo administrativo de las Naciones Unidas, todos sus compañeros de trabajo procedían de distintos países, desde Egipto, hasta Nigeria, y desde luego: varios latinos, trabajando como bestias para mandar dinero a sus familias en sus países de origen, y viviendo en condiciones básicas, para ahorrar lo más posible.

José entró en la estación del World Trade Center, en el corazón de Manhattan, como era de esperarse: la estación era una locura, tuvieron que pasar cinco trenes repletos, hasta que pudo abordar uno: el sexto, justo cuando estaba a punto de darse por vencido. A pesar del agotamiento se quedó dormido de pie en el vagón del metro, sujetado con sus manos cansadas, por pura inercia a un tubo de metal, donde varias personas buscaban de igual manera sostenerse, para no caer al suelo, ante los frenazos desmedidos del tren, o ante las maniobras en las cerradas curvas, que por cierto eran tantas, haciendo que los vagones del metro se se amaquearan insolentemente.

Todavía recuerda sus primeros viajes en el metro de Nueva York, el miedo que experimentaba cada vez que subía a los vagones, la oscuridad de los túneles, y cuando otro tren pasaba tan cerca del suyo, que incluso creía que se llegaban a rozarse entre sí, ahora todo era tan normal, ya nada le asustaba, sólo esperaba contar con tal valor, cuando el momento de acabar con la vida del general Arriaga llegase.

José llegó a Nueva York en el otoño, después de obtener su visa de turista, gracias al asesoramiento de don Simón, y a algunas transferencias bancarias hechas a su nombre, para demostrar que contaba con recursos suficientes para viajar. También contaba con su trabajo en la Universidad Nacional, logró una carta de su jefe, justificando que su salario era mucho mayor que el devengado, algo que todos los empleados hacían, bien fuese para comprar algún electrodoméstico al crédito o para cualquier otro trámite financiero.

La entrevista en la embajada, contrario a lo que pensaba, resultó muy fácil, salió de la embajada indiferente, con una visa de diez años, mientras cientos de personas lloraban desconsoladamente por haber sido denegados.

Una señora le dijo que lo sentía, cuando lo vio salir de la embajada, José le preguntó, ¿por qué lo sentía?, la señora respondió por no haber logrado la anhelada visa. José le dijo que si se la habían dado. Entonces la señora le recriminó: ¿ por qué no estaba dando brincos de alegría? Todo lo contrario, parecía que venía de un funeral. José no contestó nada, empezó a caminar por la Avenida La Paz, dejando el resguardado edificio de la embajada de los Estados Unidos atrás, fue allí cuando empezó a darse cuenta que, a lo mejor había perdido la razón, al ofrecerse a llevar a cabo la misión de acabar con el general Andrés Arriaga.

Todo ocurrió tan rápido, en cuestión de semanas estuvo a bordo de un avión, teniendo como destino Nueva York, donde sería recibido por el contacto de don Simón, un tal Rene, el que, efectivamente lo estaba esperando afuera del aeropuerto, y al que reconoció por el parche que llevaba en el ojo derecho.

Rene era un hombre que estaba rozando los sesentas, eso fue lo que calculó José, era uruguayo, -con varios años viviendo en la gran manzana-, según le dijo él mismo Rene, cuando José le preguntó, para entrar en confianza.

Rene, no era lo que se puede catalogar como un gran conversador, era bastante reservado, y José no pudo sacarle mucha información, se quedó con él una semana, en un apartamento en Brooklyn. Hasta que recibió la orden de don Simón de buscarse su propio sitio. Fue Rene el que le ayudó a encontrar el apartamento en el sur del Bronx, y le dio el consejo " de que durmiese con los ojos abiertos, que no se confiara de nadie". Luego, el callado hombre desapareció sin dejar rastro, jamás volvió a saber de él.

Nueva York, resultó ser, todo lo que José había visto en las películas, y más. Llegando al extremo de sentirse tan intimidado, que incluso no quiso salir a la calle por varios días, hasta que don Simón le dijo que, - era fundamental para la misión, que llevase una vida normal, como cualquier otro-. Aquello incluía encontrar un empleo.

No le quedó de otra que lanzarse al vacío, que descubrir Nueva York por sí mismo, y descifrar aquel mundo tan distinto, que tenía enfrente suyo, por su propia cuenta.

José estuvo a punto de perder su estación, donde cambiaba de trenes, para abordar el tren de cercanías, el que iba hacia Nueva Jersey, el Estado vecino a la gran manzana, afortunadamente, pudo despertarse a tiempo.

El tren hacia Newark no estaba tan lleno como el metro en Nueva York, José logró encontrar un asiento disponible al lado de una joven asiática que resolvía un sudoku, la chica traía unos enormes auriculares cubriéndole sus orejas y un largo abrigo envolviendo su cuerpo. A pesar de que adentro del tren la calefacción hacía que se sintiese como en cualquier país tropical, para luego despertar del sueño, cuando se salía de golpe a la calle, para encontrarse con la realidad que todavía era invierno.

Sus piernas sintieron un gran alivio cuando se sentó, no así su cabeza y sus oídos, pues seguía escuchando los sonidos de la demolición.

Puso algo de música en su móvil, al buscar entre sus archivos encontró el álbum negro de Metallica; uno de sus favoritos, escuchó únicamente la primera canción completa, pues a la segunda canción se quedó dormido, gracias a todo el cansancio acumulado.

Enrique, su capataz, uno de los tantos boricuas que cambiaron las palmeras de Puerto Rico por los rascacielos de la gran manzana, no pasaba de los treinta, y sin embargo era capaz de engendrar pánico inclusive al empleado más bravucón. No obstante, a José jamás le había gritado o llamado la atención, es más: en alguna ocasión le había invitado un café, sorprendiendo a los demás trabajadores y a él mismo. Enrique lo llevaba a todas las construcciones, era como su talismán, le gustaba lo callado que era José, el que no se metía con nadie y jamás protestaba por las labores encomendadas, siempre decía que sí a todo, - esa es la actitud que tienen que tener los inmigrantes en éste país, no como éstos que quieren venir a imponer sus leyes-, le decía a menudo Enrique, cuando algún trabajador lo sacaba de sus casillas.

José había encontrado el trabajo por casualidad, después de haber probado varias labores. Su último trabajo antes de llegar a trabajar en la construcción fue en un empresa de limpieza, puliendo los pisos de los gigantescos rascacielos en Manhattan, hasta que la empresa se fue a la quiebra, gracias a un asunto de impuestos. Estuvo un mes sin trabajar, lo que aprovechó para mirar incontables películas y para vagar por Nueva York, siempre esperando las comunicaciones con don Simón, y pensando en la situación en que se había metido.

En una de sus caminatas por la ciudad se encontró con un rótulo en una construcción, que solicitaba ayuda, habló con Enrique, y el día siguiente estaba luciendo un casco amarillo en su cabeza, desde aquel día se ha dedicado a andar saltando de obra en obra, por toda la Gran Manzana.

Don Simón se comunicaba con él, cuando menos lo esperaba, cada vez que aquello tomaba lugar, José estaba convencido que era para recibir la orden, que era el momento de actuar, cuando se daba cuenta que no era así, aparecía la desesperación y ese sentimiento insolente que sentía, de estar perdiendo el tiempo, y su vida. Don Simón reconocía tales emociones, y le recordaba que la paciencia era esencial en la misión, el día llegaría, estaba seguro de ello.

Don Simón tenía varios contactos en los Estados Unidos, pero nunca revelaba sus fuentes, se comunicaban a través del teléfono, José se dirigía a las cabinas telefónicas para hablar con él, cuando éste se lo sugería. Aquella era la mejor manera, porque ninguno de los dos confiaba en las llamadas a través de Skype. Aunque intercambiaban correos electrónicos a menudo, los cuales después borraban a manera de cautela.

Semanas atrás, cuando estuvo a punto de tirar la toalla, convencido de que todo aquello en que se había metido era un completo disparate, recibió un correo electrónico de Don Simón, diciéndole que le hablase en cuanto tuviera tiempo.

Lo que escuchó lo dejó atónito: finalmente habían podido dar con el domicilio del general Andrés Arriaga o de John Sanders, el nombre que había adoptado el ex jefe de las fuerzas armadas hondureñas en los Estados Unidos. Aquella noticia hizo que José volviera a vivir, inyectándole nuevos ánimos y de igual forma acrecentado los miedos de no poder llevar a cabo la misión, que por momentos desaparecían, cuando no escuchaba nada de don Simón, lo que le hacía creer que todo era una ilusión.

José se despertó de golpe, se había pasado de su parada, se tuvo que bajar en la siguiente estación, y el tren de regreso corría con retraso, ni modo: no se amargó, tampoco tenía ninguna prisa para llegar al apartamento, aprovechó para comprar un café negro y un sándwich de atún, mientras esperaba por el siguiente tren. El breve descanso en el tren, había hecho que se sintiera un poco mejor. Estaba bastante cómodo en la estación, sentado en la sala de espera, comiendo su sándwich y tomando su café, cuando recibió un correo electrónico en su móvil.

Como era de esperarse: se trataba de don Simón, el correo era breve -tenemos que hablar, llámame en cuanto puedas, estaré al pendiente-.

Todavía faltaban varios minutos para que el tren apareciera, vio una cabina telefónica a corta distancia de dónde estaba, se dirigió hasta la misma, guardó la mitad de su sándwich para más tarde, de repente su apetito había desaparecido por completo.

Marcó el número tembloroso, ansioso por escuchar la voz de don Simón: aquella voz tan calmada, tan serena, que siempre hacía que se sintiera bien.

Después del tercer repique escuchó la voz de don Simón, saludándole y preguntándole cómo iba todo, bastante gentil, cómo era su costumbre.

-Don Simón o Exequiel Adán Romero Funch, su nombre de pila, era uno de los pintores latinoamericanos de mayor renombre, que se paseaba por las galerías de arte de todo el mundo, exhibiendo su talento. Cuando acababa de cumplir los dieciocho años fue secuestrado por la POMINA, después que estos irrumpieron en la Escuela de Bellas Artes, donde el joven Exequiel, cursaba su primer año de estudios superiores, buscando a varios estudiantes que simpatizaban con el Partido Comunista Hondureño (PCH).

Exequiel se fue con varios estudiantes detenido, porque era amigo de uno de los militantes del partido, del que jamás se volvió a saber.

Estuvo seis meses secuestrado, recibiendo viles torturas, hasta que fue liberado, gracias a las presiones de su familia: una de las familias reconocidas de Tegucigalpa, dueños de una famosa joyería y otros negocios, los que no entendían qué insecto había picado a Exequiel, por querer ser un pintor, renunciando a seguir con los negocios de la familia Romero Funch.

Exequiel o don Simón, después de haber sido puesto en libertad, salió de Honduras, convencido que no volvería. Encontró refugio en París, donde terminó sus estudios en pintura, y finalmente regresó a Honduras, por un deseo imperioso que su alma le hacía a cada segundo, y una vez que el general Arriaga había perdido todo el poder, desapareciendo para siempre del país, al igual que la temible FUSINA.

Al regresar se encontró con la realidad que, muchas veces los regresos de los exilios son más duros que las partidas, se instaló en una casa de su familia en Valle de Ángeles, un pintoresco poblado en las afueras de la ciudad, rodeado de pinos, y con toda la tranquilidad del mundo para poder pintar.

Las secuelas de su secuestro no lo dejaban en paz, todas

las humillaciones, las repetidas violaciones que sufrió, eran asuntos difíciles de dejar atrás. Hasta que fue conociendo otros casos, no sólo en Honduras y Centroamérica, sino que en países del cono sur: Argentina, Chile, Uruguay, entre otros.

Intentó buscar justicia a través de las leyes del país, encontrándose con la más rotunda indiferencia, sabía que sus secuestradores andaban por allí, a sus anchas, sueltos, disfrutando de la vida, mientras otros como él, vivían todavía con el miedo, con la vergüenza y con ese sentimiento de impotencia, que no permitía que vivieran en conformidad consigo mismo.

Investigó lo más que pudo, movió cielo y tierra, hasta que logró dar con varios de los culpables de todos los atroces crímenes, algunos figuraban en las esferas políticas, otros en el gobierno, otros llevaban una vida civil, alejados de toda esfera pública. Pero, el principal culpable: el general Andrés Arriaga, se lo había tragado la tierra. Sabía que tenía que tomar acciones, era su responsabilidad, era la única manera cómo podría encontrar algo de paz y de justicia, aunque fuese por su propia cuenta.

Entonces se unió al Movimiento de Justicia Civil, convirtiéndose luego en el líder de la organización, la que tenía por objetivo dar con el paradero de todos los responsables de las desapariciones y torturas, para hacerles pagar por sus horrores.

El movimiento fue creando alianzas con otros movimientos internacionales, desarrollando una basta red de informantes y contactos, que perseguían el mismo objetivo.

Con el paso de los años, fueron logrando el ir dando, con el paradero de varios de los responsables de las desapariciones y las detenciones ilegales, una vez que eran localizados, eran estudiados sigilosamente, analizaban sus vidas, todos los pasos que daban, hasta que llegaba el momento de actuar.

Varios fueron asesinados de diferentes formas, algunos murieron acribillados a balazos cuando abordaban sus coches, frente a sus hijos o cuando se encontraban esperando para que alguna luz cámbiese de color en algún semáforo, otros fueron torturados, hasta que dejaron de respirar, experimentando lo que ellos mismos habían hecho sentir a tantas personas.

Esto era lo único que José sabía de don Simón, lo que había escuchado de su propia boca, una noche en Tegucigalpa, cuando lo estaba preparando para la misión.

Don Simón fue directo al grano, era el momento de enviarle otro mensaje al general, estaba seguro que el general ya no tenía el mismo poder de antes, ahora era un civil más, no contaba con ninguna protección, a pesar de ello, debían de actuar con extremo cuidado, hacerle sentir miedo, que percibiera que estaba siendo vigilado, acorralarlo, cazarlo poco a poco, hasta que estuviese a punto de volverse loco. Don Simón creía que aquel era el mejor castigo, lo sabía por experiencia propia, puesto que él mismo seguía viviendo con miedo a ser secuestrado de nuevo, no habiendo todavía encontrado la tranquilidad en su vida, aunque aquellos tiempos de las detenciones y desapariciones habían quedado en el pasado.

José tomó nota, en un pequeño cuaderno que siempre llevaba consigo, tratando de no descuidar ningún detalle, estaban tan cerca que debían tener todo el cuidado del mundo, para que la misión que tanto habían esperado terminar, tuviera un buen final.

13

Por la mesa donde Gabriela y Leo cenaban, desfilaban tacos al pastor, guacamole fresco con cilantro y limón, chiles rellenos, frijoles fritos y otras delicias, que la pareja saboreaba gustosamente, mientras hablaban, mirándose con una expresión cautivadora.

La Calavera Feliz, uno de los restaurantes más populares en la ciudad, especialmente entre los estudiantes de las distintas universidades que alberga Filadelfia, contrario a la costumbre de estar casi siempre lleno, aquella noche de invierno contaba con varias mesas vacías. Aquella noche el lugar era más íntimo, con menos gente. La música de Café Tacuba sonaba muy bajo de fondo, como un soberano eco, que hacía la segunda voz a sus conversaciones.

A Leo no dejaba de impresionarle el hecho de qué, su novia estaba tan conectada con Latinoamérica, a pesar de haber dejado Honduras a los dos años. Gabriela, no parecía la típica hondureña, su piel blanca (la que estaba dorada, después de la visita a la Florida), su pelo castaño y sus ojos claros (los mismos de su padre), que eran una mezcla entre un verde suave y un color miel reposado, le hacían parecer como cualquier otra chica americana. Era de contextura delgada, pero bastante firme, practicaba yoga todas las mañanas, después de despertar, cuando terminaba sus ejercicios meditaba un rato, y luego se duchaba, lo que le daba fuerzas para empezar sus días; con la mente clara, y con sus niveles de energía a tope.

Desde los doce años se decidió por ser vegetariana,

después de haber visto un documental sobre la industria cárnica en los Estados Unidos; sintió tanta pena por las vacas que eran sacrificadas de una manera sanguinaria, que resolvió por dejar de comer carne. Así que, la versión de chiles rellenos vegetarianos era para ella, dejando a un lado todo lo que contenía carne.

Mientras comían Gabriela le preguntaba a Leo varias cosas acerca de Honduras, tenía tantas ganas de regresar, - a lo mejor podían viajar en el verano juntos. Eso sí, primero tendrás que conocer a mi padre y a mi madre-. Comentó Gabriela. No hacía falta que Gabriela entrase en más detalles, Leo percibía que su padre era bastante estricto, lo que le sorprendía, porque tenía la idea que generalmente los padres en los Estados Unidos eran por lo general más relajados, que dejaban que sus hijos experimentasen por sí mismos, dándoles sus respectivos espacios.

Era tan diferente en Honduras, donde los hijos vivían con sus padres por mucho tiempo, varios jamás salían del hogar, algunos incluso llevaban a sus parejas a vivir a casa de sus padres, formando una segunda familia bajo el mismo techo, su padre había sido la excepción de la norma, llegando a prácticamente forzarlo para que no regresase a la vieja casa a vivir con él y sus soledades.

Leo estaba tan dubitativo, aunque escuchaba las palabras de Gabriela, no podía concentrarse totalmente en las conversaciones que estaban sosteniendo, Gabriela sonaba tan positiva, tan ilusionada, y él: todo lo contrario, estaba retraído, buscando el momento propicio para contarle a su novia, como se sentía. Pero, no quería echar a perder la cena, así que, se decidió por no exponer todas sus preocupaciones, al menos mientras cenaban, esperando poder encontrar el momento propicio, para poder sacar de su interior todo lo que estaba sintiendo.

Leo, no se podía sacar de la cabeza la idea que pronto llegaría su graduación, que era motivo de satisfacción, pero luego -¿qué seguiría? ¿Regresar a Honduras? ¿Intentar aplicar por un permiso de trabajo para quedarse en el país? Todo estaba en el aire, por más que le daba vueltas al asunto, no encontraba las respuestas a sus interrogantes.

Gabriela poco a poco fue notando que Leo se encontraba en otro sitio, no en la charla que estaban sosteniendo, donde ella era la que llevaba la voz cantante.

Lo terminó de confirmar cuando le preguntó a Leo por su padre, aquella pregunta pilló a Leo fuera de lugar, Gabriela tuvo que volver a formularle la pregunta una segunda vez. Leo se limitó a contestar –que estaba bien-. Previamente le había contado a Gabriela, que su padre era un profesor de filosofía en la Universidad Nacional, que su madre había muerto en un accidente de coches, cuando él apenas tenía tres años, junto con su hermana, y que su padre había sido el encargado de criarlo.

Había disfrazado su vida marcada por las tragedias con unas mentiras, que consideraba como unas mentirillas piadosas, pues no quería entrar en más detalles. Contar la verdad sobre su familia, no era nada fácil, debido a que: ni él mismo sabía a ciencia cierta, qué había pasado en realidad con su familia.

El día que le contó a Gabriela sobre su familia, Gabriela lo abrazó como nunca lo había hecho, haciéndole sentir que estaba ahí para él, dispuesta a apoyarlo en todo. Se sentía mal por no haberle dicho la verdad a su novia, decidiéndose por tomar el camino más corto. Pero no quería entrar en pormenores, abrir puertas, y después no poder cerrarlas, dejando que todas sus dudas salieran de su existencia, para vagar desbocadas por su presencia, tal y como había sucedido en el pasado, robándole la paz y la tranquilidad.

Por ello, trataba de no pensar demasiado en el asunto, era lo mejor que podía hacer.

"¿Cómo le podía contar a Gabriela que su madre se había cortado las venas, después de encerrarse en el cuarto de baño por un largo rato, y que él la había encontrado desangrada, tirada en el piso, muerta, en un río de sangre, con una nota que culpaba a su padre por su muerte, y por la muerte de una hermana que no recuerda?". Ni hablar del secuestro de Elena, las repetidas violaciones que su hermana sufrió, y su consecutivo asesinato; a sangre fría, que logró conmocionar a una sociedad entera, y el que quedó en la impunidad.

Su padre nunca habló con él sobre el asunto, lo que Leo conocía al respecto, era porque lo había investigado, porque había pasado largas horas, revisando en las ediciones de la época del crimen en los periódicos de la hemeroteca de la Universidad Nacional, donde un día finalmente encontró lo que andaba buscado: "Joven estudiante universitaria es encontrada asesinada y violada en el fondo de un barranco en la carretera del norte" o "La estudiante Elena López tenía una fama de ser una chica bastante " alegre", que le gustaba salir con varios hombres". Fueron algunos de los titulares que encontró, que hicieron que se le revolviesen las entrañas y no siguiera leyendo. Miró la foto de Elena acompañando las noticias, era la misma foto que su padres tenían enmarcada en un cuadro en la sala de la casa, donde su hermana se miraba tan linda, tan llena de vida... En su investigación se encontró de todo, hasta que dio con lo que creía que era muy probable la noticia más veraz, en un ejemplar del 14 de junio de 1991 en el Diario La Verdad Popular, el único medio independiente del país.

El Diario La Verdad Popular, empezó a circular en el noventa, cuando las fuerzas armadas del país empezaban a perder el poder, aún así sufrieron una fuerte persecución, llegando al extremo que el jefe de redacción del diario fue ejecutado en compañía de su asistente, cuando salía a almorzar, en pleno centro de la ciudad, ante la presencia de la ciudad entera.

El malogrado periodista cruzaba la calle frente al parque central, cuando una motocicleta se detuvo enfrente suyo, el pasajero de la motocicleta le disparó a quemarropa con una uzi, llevándose de encuentro a su asistente e hiriendo a cinco peatones más, que esperaban cruzar la calle, y que no tenían nada que ver en el asunto, únicamente se vieron envueltos entre la furiosa ráfaga de balas disparadas por el sicario. Acto seguido, el conductor de la motocicleta arrancó, escabulléndose entre los coches que inundaban las arterias del centro de la ciudad; dos policías se encontraban en la esquina, tratando de organizar el feroz tráfico, haciéndose a un lado, dejando que la motocicleta, con los dos criminales abordo pasase, sin hacer ningún intento por impedir la fuga de ambos.

A pesar de todo, el periódico siguió informando y de igual forma sufriendo otros atentados, entre los que figuraron: una bomba y un par de secuestros, hasta que las fuerzas armadas finalmente perdieron el poder, en el año 92.

"Los responsables del brutal crimen de la estudiante Elena López habrían sido varios miembros de la POMINA". Leyó Leo en el titular del diario.

El diario se basaba en el relato de un campesino, que vio cuando el cuerpo de una joven, ya sin vida era bajado de una camioneta verde olivo, junto a varios hombres, todos vistiendo el uniforme del cuerpo policial del ejército. El campesino escuchó carcajadas y bromas sobre la muerte, "¡como pesan sus huesos! ¡lástima que se nos acabó la fiesta!", entre otros... por miedo se alejó de las escena, tratando de no hacer ruido. Aquel no era el primer cadáver que arrojaban en la zona y era mejor no meterse en líos.

Sin embargo, del campesino no se volvió a saber nada más, y el periodista que llevaba la investigación murió en un extraño accidente, cuando su coche se fue de bruces en un abismo, en una carretera que según su viuda: el desafortunado no tenía por qué transitar, lo que ocurrió tres días después de haber redactado la noticia. Después de la presión de la sociedad civil, cansados por tantos crímenes sin explicación, y la presión que empezaba a ejercer varias embajadas en el país, aparecieron dos individuos de bajo rango en la POMINA, auto culpándose, confesando: que eran los responsables del macabro crimen, que se encontraban borrachos cuando secuestraron a la joven Elena, para luego violarla y asesinarla, posteriormente, la lanzaron a un zacatal, donde esperaban que las aves de rapiña se encargasen de devorar sus restos, debido al alto volumen de alcohol en la sangre no pensaban claramente, se excusaron.

Los dos hombres fueron únicamente dos chivos expiatorios, para cubrir quién era el que estaba detrás de todo, después de un mes no se volvió a escuchar nada del caso.

Leo indagó lo más que pudo, tratando de dar con la verdad, hasta que se cansó de ello, cada vez que se acercaba a su padre para preguntarle algo, el profesor López le respondía – que lo mejor era que dejase el pasado enterrado, donde pertenece: en el pasado-.

-¿Por qué su madre culpaba a su padre de ambas desgracias? ¿Por qué su padre no hablaba con él sobre el crimen de su hermana? Eran tantas preguntas que se ahogaban al mismo tiempo en un abismo de murmullos.

No podía soltar todas aquellas verdades, aunque sentía

que era necesario, quizá más adelante, pero no en aquella noche, donde Gabriela reía como nunca; tan contenta por estar a su lado, mientras él naufragaba en sus miedos.

Gabriela percibió que era el momento de cambiar la conversación, no quería arruinar la cena, y no siguió haciendo más preguntas.

El pasado de Leo le daba igual, estaba tan enamorada de él, que lo demás salía sobrando. Leo no se podía comparar a los chicos con que estaba acostumbrada a salir, sobre todo los chicos de su universidad, procedentes de familias ricas.

Leo era diferente, había algo en él que la atraía, a lo mejor eran todos los misterios que rondaban su existencia, su español, o quizá el hecho irrefutable que ambos procedían del mismo sitio.

Leo era su primer amor, aunque en la secundaria había salido con un chico, que resultó ser un fiasco, en el primer año de universidad conoció a otro chico, de Connecticut, salieron durante un año, pero todo terminó cuando descubrió que el chico estaba acostándose con su mejor amiga, después de aquel episodio, no estuvo de ánimos para andar buscando otra pareja.

Con ninguno de los dos chicos había sentido lo que estaba sintiendo por Leo, era un sentimiento tan fuerte, tan intenso, que hacía que en varias ocasiones no pensase racionalmente, como estaba acostumbrada a hacerlo, encontrando aquello fascinante.

Se tropezó con Leo en el evento sobre el cambio climático, al que había acudido en el centro de la ciudad, invitada por Bernat. Conoció a Bernat después que éste estuvo en su universidad, buscando voluntarios para una campaña, que buscaba levantar firmas para que una gigantesca corporación dejase de utilizar prácticas que estaban dañando el medio ambiente, al producir sus productos, muy cerca de Filadelfia. Compartió con Bernat en varias ocasiones en otros eventos, hasta que acudió al evento donde conoció a Leo. Desde que le vio, sintió algo adentro suyo, que le decía que aquel chico era diferente a todo lo que estaba acostumbrada.

La personalidad de Gabriela, era una mezcla entre el pragmatismo y la ilusión, tenía claro que después de terminar su carrera en literatura, quería viajar, y quería hacerlo con Leo, regresar a Latinoamérica, a reencontrarse con sus raíces, era su sueño. Siempre lo había querido hacer, pero su padre había frenado todos sus intentos, argumentando que no era seguro para ella, hablándole de los peligros, de lo mal que estaban las cosas, amedrentándola, infundiéndole temor. Gabriela estaba segura que su padre exageraba, aunque sabía que no todo era color de rosa, pero no podía ser tan malo como su padre le quería hacer creer que era.

Después de viajar estudiaría una maestría en literatura hispanoamericana, no pararía hasta llegar a enseñar en alguna universidad en la costa oeste de los Estados Unidos, de preferencia cerca de las montañas y del mar. Tenía todo bien estructurado y en aquellos planes indudablemente entraba Leo, y aquella noche se lo hizo saber. Pero Leo seguía ausente, con los pensamientos postrados en todas sus dudas, en las grandes interrogantes que se vislumbraban en su futuro cercano.

Salieron de la Calavera Feliz, el viento que soplaba en la ciudad, hacía que la sensación térmica fuera más aguda, bajando el termómetro dramáticamente.

Buscaron la estación de metro más cercana, encontrando la misma a un par de cuadras. Subieron al metro teniendo como destino el apartamento de Leo, en la Ciudad Universitaria, al oeste de Filadelfia.

Gabriela no tenía ningún compromiso hasta el medio día del día siguiente, no así Leo, que debía trabajar en la librería por la mañana, para luego acudir a una conferencia sobre desechos sólidos, todo parte de sus proyectos finales.

Al llegar al apartamento se encontraron únicamente con una absoluta oscuridad y un silencio profundo. No perdieron el tiempo, se encerraron en la habitación de Leo, se quitaron sus ropas con prisa, a pesar que tenían toda la noche por delante no querían perder ni un minuto.

Disfrutaron de cada segundo, de cada caricia, reconociendo las texturas de sus cuerpos, iluminados por la breve luz de una lámpara, que descansaba a un lado de la pequeña cama, que sostenía el menudo cuerpo de Leo cada noche. Hicieron el amor convencidos de que el destino estaba de sus lados, y que nada, ni nadie los podía separar.

14

El general Arriaga pasó el resto de la tarde, delante de la pantalla de su computadora; buscando alguna información sobre José Blanco en el internet, cualquier indicio que le condujese hacia él, sin tener suerte.

Su búsqueda lo llevó a que navegase en los portales de algunos diarios de Honduras. Tenía muchos años de no hacerlo, porque no quería estar al tanto de lo que estaba ocurriendo en su país, de antemano presentía que las cosas andaban cada vez peor.

Salió de Honduras por la puerta de atrás, como un vil ladrón, no como el héroe, que él creía, que había sido, ese que mantuvo a los comunistas en su sitio.

Estaba dolido con su país, con las autoridades, y con sus colegas. Cuando escuchó la noticia de que el presidente Bonilla había sido asesinado, lo único que sintió fue satisfacción, siempre supo que aquel hombre no terminaría bien, porque no tenía lo que a él le sobraba: valor, y la capacidad de actuar en los momentos difíciles, con la cabeza fría.

Lo ideal fue dejar al pasado a un lado, empezar una nueva vida de cero, y cortar el vínculo con su país, al que le había entregado todo.

Revisó algunas noticias, encontrando que todo había cambiado, no conocía al presidente de turno, ni al ministro de economía, quien aseguraba que la economía iba por buen camino. "Vaya mentira", pensó.

Le sorprendió el encontrarse con la noticia que, varios

autobuses habían sido incendiados en distintas carreteras; por no pagar a las respectivas bandas delincuenciales que exigían el pago regular de un "impuesto de guerra", para poder operar. "¿De qué se trataba aquello?", se preguntó.

También, se encontró con la noticia de que se había incautado un fuerte alijo de cocaína, en una pequeña aldea en la costa atlántica, al igual que con las noticias sobre varios atracos a bancos, secuestros y otros crímenes violentos.

Aquellas noticias, en lugar de hacerle sentir mal, por todo lo que estaba ocurriendo en su país, crearon en él, una satisfacción, que no pudo disimular.

Se rió a carcajadas -¡tienen lo que se merecen! Sí me hubieran dejado continuar, nada de esto estaría pasando. Impuestos de guerra, bandas delictivas, pandillas de mierda… Nada de esto existiría si yo estuviese ahí -dijo, en voz alta.

Alrededor de las seis de la tarde, apagó la computadora, subió hasta la cocina, convencido de que estar entre sartenes, ingredientes y cerca de su impecable estufa, haría que se sintiese mejor, siempre sucedía de tal manera.

Alguna vez había pensado que "sí no, se hubiese decidido por el ejército, sería un chef. A lo mejor tendría un programa en algún canal de televisión, donde mostraría al mundo su talento para cocinar", aquel pensamiento le causaba mucha gracia, cambiaba de idea rápidamente sintiéndose ridículo.

Azucena ya se encontraba con Jimena en la cocina, y el general se unió a las dos, después de comprobar a través de la ventana qué, nadie estuviera observando la casa, desde la desolada calle iluminada por las farolas.

Se unió a su mujer y a su hija en la preparación de una lasaña de espinaca. Mientras trabajaban en equipo, hablaban del día a día, todo estaba aparentemente normal, aunque Azucena y Jimena notaron que el general andaba algo torpe: el cuchillo se le había deslizado de los dedos en tres ocasiones, había derramado el aceite de oliva en el suelo, y estuvo a punto de quemarse con la estufa. Ninguna de las dos dijo nada, sólo se quedaron viendo entre sí, con una mirada extraña, por el comportamiento inusual de la cabeza del hogar, ya que no era normal que luciese tan ansioso y torpe, especialmente en la cocina, por donde se manejaba a la perfección.

Una vez que la lasaña estuvo en el horno, el general abrió una botella de vino tinto, se sirvió una copa y luego ofreció una copa a Azucena, quien aceptó el ofrecimiento, un tanto sorprendida porque su marido no era el de andar abriendo botellas de vino así por así, sino que debía de ser una ocasión especial.

Sin embargo, no preguntó nada, se tomó un sorbo de vino, sin darle tantas vueltas al asunto.

Por mientras la lasaña se terminaba de cocinar, Jimena subió a su habitación para terminar sus deberes, Azucena atendió una llamada telefónica de una amiga, del club de jardinería local, y el general se volvió a dirigir a la ventana, sosteniendo la copa de vino con su mano derecha.

Corrió la cortina con sumo cuidado, observando hacia fuera, con su mano izquierda, encontrándose únicamente con su vecino que paseaba su perro, enfundado en un enorme abrigo y botas de invierno. Tomó un sorbo de vino y regresó a la cocina para terminar de limpiar.

No podía dejar de estar pendiente del exterior, observaba hacia fuera, a cada minuto, a través de la ventana de la cocina. Debía de calmarse, sabía muy bien que las amenazas eran simplemente provocaciones desesperadas, sí alguien quería hacerle daño, ya lo hubiera hecho, estaba claro que lo que querían era amedrentarlo, robarle la paz, quizá darle una probada de su propio jarabe.

Se sirvió otra copa de vino que consiguió apaciguarlo, revisó el reloj del horno: quedaban veinte minutos para que la lasaña estuviera a punto, Azucena seguía hablando por teléfono. Para matar el tiempo antes de la cena, subió a la segunda planta, sosteniendo la copa de vino. Ascendió los escalones apresuradamente, hasta que llegó hasta la segunda planta, revisó su habitación, después se detuvo un par de segundos, en la sala de estar: todo estaba en orden, revisó la habitación de huéspedes, sin encontrar nada fuera de lo habitual, después llegó a la habitación de su hija, al final del pasillo; la puerta estaba entre abierta, se asomó y miró a Jimena sentada enfrente de su escritorio, escribiendo algo en la computadora. Dio dos pasos atrás y tocó la puerta, Jimena sin saber que se trataba de él, indicó que podía pasar.

Le preguntó a su hija en qué trabajaba, Jimena le respondió –que en un ensayo sobre el avance de las comunicaciones globales, para una de sus clases-. Mientras intercambia con su hija algunas palabras revisaba a su alrededor, todo parecía en orden.

Después le preguntó a Jimena -¿sí todo estaba bien con ella, sí quería hablar con él sobre cualquier asunto?-. Jimena desvió la atención de la pantalla de su computadora, para mirar a su papá a los ojos. -¡Todo está bien, no hay nada de qué preocuparse, sólo con mucho trabajo!-. Le dijo, mientras le agradecía por preguntar cómo andaban las cosas con ella, con una sonrisa en la cara, pero al mismo tiempo haciéndole saber con su mirada, que la dejase en paz, que tenía mucho trabajo, aún así el general se acercó más hacia su hija, para darle un beso en la frente.

Le parecía increíble cómo sus hijas habían crecido, ya no eran las nenas que jugaban con él, pronto sería el turno de Jimena de dejar el hogar. Salió de la habitación, diciéndole a su hija que debía bajar en quince minutos a cenar, que la cena estaría lista muy pronto.

Antes de bajar le dio un vistazo a la habitación vacía de Gabriela, se le formó un nudo en el estómago, al ver la habitación de su hija; la primera que había salido de casa. Se entretuvo mirando sus juguetes de niña, las fotografías en una repisa, sus libros en español y una bandera pequeña de Honduras sobre su mesita de noche, sin darse cuenta fue víctima de un pequeño episodio de nostalgia, extrañaba la presencia de Gabriela en la casa, y aunque no lo confesaba estaba muy apesarado por la inevitable partida de Jimena en el otoño.

Después de comprobar, de que no había nada extraño en la segunda planta, bajó a la cocina, a ver cómo iba la lasaña.

Cenaron y hablaron de temas triviales, después entre los tres terminaron de limpiar la cocina, una vez que todo estuvo inmaculado, Jimena regresó a su habitación para terminar su ensayo, y Azucena subió a la sala de la segunda planta; su sitio favorito en toda la casa, para seguir ojeando el bulto de revistas que había comprado en el aeropuerto en Miami, mientras esperaban por su vuelo a Filadelfia.

El general se quedó en la sala, dando vueltas, luego, a través de la puerta de la cocina salió al garaje, encendió la luz y miró alrededor, aunque en realidad no sabía qué buscaba, estaba seguro que nadie podía irrumpir en la casa sin que la alarma se activase: todos estaban a salvo.

Se sentó en el cómodo sofá de la sala, inmediatamente desestimó la idea de encender la televisión, se limitó a cerrar sus ojos y a disfrutar del silencio que reinaba en su entorno, ese silencio que tanto le gustaba.

Al general no dejaba de asombrarle que había logrado llegar hasta donde estaba, a menudo se preguntaba cuáles eran las probabilidades de triunfo para él, encontrándose con la respuesta al instante: ninguna, sin embargo, nunca dejó que sus limitaciones se interpusieran entre él y el éxito, demostrándole a todo el mundo, que podía llegar tan lejos como él mismo se lo propusiese, y así lo hizo. Ahora vivía una vida apacible, con ahorros suficientes para llevar una existencia cómoda, pagar la educación de sus hijas, y no preocuparse por nada, hasta que encontró el anónimo del tal José Blanco, dejando por un lado sus migrañas y sus pesadillas, aquello era lo único que podía rescatar de la situación que estaba viviendo.

Se hinchaba de orgullo cuando recordaba de dónde venía, todo lo que había soportado: las humillaciones, el hambre, la pobreza y las miradas de desprecio en sus días en el Liceo Militar.

Era una lástima que no podía compartir, al menos un poco de su vida con sus hijas, estaba convencido que se llevaría todos sus secretos a la tumba.

No quería correr el riesgo de contarle a sus hijas la verdad, tampoco a Azucena, pues siempre negó las acusaciones que se le hicieron, aduciendo que todo se debía a la envidia que muchos sentían hacia él.

Aunque en el fondo sabía qué Azucena, estaba al tanto de todas sus acciones. Pero, como una buena compañera, jamás lo había cuestionado, no existía duda que su elección había sido la mejor, su mujer no era capaz de reprocharle nada. Sí bien es cierto, había hecho cosas no tan…convencionales (le gustaba usar aquella palabra), todo había sido por una causa: por la patria.

Desconocía sí sus hijas lo entenderían, así que prefería vivir una vida doble a arriesgarse a perder lo que más amaba en esta vida: el amor, y la admiración de sus hijas. No estaba dispuesto que cualquier fantasma de su pasado le quitara lo que había ganado con su trabajo duro, estaba preparado a defender lo que era suyo, sí era necesario: con su vida misma, ya lo había hecho en el pasado, cuando varias veces se enfrentó a la muerte, saliendo siempre victorioso, como cuando volaron su coche en Tegucigalpa, matando a su chofer y a dos de sus guardaespaldas. Se salvó de milagro o quizá simplemente porque era su destino. La bomba atribuida a un grupo de revoltosos que buscaban desestabilizar el marco de derecho, y democracia en el país, no pudo con él, los muy estúpidos no lograron cronometrar bien el artefacto, el que explotó después de que se hubo bajado de su camioneta. Apenas había recorrido algunos metros con dirección a la puerta principal de su casa, en las Lomas del Guijarro, mientras su chofer y dos de sus guardaespaldas aguardaban a que entrara en su vivienda, cuando escuchó un estruendo, que terminó lanzándolo al suelo. Rápidamente, los soldados que resguardaban su vivienda y el resto de su escolta personal, se apersonaron a ver qué había pasado, preguntándole desesperados sí se encontraba bien. Afortunadamente, Azucena y Gabriela no se encontraban en casa, y aunque intentó que la noticia no saliera al aire, en cuestión de segundos las cámaras televisivas aparecieron, al igual que los reporteros radiales y gráficos; los mismos que siempre compraba, para que reportaran lo que él les indicaba.

Considerando la intensidad del artefacto explosivo, salió ileso, eso sí: estuvo varios días sin poder escuchar bien, no sucediendo los mismo con su chofer, y con dos de sus mejores guardaespaldas, que no lograron resistir el fuerte impacto, el que los dejó irreconocibles.

En aquel momento comprendió que, perfectamente aquella bomba pudo haber acabado no solamente con él, sino que también con su mujer y con su pequeña Gabriela.

Salió de Honduras tres meses después del atentado,

después de haber comprendido que era el momento de dejar todo, su misión había terminado, otros tiempos estaban por llegar.

El general abrió los ojos, cogió su móvil para llamar a Gabriela, quería oír su voz, saber sí todo andaba bien con ella. Pero, su hija no contestó. Le dejó un mensaje pidiéndole que lo llamara, y se despidió con un "te quiero hija."

No entendía por qué sus dos hijas eran diferentes entre sí, a pesar de tener la misma sangre, había algo adentro suyo que le decía que Gabriela le traería una sorpresa, lo sentía desde que la sostuvo en sus brazos, después de haber nacido, cuando casi habían perdido las esperanzas de tener hijos con Azucena.

Se levantó del sofá, para digerirse a su oficina, una vez allí, lo primero que hizo fue revisar las cámaras de seguridad instaladas en el perímetro de la casa en el monitor, sin encontrar nada extraño. Luego marcó un número que tenía años de no marcar; cruzando los dedos para que la persona con la que quería hablar todavía conservase el mismo número, justo cuando comenzaba a nevar con intensidad sobre Harrisburg.

15

Gabriela se levantó de golpe, al escuchar los quejidos de Leo. Sin embargo, le resultó imposible descifrar lo que su novio decía, mientras se retorcía en la cama. Pensó en despertarle, en consolarle o quizá simplemente estar ahí para él, hasta que logró comprender un poco, de lo que su novio pronunciaba espantosamente; en una lengua que era una mezcla de lamentaciones trémulas y palabras cortadas por un sueño macabro. -¡Mamá, mamá! ¡Despierta, por favor no te mueras! ¡Hay tanta sangre, demasiada sangre!

Gabriela encendió la lamparita al lado de la cama sobre la mesita de noche, miró en el reloj despertador, que descansaba junto a la lámpara, para comprobar que eran las tres de la madrugada. Con la breve claridad pudo contemplar la expresión de miedo en el rostro de Leo, a pesar que tenía sus ojos cafés cerrados; la desesperación que su subconsciente estaba experimentando era más que notoria. Se sentía entre la espada y la pared, quería despertar a Leo, decirle " que todo estaba bien, que se trataba de una pesadilla, de un mal sueño, que ella estaba ahí, junto a él", pero por otro lado, sentía curiosidad de escuchar más de aquellas frases que su novio gruñía exasperadamente.

-¡La sangre no se detiene! ¿Cómo puedo pararla? ¿Por qué mamá? ¿Por qué?...

El cuerpo menudo de Leo empezó a convulsionar, fue entonces cuando Gabriela se decidió por despertarlo, siendo incapaz de seguir contemplando el terror que Leo estaba experimentando, aunque se tratase de una pesadilla.

-Estoy acá Leo, todo está bien, es sólo un mal sueño-. Lo reconfortó Gabriela, mientras tocaba su hombro, tratando que despertase. Leo se despertó con los nervios de punta, intransigente y respirando a una gran velocidad; se refugió en el pecho de Gabriela, todavía temblaba, mientras Gabriela deslizaba sus dedos por sus cabellos crespos, como quien reconforta a un hijo, después de un prolongado sufrimiento.

Los dos guardaron silencio por algunos minutos, quedándose quietos en la pequeña cama. Gabriela quería preguntar acerca de la pesadilla, que lo hizo delirar, sin embargo, no preguntó nada, esperó a que fuera Leo el que dijese algo, sin presionarlo.

Leo levantó su rostro, comprendió que era el momento de contarle a Gabriela la verdad; sobre el suicidio de su madre, acerca del brutal crimen contra su hermana, del silencio de su padre ante aquellas tragedias, y finalmente, del miedo que sentía por regresar a Honduras, y de perderla para siempre.

Le relató a Gabriela sin reserva alguna todos los detalles del suicidio de su madre, como la encontró inerte en un mar de sangre, en el cuarto de baño, después de haber estado llamando a la puerta, porque su madre llevaba un muy buen rato encerrada, tuvo que valerse de un cuchillo de mesa para forzar la cerradura de la puerta, tal y cómo había visto en una película. Afortunadamente, el truco funcionó a la perfección.

Al abrir la puerta se tropezó con la mirada perdida de su madre, mirando hacia el cielo raso del cuarto de baño y unas hojillas de afeitar a su lado, a la altura de su muñeca izquierda y tanta sangre, como nunca había visto, estuvo a punto de desmayarse, de perder la razón, en un acto desesperado se lanzó sobre el cuerpo frío e inerte de su madre, buscando ese cobijo que siempre encontraba en ella, se quedó junto al cuerpo indolente por horas, con su mente en blanco, hasta que su padre los encontró a los dos, tirados en el suelo del cuarto de baño al regresar de la universidad, ambos flotando en un mar de sangre. A pesar de su corta edad y del paso de los años, aquella imagen seguía acompañándole, aunque a veces desaparecía, dejándolo en paz por un lapso de tiempo, sin embargo siempre regresaba, precisamente cuando creía que ya no volvería a aparecer.

Gabriela se quedó sin habla, después de escuchar la confesión de Leo, nunca se hubiese imaginado que su novio había pasado por tales desgracias, pasando por alto: el hecho de que Leo le había mentido sobre su familia, aquello pasaba a segundo término.

Aunque el suicidio de la madre de Leo pasmó a Gabriela, lo que más la atrapó fue el relato sobre el crimen de Elena, su hermana mayor, sintiendo tanto dolor al escuchar toda la historia que sus lágrimas salieran a borbotones. Fueron tantos sentimientos que bajaron desbocados, hasta estrellarse violentamente contra el ánimo de Gabriela, que estuvo a punto de vomitar, después de escuchar de labios de Leo lo que pasó con su hermana.

Aunque Leo le confesó que nada estaba claro, que lo que él sabía era todo gracias a su investigación personal, ya que su padre se había rehusado a hablar sobre el tema, no lo culpaba, no debía de ser nada fácil, pero aún así, deseaba aclarar todas las dudas, porque al igual que su madre, su hermana no lo dejaba en paz, aunque era tan pequeño cuando todo ocurrió.

Era tan curioso, recordaba a su hermana gracias a todas las fotos que había visto de ella, y cada vez que lo visitaba en sus sueños, tenía distintas formas, pero siempre sabía que se trataba de Elena.

Elena aparecía en sus sueños afable, riéndose a carcajadas, jugaban juntos, corrían por los senderos del Cerro La Tigra, cogidos de la mano, hasta que el sueño sufría una transmutación, entonces la imagen serena de Elena, le daba paso a una Elena desnuda, con moretes en su rostro, con señas inequívocas de haber sido torturada, y con una espesa sangre; descendiendo por entre sus piernas. Era justo allí, cuando el miedo aparecía, haciendo que sus pulsaciones se incrementaran, hasta que finalmente despertaba, ardiendo en calor y despavorido. Siempre soñaba lo mismo, era el mismo sueño de toda la vida.

Elena salió a celebrar con algunos de sus compañeros de carrera, después de haber recibido la noticia que había aprobado su examen final de cálculo.

El fin de semana estaría cumpliendo diecinueve años, y aquella salida era una anticipación de su celebración oficial, la que tendría lugar en Playa Escondida, un apacible pueblito costero en la costa caribe, al que viajaría con un grupo de compañeros de la universidad.

Elena era una chica con los sueños rondando a cada segundo por su cabeza, había hecho de soñar despierta una práctica habitual en su vida, muchas veces sus padres, profesores y amigos tenían que intentar captar su atención en repetidas ocasiones, a pesar de que Elena los miraba fijamente, pero la verdad era otra: sus pensamientos simplemente le habían dado paso a la imaginación, soñando con otras realidades, no precisamente con lo que estaba viviendo en el momento.

A pesar de sus constantes desconcentraciones, su cabeza poseía la capacidad de almacenar y procesar información fácilmente, le bastaban un par de horas para ojear sus libros y apuntes; aprobaba sus clases sin mucho esfuerzo, con muy buenas calificaciones, mientras sus compañeros se partían el alma estudiando.

Al terminar la secundaria, se matriculó en la Universidad Nacional, la misma en donde su padre enseñaba, para estudiar arquitectura, desde pequeña había sentido una fascinación hacia el diseño y la influencia de las culturas ancestrales en el arte arquitectónico.

Combinaba todo a la perfección, pasaba largas horas leyendo libros de civilizaciones antiguas y sus expresiones artísticas. Junto a su padre terminaban aburriendo a su madre, cuando cenaban, hablando de cosas que su madre desconocía, y que tampoco tenía ningún interés en aprender, lo suyo era llevar el hogar y costurar, siendo una de las más respetadas modistas de Tegucigalpa, lo que dejó de hacer, después del crimen de su hija.

Elena quería convertirse en un referente de la arquitectura, viajar a lugares lejanos y místicos, aprender de otras culturas y sobre todas las cosas: no parar de soñar. Después de recibir la noticia que había aprobado cálculo con la mejor nota de la clase, llamó por teléfono a su mamá para contarle la buena nueva, y para comunicarle que llegaría más tarde de lo normal, pues iría a celebrar junto a otros compañeros. Su mamá le dijo que estaba bien y que no llegara tan tarde, porque la mañana siguiente tenía una cita con el dentista. Eso fue lo último que sus padres supieron de Elena.

Elena no llegó a dormir, algo que no era habitual, sus padres gastaron todas las instancias posibles para dar con su paradero, interrogaron a los amigos que conocían y estos les dijeron lo mismo: después de salir a bailar y de tomar algunas cervezas, Elena abordó un taxi con tres compañeros más, fue la primera en ser dejada, le indicó al taxista que la dejara en una esquina del parque La Leona, a un par de pasos de su casa, porque quería caminar un poco por el parque antes de ir a la cama, eran las doce y media de la media noche, y algunos parroquianos, sobre todo enamorados, todavía deambulaban por el parque, disfrutando de la brisa fresca, tan agradable que bajaba del cerro El Picacho, y las colinas vecinas.

Elena se despidió de sus compañeros, se bajó del taxi para disfrutar de la reconfortante brisa, y para soñar despierta, mientras miraba las luces de la ciudad, desde el mirador del parque La Leona, algo que hacía muy a menudo. La ciudad de noche, iluminada por las luces de neón, era un espectáculo distinto, que disfrazaba a la perfección la cruda realidad de Tegucigalpa, cada vez que miraba la ciudad entera de noche, desde las alturas del mirador, sentía que estaba en otro sitio y al mismo tiempo en el mismo lugar de siempre, aquella sensación le hacía sentir plena. Sus padres le habían advertido que tuviese cuidado, ya se empezaban a escuchar de asaltos en el parque o de más de algún pervertido que molestaba a las chicas, especialmente cuando caía la noche. Sin embargo, Elena no era de esas personas que se asustan así por así, sus padres lo sabían muy bien.

Sus padres fueron a la policía, encontrándose con toda la displicencia habida y por haber, el agente que los atendió les dijo que, a lo mejor la chica se había ido con algún novio, que regresaría después de una semana, preñada, y con la cola entre las piernas, suplicando perdón y buscando consuelo en la familia.

Aquella teoría no era posible, Elena era diferente, el profesor y su mujer estaban seguros de ello; Elena contaba con toda su confianza, nunca le habían negado algún permiso, y sobre todas las cosas: confiaban en su hija a ciegas.

Sus padres desconocían sí Elena tenía algún novio, y sus compañeros dijeron que nunca la vieron con un enamorado, se llevaba muy bien con todo el mundo, y en su grupo de amigos habían varios chicos, pero ninguno en particular.

Lo cierto es que, después de tres días dos policías regordetes, uno con un notable bigote en su cara, y el otro con una monumental tos de cigarro, llegaron hasta la casa de la familia López, para informarle al profesor, que habían encontrado un cuerpo en la antigua salida de la carretera del norte, y que correspondía con las descripciones de Elena.

La madre de Leo no tuvo el valor de reconocer el cuerpo de la chica que según les habían informado, coincidía con las características de Elena, fue el profesor López, el encargado de llevar a cabo aquella dificultosa labor.

Entró a la morgue del Hospital del Estado con el corazón latiendo como nunca lo había hecho, sus manos temblaban, y su garganta estaba tan seca, que sentía un fuego intenso descendiendo hasta su estómago, que rasgaba todos sus órganos. Lo acompañaban los dos mismos policías que habían ido por él a su casa, parecía que nada de lo que estaba ocurriendo les importaba, el más gordo tocía más, sus pulmones estaban a punto de ser expulsados por su boca, y el del bigote, le soltaba una ensarta de piropos subidos de tono a una joven enfermera, la que reía disimuladamente, ante los piropos del policía.

Una vez adentro del frío cuarto, donde varios cuerpos esperaban por ser reconocidos, el profesor López fue recibido por un enfermero vestido de blanco y un hombre alto y flaco, con un rostro sombrío y marcado por varias cicatrices de acné, que resultó ser un inspector de la Policía Nacional.

Nadie decía nada, el hombre flaco y alto le indicó al enfermero que podía descubrir el cadáver, que era resguardado por una sábana blanca. Efectivamente, se trataba de Elena, el mundo de la familia se vino abajo.

La autopsia del cuerpo, revelaba que Elena fue vilmente violada en repetidas ocasiones, el forense encontró numerosos rastros de semen alrededor de su vagina, el cuerpo llevaba cerca de cuarenta y ocho horas sin vida, mostraba señales de tortura; sus pechos habían sido cortados con algún objeto corto punzante, su rostro revelaba diferentes hematomas, y sus brazos y piernas laceraciones, al igual que diferentes quemadas, muy probablemente causadas por un mechero. Pero, al momento de lanzar su dictamen, el forense fue muy certero: asfixia. Del cuello del cadáver de Elena pendía un cable verde, después de violarla y torturarla por varias horas, sus asesinos la asfixiaron utilizando un cable.

El crimen no ocurrió en el lugar donde fue encontrada, había sido arrojada en una hondonada, en el kilómetro diez de la antigua carretera que va al norte del país, por suerte las aves de rapiña no habían actuado, un niño que buscaba un perro, que se le había perdido encontró el cuerpo, luego los padres del niño llamaron a la policía.

Aquella fue la versión que el profesor escuchó del inspector de la policía, mientras lloraba desconsoladamente, frente al cadáver desnudo de su hija.

Fue la misma versión que la prensa conoció, la que algunos medios tergiversaron, de una manera deliberada, para hacerles saber a todas las jovencitas, que eso era lo que les pasaba a las chicas libertinas, a esas que creían que su sitio estaba en la calle y en las discotecas, y no en sus casas, con sus respectivos padres.

El crimen causó un gran revuelo en la población, hubieron

marchas exigiendo justicia, estudiantes marchando en las calles, pidiendo que se diera con los responsables del crimen, hasta que el presidente no pudo más, exigiéndole a la displicente Policía Nacional investigar el caso, ya que Elena no era la primera víctima en aparecer muerta en tales condiciones.

Cada semana los cadáveres iban apareciendo en distintas zonas de la ciudad, con signos de tortura, al igual que brazos, piernas, varias partes de cuerpos desmembradas. Aquel era el diario vivir, como cuando unos niños que jugaban en un parque, descubrieron una bolsa de papel, la que abrieron vencidos por la curiosidad, para encontrar una cabeza humana. Se trataba de la cabeza de un dirigente sindical, bastante popular, que había desaparecido meses atrás, y al cual su familia buscaba afanosamente por todos lados.

Un campesino presenció como los efectivos de la POMINA se deshacían del cuerpo de Elena, comentó con algunos de sus vecinos lo que había presenciado, pero nadie llamó a la policía, aunque los rumores volaban por el aire, el campesino desapareció, jamás se volvió a saber de él.

Sin embargo, el crimen de la estudiante de arquitectura Elena López, la que era una joven promesa para el país, fue la gota que derramó el vaso. La presión fue tal, que el presidente tuvo que intervenir.

A pesar de que algún sector de la prensa intentó a toda costa, poner a Elena como la mala de la película, por ser una "chica alegre". La población no se tragó el anzuelo, y se hicieron sentir, expresando el repudio contra el crimen.

El jefe de la policía, le informó al presidente Bonilla, que su investigación no podía llevarse a cabo, que debía de hablar con el general Arriaga, que tenía el control de todo.

Un reportero del diario La Verdad Popular, se le había

adelantando a la policía, al Presidente y al mismísimo general Arriaga, publicando la noticia que en el crimen contra la estudiante de arquitectura estaban implicados varios miembros de la POMINA, aunque no relacionaba el crimen como un caso político, supuestamente, los efectivos de la unidad de seguridad militar del país, estaban borrachos cuando secuestraron a la estudiante, para posteriormente violarla, y después asesinarla.

La investigación no prosiguió porque el periodista sufrió un extraño accidente, donde su coche voló por un desfiladero, por una ruta que jamás circulaba, según apuntó su mujer, que se encontraba embarazada de su tercer hijo, y que no se tragaba el cuento del accidente. Pero, que tampoco podía decir mucho más, por el temor a sufrir la misma suerte de su marido, y dejar a sus hijos huérfanos.

El asunto se le estaba saliendo de las manos al general y a sus efectivos, todo era una carnicería, lo que preocupaba de sobre manera al presidente Bonilla.

Ante la ola de rumores y presiones, fueron presentados ante la justicia dos efectivos de menor rango, como los responsables del crimen de la estudiante, quienes guardaron prisión por algunos meses y después desaparecieron, cuando el macabro crimen se había olvidado. Sucediendo lo mismo con el informe del forense, y con el forense en sí, que fue enviado a estudiar una especialidad a Brasil, gracias a una beca del gobierno, nunca volvió al país.

Leo apenas tenía dos años cuando todo ocurrió. Sus padres ya no esperaban tener otro hijo, cuando Leo se vino de sorpresa, muy a menudo su padre bromeaba con él, diciéndole que nunca fue parte del presupuesto familiar, pero luego cambiaba el tema bruscamente, para no darle cabida a más preguntas sobre la familia, por parte de su hijo.

El crimen de Elena destruyó a su familia, su madre nunca salió de la depresión y su padre se aisló por completo, hasta que su madre tomó la decisión de ponerle punto final a su existencia.

Leo le guardaba un fiero rencor a su madre, sabía que lo que pasó con Elena fue un golpe bastante duro, pero su madre se olvidó de él, quitándose la vida, y para colmo de males fue él, el que la encontró muerta, con las muñecas cortadas en el cuarto de baño y ese mar de sangre que jamás podrá olvidar.

Al confesarle a Gabriela la verdad sobre su familia sintió que se quitaba un enorme peso de encima, era la primera vez que hablaba con alguien sobre aquello, y fue como volver a nacer.

Gabriela por su parte pensó en su propia familia. "¿Cuáles serían los secretos de sus padres?", se preguntó. Sabía que había algo; todas las vacilaciones, la esquivación de siempre a sus preguntas, debía de haber algo más.

Después, hablaron sobre ellos mismos, especialmente Leo, que le confesó a Gabriela acerca del miedo a no volverla a ver, pues su futuro era incierto; quería volver a Honduras, extrañaba su tierra, a su padre, que se estaba poniendo cada vez más viejo, y que vivía en la soledad, con sus viejos libros y tratando de no darle importancia a sus asuntos del pasado, pero Leo estaba más que seguro que los mismos lo perseguían, que no lo dejarían en paz hasta que no los enfrentase.

Estaba consciente que en Honduras su futuro era un gran enigma, aunque quería volver a su país, para intentar cambiarlo, pero era una misión difícil, por no decir imposible: la corrupción y la lucha por el poder se anteponían ante todo. Y sobre todas las cosas estaba ella, no quería perderla, no sería capaz de perdonarse el no haber luchado por ese sentimiento tan intenso, que jamás había experimentado. Sus dos bocas se volvieron a encontrar de nuevo, para besarse con la simplicidad de una madrugada que estaba a punto de extinguirse. Terminaron haciendo otra vez el amor, sintiendo sus respiraciones y, el palpitar de sus corazones, seguros de lo que sentían. Después se quedaron dormidos, con sus cuerpos enredados debajo de un edredón que entibiaba aun más sus huesos, sintiéndose a salvo, no sólo de la nieve y del frío, sino de todos sus fantasmas.

16

José se despertó como un loco, tal y como siempre sucedía cada vez que su alarma bramaba, haciendo que su pequeña habitación retumbase.

Se levantó dando tumbos, restregándose sus ojos con los nudillos de sus manos agrietadas, después estiró sus adoloridos brazos, mientras bostezaba, todavía un tanto dormido.

Se levantó dando tumbos, restregándose sus ojos con los nudillos de sus manos agrietadas, después estiró sus adoloridos brazos, mientras bostezaba, todavía un tanto dormido.

De una forma autómata se dirigió a la ventana; el sol brillaba por su ausencia, era todavía muy temprano, pero a pesar de que el sol no había salido, la calle poseía un brillo sublime, gracias a toda la nieve que había estado cayendo por la noche y durante buena parte de la madrugada.

La nieve seguía descendiendo, aunque de una manera más liviana, sin embargo cada cúmulo que caía, iba aumentando la cantidad de nieve esparcida por la ciudad.

Se quedó un rato mirando la nieve caer, a través de la pequeña ventana en su habitación; pensando en su vida, en su pasado y en lo que más le asustaba: en su futuro, aunque se había dicho a sí mismo en repetidas ocasiones que el futuro para él, dejó de existir el día que su hermano Esteban asesinó a sus padres, pero el futuro de alguna u otra manera terminaba arreglándoselas para regresar, para atormentarlo y llenarlo de dudas.

Se retiró de la ventana, se decidió por encender su

computadora portátil, buscando alguna noticia que le hiciera saber como estaría el clima en las próximas horas, quizá así conseguiría espantar esos pensamientos sobre su pasado y su futuro en su habitación.

Encontró que una tormenta de nieve, que se había desarrollado en la costa este de Canadá, y la que, en un principio no estaba pronosticada que golpearía la costa este de los Estados Unidos, finalmente había cambiado de rumbo, para llenar de nieve desde Maine hasta Pensilvania. Se esperaban varias pulgadas de nieve, lo que paralizaría buena parte de la costa este.

Enrique, el capataz de las obras donde trabajaba no tardó en llamarlo, a pesar de que todavía era bastante temprano, por suerte su móvil siempre permanecía encendido, esperando por alguna comunicación de don Simón.

Enrique lo llamó para decirle - que la obra estaría parada, gracias a la puta nieve, y que se mantuviera atento de una nueva llamada-. Al terminar su mensaje, cortó la comunicación bruscamente, sin siquiera despedirse.

Aquello le venía muy bien, ya que, su cuerpo estaba reclamando un respiro, una tregua, que le permitiese recuperarse, sentía que aquellas construcciones de la gran manzana estaban acabando con sus fuerzas.

Nunca se hubiera imaginado que terminaría siendo otro peón más, en la nación más poderosa del mundo, aunque nunca tuvo muchos anhelos en su vida, estaba seguro que lo que estaba viviendo, jamás hubiese podido ser parte de su plan de vida. Estaba convencido que acabaría sus días en el apartamento de Tegucigalpa, se jubilaría de su trabajo en la universidad, y tendría todo el tiempo del mundo para escuchar su música y para ver la cantidad de películas de ciencia ficción que le entrara en ganas, sin que nadie le digiera nada.

Pero, todo cambió al ofrecerse a llevar a cabo una misión, que había sido catalogada como "delicada", por don Simón. Cuando aceptó la misma, pensó en Esteban, en lo orgulloso que su hermano estaría, de que finalmente estaba saliendo de su propia burbuja, para enfrentarse al mundo, y para acabar con el hombre que había hecho tanto daño a miles de almas.

El quedarse en casa le caería tan bien, planeaba permanecer todo el día tendido en la cama, recuperándose, y descansando de los sonidos de su mazo al chocar contra las paredes, se tenía bien merecido un descanso.

El dinero a José no le importaba, tenía bastante ahorrado, a parte de la renta del cuarto que pagaba y su viajes en tren, sus gastos eran casi nulos. No recordaba cuándo había sido la última vez que había comprado ropa, tenía lo necesario para vivir, y sus debilidades eran las películas o algún disco compacto, aunque contaba con su música favorita en su computadora y en su móvil.

Sus pensamientos acerca de su futuro desembarcaban en los mismos puertos de siempre " ¿en qué haría al terminar con su misión? ¿Qué rumbo tomaría, hacia dónde se dirigiría o cuándo llegaría el día en que todo terminase?"
…

No había nadie ni nada que aguardase por él en Honduras, y tampoco quería volver para encontrarse con todos sus recuerdos y con lo que había dejado atrás; que aunque había sido casi nada, era mucho para él, y no estaba seguro sí estaba preparado para afrontar la realidad del regreso.

Había conocido inmigrantes que llevaban una vida entera en los Estados Unidos, viviendo sin documentos, a la sombra de las deportaciones que sucedían a diario. Se ponía a pensar lo que representaba aquello: ser deportado a un país extraño, que había dejado de pertenecerle, después de tantos años viviendo fuera. No quería pensar qué pasaría sí era capturado por el ICE (Servicio de inmigración y control de aduanas), y tenía que regresar a Honduras sin haber llevado a cabo su misión.

Trataba de no pensar en ello, pero era un miedo que siempre estaba rondando en su mente. Por eso, era muy cuidadoso en la calle, los oficiales del ICE estaban rondando las mismas, al igual que los centros de trabajo, buscando ilegales, para luego ponerlos en una prisión, y después deportarlos, sin alguna otra pertenencia que la ropa y los zapatos con los que habían sido capturados, nada más, poniendo así punto final al sueño americano de muchos.

Eso del sueño americano, le producía risa, su sueño era otro, era el de acabar con el rastro del general Andrés Arriaga, pero debía de aparentar que era otro migrante más; otro espíritu errante, en busca de la gloria y el porvenir.

Navegó por un buen rato en el internet, le llamó la atención un artículo en el New York Times acerca de las redes sociales, en cómo las redes sociales estaban tomando el control de tantas vidas. No entendía ese mundo, era incapaz de comprender como las personas podían vivir tan pendientes de todo, y al mismo tiempo tan distantes de la realidad. Aunque le gustaba estar informado de los avances tecnológicos, pero las redes sociales, no eran para nada de su agrado.

Finalmente se levantó de la cama, ya no podía seguir engañando a su estómago, el que reclamaba desesperadamente por cualquier sustancia sólida.

Al salir de su habitación, se encontró en la sala del apartamento con Camilo, el nicaragüense con que compartía su espacio, a quien también le habían dado el día libre en su trabajo, por obra y gracia de la torrencial nevada.

Camilo hablaba vía Skype con buena parte de su familia, los que vivían en un pequeño pueblo muy cerca de León, al norte de Managua, según le había contado el mismo Camilo a José, en alguna ocasión en que el azar los juntó, al encontrarse por casualidad en el apartamento.

Camilo se había quedado con el apartamento, después que el paisano con el que rentaba el mismo, se decidiera por buscar nuevos rumbos, viéndose en la necesidad de encontrar un compañero nuevo, para poder cubrir los gastos y el alquiler del inmueble.

Camilo, al igual que José trabajaba en la construcción, y estaba en el proceso de legalizar finalmente su estatus migratorio, luego de quince años, viviendo irregularmente en el país, y después de gastar una fortuna en abogados, y no sin antes: habérselas visto con una estafa de un supuesto abogado, que le costó miles de dólares y que casi le provoca una úlcera.

Pero, todo estaba por terminar, únicamente estaba esperando la venerada Green Card, la residencia oficial en los Estados Unidos, posterior a ello, podría viajar sin ningún temor a Nicaragua, estaba muerto de ilusión, y al mismo tiempo de temor por regresar a su país.

José saludó con su mano a Camilo, tratando de no hacer mucho ruido, para no desconcentrarlo de la plática que su compañero sostenía con algunos de sus familiares.

José tomó una banana en la cocina y un poco de cereal con leche, inmediatamente regresó a la habitación para comer, mientras miraba un segmento de las Guerras de las Galaxias en su computadora, luego se duchó, se quedó un buen rato debajo del agua caliente; su cuerpo finalmente estaba recibiendo el descanso que urgía, sobre todo sus brazos, su espalda y su cuello. Todas sus vértebras lentamente se fueron desentumiendo, gracias al reposo y a la sensación del agua caliente que caía sobre sus adoloridos músculos.

Paró de nevar cerca del medio día, la nieve consiguió paralizar la ciudad entera, aunque en un principio José intentó quedarse todo el día encerrado, al final se decidió por salir un rato a estirar las piernas y a dar un vistazo a la nevada de cerca. Antes de salir a la calle intercambió un par de palabras con Camilo, que preparaba un gallo pinto en la cocina, mientras escuchaba una música folklórica nicaragüense. Su compañero lucía tan feliz, como nunca lo había visto.

Las aceras de Newark estaban cubiertas de nieve, los niños aprovechaban para sostener encarnizadas batallas, se arrojan bolas de nieve, mientras las máquinas quita nieve empezaban a circular por las calles, tratando de dejar las vías aptas para que los coches pudiesen circular.

José intentó llegar a un parque en las cercanías del edificio donde vivía, pero abortó la idea; la profundidad de la nieve le impedía moverse con soltura, sus botas se hundían con facilidad en la blancura.

Sin saber por qué, tomó una foto con la cámara de su móvil, sintiéndose estúpido al mismo momento, por la sencilla razón: que no tenía nadie con quien compartir la foto que estaba tomando.

Regresó al apartamento, caminando muy despacio, sobre las aceras forradas de nieve.

Al abrir la puerta del apartamento, se encontró de nuevo con Camilo, y con un fabuloso olor rondando por todo el apartamento.

Su compañero de apartamento le ofreció una cerveza y gallo pinto, José no pudo rechazar el ofrecimiento de Camilo, los dos se sentaron a comer en la mesita de la sala.

A pesar de vivir bajo el mismo techo, muy pocas veces hablaba con Camilo, no porque no quisiera, sino que casi nunca coincidían en el apartamento, y cuando los dos estaban en casa, aprovechaban el tiempo para dormir por largas horas, tratando de recuperar sus cuerpos al máximo, para poder seguir trabajando.

A José, tampoco le convenía el andar entablando amistades, estaba en aquel sitio para llevar a cabo una misión, y no para llevar una vida social, mucho menos normal, lo tenía muy claro, don Simón se lo recordaba a menudo, por sí acaso se había olvidado de ello. "La discreción es fundamental en nuestra misión". Aquella frase de don Simón producía un eco constante en su cerebro, estaba presente en cada segundo de su existencia.

Hablaron generalmente del trabajo y del clima, y Camilo aprovechó para desahogar su felicidad con José, porque en un mes recibiría su Green Card, lo que significaba que podría abandonar el duro invierno por dos semanas, para regresar a Nicaragua, su jefe ya le había concedido el permiso. No podía esperar más para regresar a su tierra, y para estar cerca de los suyos, aunque sentía mucho miedo de volver. Habían sido quince largos años afuera de su tierra, desconocía a qué se enfrentaría, todo había cambiado, aquello lo aterraba.

José dio con la habitación que Camilo rentaba para poder cubrir su renta, en un afiche colocado en el tablero informativo de la biblioteca pública de Newark.

Alguien le dijo que en la vecina Newark los alquileres eran muchos baratos que en Nueva York, y también quería dejar la gran manzana lo más pronto posible, especialmente el pequeño apartamento que alquiló en el sur del Bronx, cuando recién llegó.

No lo pensó dos veces, llamó al número en el anuncio,

encontrándose con la voz de Camilo, ese mismo día le dio un vistazo al apartamento, y el día siguiente ya estaba instalado en el mismo.

Por fortuna encontró todo lo que deseaba en el apartamento en Newark, no podía quejarse de su suerte. Dejar el apartamento en el Bronx, representó el volver a nacer.

A veces se preguntaba cómo era posible que prefiriese vivir en un sitio como Newark a Nueva York, esa ciudad que era el sueño de varios, pero no el suyo.

En Newark se podía mover con mucha facilidad a cualquier sitio, tampoco era que hacía muchas cosas, lo más importante para él, era la cercanía de su apartamento a la estación de tren. Vivir y trabajar en Nueva York, era demasiado, era muy probable que si lo hubiera hecho así, estuviera a punto de perder la razón.

Aunque de cierta manera disfrutaba de su soledad, en más de una ocasión deseó poder contarle a Camilo su vida, quién era, y cuál era su misión. Sobre todo en los momentos de desesperación, cuando sentía que estaba perdiendo el tiempo, que todo aquello que estaba viviendo era una locura.

A menudo se reprochaba el porqué no podía ser como cualquier otro inmigrante, de esos que trabajan duro, para mandar dinero a sus familiares (lo que era imposible, porque no contaba con nadie) o darse la gran vida; comprar un coche, joyas, perfumes, ropa… o a lo mejor beber hasta perder la conciencia en los bares latinos, y luego buscar un poco de compañía en alguna casa de citas con una chica distinta, cada fin de semana.

Sin embargo, todo lo anterior no era para él, ni valía la pena intentarlo, porque sabía que fracasaría en ello.

José desde siempre fue una especia de bicho raro, y el

manejar su propio coche no cambiaría nada, lo único que deseaba era acabar con el general Arriaga, ese sería su legado a la humanidad, algo por lo que sería recordado, y lo que esperaba que le pudiese traer finalmente esa paz que tanto ansiaba.

La vida le abofeteó reciamente, dándole con toda su fuerza, convirtiéndose en un huérfano, en alguien leve, casi invisible, cuando menos lo esperaba. Una cosa fue desencadenando en otra, y así sucesivamente fue perdiendo todos los elementos que jugaban con estar cerca suyo.

Su trabajo en la biblioteca de la Universidad había dejado de interesarle, por sí fuera poco, Rocío lo había abandonado, o a lo mejor fue él, el que la orilló para que se marchase, terminando así algo que nació de la nada, en un abrir y cerrar de ojos.

Quizá fue aquella decepción amorosa la encargada de orillarle para tomar la misión de acribillar al general; total, no tenía nada que perder y nadie que llorase sobre su cadáver, o en el peor de los casos: nadie que lo visitara en alguna cárcel federal de los Estados Unidos, aunque no estaba dispuesto a podrirse encerrado en una prisión, prefería antes morir a pasar el resto de sus días en una celda, era mejor morir en la silla eléctrica o por el pinchazo de una aguja en uno de sus brazos, recibiendo una inyección letal.

Su familia era la típica familia de clase media, su padre laboraba desde hacía varios años en una empresa de refrescos, específicamente en el departamento de producción, donde fue uno de los precursores para la creación de un sindicato que buscaba proteger a los empleados, y su madre una enfermera de mucha experiencia en el Hospital Público de Tegucigalpa, el más grande e importante del país.

Esteban, el hijo mayor de los Blanco, terminaba la carrera

de ingeniería mecánica en la Universidad, tenía veintitrés años, y desde su primer año en la universidad estuvo afiliado con un frente político con tendencias izquierdistas.

El partido había sido declarado ilegal a mediados de los ochentas por las autoridades universitarias, y varios de sus simpatizantes fueron desaparecidos, y otros torturados, para dar un escarmiento, todo ante los ojos de la sociedad civil, la que callaba por miedo, a correr con la misma suerte.

Sin embargo, los estudiantes siguieron con sus actividades políticas, eso sí; de una manera clandestina y cuidándose de los infiltrados, que rondaban como moscas, buscando introducirse de cualquier forma posible, para obtener información acerca de todos los movimientos de los miembros del partido.

Esteban y José asistieron al colegio Salesiano de la ciudad, uno de los más respetados de Tegucigalpa, no porque sus padres fueran fervientes católicos, sino por la buena reputación del colegio. Esteban y José, aparte de ser hermanos, eran inseparables, sobre todo José, que siempre quería estar al lado de su hermano mayor, sintiéndose protegido bajo la sombra de Esteban.

Ambos tenían personalidades distintas, Esteban era el más lanzado, el que no temía a nada, estrella del equipo de básquetbol y de fútbol, tanto en el colegio, como en la universidad. Incluso varios amigos trataron de influir para que jugará fútbol profesionalmente, lo que analizó, llegando al extremo de realizar unas pruebas con un equipo profesional de la capital, recibiendo el visto bueno para seguir en el equipo, con un contrato que le aseguraría unos cuantos años jugando fútbol profesionalmente.

Sin embargo, prefirió concentrarse en los estudios, y en su primer año de universidad, empezó a sentirse atraído hacia el escenario político.

Esteban mantuvo su vínculo con el movimiento estudiantil en secreto con su hermano, al igual que con sus padres, no quería que nadie se preocupará por él, por todo lo que había ocurrido en el país, y lo que seguía pasando, aunque se sentía en el ambiente que los tiempos macabros estaban a punto de desaparecer.

José por su parte, era todo lo contrario a su hermano: tímido, con muchos miedos y siempre analizando todas las situaciones exhaustivamente, muchas veces sobre actuando a los eventos cotidianos. Su asma, que por cierto desapareció por arte de magia cuando se mudó a los Estados Unidos, tampoco lo dejó practicar deportes como lo hacía su hermano, su salud endeble dejaba mucho que desear.

Esteban en más de alguna ocasión tuvo que defender a su hermano menor en el colegio, cuando algún estudiante mayor buscaba hacerle la vida imposible a José, liándose a golpes, resultando siempre vencedor.

Los dos hermanos fueron muy buenos estudiantes, desde la escuela primaria, continuando con la misma racha en la universidad. Esteban se decidió por ingeniería mecánica, y José cuando todo mundo creía que sería algún cirujano famoso, sorprendió a propios y extraños, matriculándose en una carrera nueva que recién había abierto la Universidad Nacional: tecnología y comunicaciones, cuando no tenía muy claro lo qué quería hacer con su vida.

Sus padres sabían de su capacidad, al igual que sus maestros, cuando José se decidió por la carrera recién abierta en la universidad, fue una sorpresa, pues se esperaba que José acudiría a la escuela de medicina, o algo por el estilo.

Esteban estuvo desaparecido por un mes, fueron treinta días de una inmensa angustia, donde la familia Blanco no podía creer lo que estaba sucediendo.

Se creía que las desapariciones habían quedado en el pasado, que era un asunto de la década de los ochentas, pero no fue así, aunque el nuevo presidente había asegurado que una de sus prioridades era la de investigar a los responsables que habían estado involucrados en las detenciones irregulares de ciudadanos, y llevarlos frente a la justicia.

Pero, un grupo fuerte del ejército, todavía se resistía a las nuevas políticas, no aceptaban la perdida del poder, que era algo inminente, algo que se miraba venir. Así que prosiguieron con las detenciones ilegales, con las torturas, y los crímenes extrajudiciales, les resultaba difícil de creer que estaban perdiendo el control del país. Incluso los aliados de antaño habían dado un paso al costado, los golpes de estado, ya no eran tan bien vistos como en el pasado, la palabra democracia sonaba con una mayor fuerza en el istmo.

Tal y como era de esperarse: las autoridades no mostraron interés en el caso, fueron los padres de Esteban, desesperados los que empezaron a pesquisar por todos lados, al igual que José, y gracias a algunos compañeros de universidad, fue como se dieron cuenta sobre la militancia política de Esteban.

Su padre, que había sido perseguido en los años setentas, al participar en la formación del sindicato en su trabajo, sabía muy bien que el asunto no pintaba nada bueno, cuando supo en lo que su hijo andaba metido.

Cuando pensaron que ya no había nada más qué hacer, una mañana de febrero, alguien llamó al timbre de la casa en la Colonia Alameda, donde la familia vivía tranquilamente, sin sobresaltos. El que llamó a la puerta fue Esteban. Estaba desnudo, con el cuerpo lleno de moretones, completamente sucio, el pelo largo y una frondosa barba le cubría el rostro; le faltaban algunos dientes, y el dedo meñique de la mano izquierda.

Su padre fue el que abrió la puerta, no podía creer lo que estaba viendo. En aquel momento comprendió que su hijo era otra persona, que no volvería a ser el mismo de antes, aquel joven lleno de sueños, había pasado a la historia.

Inmediatamente lo trasladaron hacia una clínica privada, Esteban estuvo tres días en observación, sin decir ni una tan sola palabra, su mirada estaba perdida en el limbo, hasta que le dieron de alta, los médicos aseguraban que físicamente estaba bien, pero psicológicamente… era otra cosa… otra realidad que la familia tendría que enfrentar.

Ya en casa, y después de unos cuantos días, Esteban mostró una leve mejoría, precisamente cuando sus padres pensaban qué harían con su hijo, el que era un fantasma: fuera de su contexto original. Esteban rompió el silencio, habló de todas las torturas recibidas, las humillaciones y las amenazas que después de matarle acabarían con ellos, que violarían a su mamá, a su papá lo cortarían en pedazos, y a su hermano le harían sufrir el doble de lo que él estaba padeciendo, hasta que poco a poco su vida se fuese apagando, ahí le darían un tiro en la nuca, lo cortarían en trozos y esparcirían sus restos por toda la ciudad.

Nunca vio el rostro de sus captores, pero si reconoció una voz: la voz del general y Jefe de las Fuerzas Armadas Andrés Arriaga, el mismo que ya había sido denunciado en varias ocasiones, por estar implicado en varias detenciones ilegales.

Estaba seguro que se trataba de él, lo había visto y escuchado en entrevistas televisivas y radiales, a parte su voz fuerte y áspera, esa que distanciaba rotundamente de su rostro tranquilo, era inconfundible.

Los miembros del movimiento universitario al igual que otros movimientos, contaban con pruebas fehacientes que el general Arriaga, era quien estaba detrás de todo, con su temida POMINA, que no era más que su brazo armado, el ejecutante de todo el terror, mientras se le hacía creer a la población que la labor de la Policía Militar Nacional, era la de proteger a sus ciudadanos. – Me han matado por dentro, aunque parezco vivo por fuera, nunca podré ser el mismo de antes- dijo Esteban, con una voz cortada por el llanto y el dolor.

Las semanas fueron pasando, y Esteban efectivamente no era el mismo de antes, vivía encerrado en su habitación con miedo, de que nuevamente volvería a ser secuestrado y torturado.

Sus padres tomaron la decisión de buscar ayuda, para que su hijo logrará superar el trauma, se encontraban reunidos en la mesa del comedor junto a José, hablando sobre el asunto, era un domingo maravilloso sobre Tegucigalpa, un día fresco, pero sin viento, cuando Esteban interrumpió con un rostro que nunca habían mirado en él.

Esteban les apuntaba a los tres con una pistola, la pistola que su padre pensaba que estaba bien escondida en su habitación y de la que nadie en la familia estaba al tanto que existiese.

Esteban le disparó primero a su padre, dos veces: una en el pecho y otra en la cabeza, mientras gritaba -¡ ya no más por favor!-. Después fue el turno de su madre, que no hizo nada cuando su marido cayó desplomado al suelo. Recibió otros dos tiros en el pecho.

José quiso salir corriendo, pero sus piernas no respondieron, estaba petrificado, Esteban lo miró detenidamente, en eso el llanto apareció, la mirada histérica de antes le dio paso a una mirada tierna; se llevó la pistola a la sien derecha y disparó, antes le gritó a su hermano -¡Todo ha sido culpa de ellos!-.

Allí estaba Esteban, el que había sido su ídolo y su orgullo, el que siempre lo defendió; tirado en una poza de sangre, con los ojos abiertos y sus sesos esparcidos por la baldosa del piso, al otro lado estaban sus padres, boquiabiertos y con sus miradas dilapidadas.

Después de compartir con Camilo, José regresó a la soledad de su habitación, con el estómago contento, el gallo pinto hecho por su compañero de habitación le había caído del cielo, al igual que la breve plática sostenida.

Se recostó en su cama, trayendo a su memoria los días en la casa de la familia en la Colonia Alameda, cuando todos eran felices, hasta que llegó el secuestro de Esteban, cuando todo cambió.

Deseó con más ganas que don Simón lo llamase, que le diera la orden de ir por el general Arriaga, ya no aguantaba más, se estaba muriendo de desesperación.

17

"Salir de Honduras implicaba jamás regresar, desaparecer, borrarse del mapa". Le expresó claramente el presidente Bonilla, en una reunión que apenas duró, en el despacho del presidente, en la casa presidencial en Tegucigalpa.

Era la primera vez que el general Arriaga miraba al Presidente tan avalentonado enfrente suyo; le miraba de frente, sosteniéndole la contemplación, aunque el general sabía que en el fondo, el presidente Bonilla estaba a punto de mearse del miedo, no era para menos; hablaba con el hombre que había mantenido el país a salvo de los comunistas, un hombre, en todo el contexto de la palabra.

A menudo el general se refería al presidente Bonilla como: "El Enano", por su baja estatura, aunque reconocía los dotes de Bonilla para hablar tan bien, tan bonito, usando palabras rimbombantes, que conseguían encantar a sus oyentes, aunque en el fondo las mismas quedaban en nada.

Nunca confió en el presidente Bonilla, nunca confió en nadie, llegando incluso, a dudar de su propia sombra.

Sí se le daba la gana, podía poner al presidente en su lugar, como lo hizo con los demás presidentes, los cuales habían sido sus marionetas; todos manejados a su entera disposición.

-Es necesario empezar de nuevo, cerrar todos los capítulos del pasado-. Le dijo el presidente Bonilla, con un tono de voz más suave, haciendo ínfulas de sus dotes de político barato, lo que tanto odiaba el general. Añadió:

-que su partido y el país entero, le estarían eternamente agradecidos, por mantener todos esos comunistas a raya, en momentos tan difíciles en la región, donde los marxistas avanzaban como una maleza espesa, confundiendo a la población con arengas baratas, de igualdad de clases, y otras tonterías…

Pero, era el momento de hacerse a un lado, todo estaba arreglado, había hablado con gente importante en la OEA, y estaban dispuestos a aceptarlo, como miembro del gabinete de seguridad y a parte, en retribución por todo el trabajo realizado, el país lo premiaba con tres millones de dólares, depositados en una cuenta de un banco en Nueva York-. Prosiguió el presidente.

El general comprendió que El Enano, aquel hombre finito y bajito, de mirada humilde, lo estaba comprando, o mejor dicho: asegurando su permanencia en el poder, porque sabía que él era capaz de derrocarlo en cualquier instante, como había sucedido en el ochenta y dos, con aquel presidente que traía ideas raras, que hablaba de un nuevo orden político y social para el país, el que terminó derrocado por el ejército, aunque el general Arriaga todavía no era el jefe de las Fuerzas Armadas; se levantó entre los más altos mandos, para decir que era necesario sacar al presidente del poder, antes de que llevase al mismo a la perdición, él mismo condujo el golpe de estado que puso al presidente elegido por el pueblo en un avión hacia Costa Rica, a punta de cañón.

Después del golpe del ochenta y dos, las Fuerzas Armadas pusieron en la silla presidencial un nuevo presidente, uno que podían mangonear a su antojo, todo por no quedar tan mal parados en el ámbito internacional.

El presidente Bonilla era diferente a todos los presidentes que el general había controlado, percibía que éste estaba dispuesto a arrasar el país, a saquearlo, a vender cada hectárea de tierra, que le fuese posible, a grandes corporaciones extranjeras, o a quien le pusiera enfrente suyo dinero.

El general Arriaga odiaba cuando el presidente hablaba bonito; sus discursos eran capaces de hipnotizar a las personas, no había duda que tenía un enorme talento para conjugar palabras dulces y frases pomposas, al igual que prometía cosas que jamás podría cumplir, todo en aras de continuar en el poder, para seguir beneficiándose del mismo.

Desde la campaña política que lanzó Bonilla, tuvo una mala espina, su error fue que no lo supo controlar a tiempo, estaba consciente de ello, él era el responsable de que Bonilla estuviese empalagado con el poder del país.

La década de los ochentas había terminado, y los noventas empezaban de otra manera: se comenzaba a escuchar el concepto de globalización y neoliberalismo, las fronteras se estaban abriendo más, y eso que varios llamaban "derechos humanos", iba tomando mayor fuerza.

Eran unas nuevas dictaduras, más democráticas ante los ojos del mundo entero. Pero, tras de fondo siempre estaban los mismos intereses de toda la vida, donde la corrupción y la sed de poder, se enlazaban a la perfección.

El servicio militar dejó de ser obligatorio, por presiones internacionales, se dejaron de detener jóvenes en la calle, para subirlos a un camión militar, luego eran conducidos a cualquier batallón lejano, donde eran instruidos en el mundo de la infantería, del cual no podían salir, de hacerlo: se enfrentarían a la cárcel.

Las Fuerzas Armadas no pudieron seguir tapando ante el mundo entero todas las desapariciones y las detenciones ilegales ocurridas en el país, sumado a esto, estaba el asesinato de Elena López, y los rumores que se escuchaban sobre el caso, donde el nombre del general Arriaga sonaba como una persistente resonancia.

Lo único que pretendió fue darle un escarmiento a aquel profesor de filosofía, que obviamente no captaba el mensaje, que en Honduras no había espacio para los comunistas, pero todo se salió de las manos.

El crimen estaba levantando demasiado polvo, y el presidente Bonilla, que recién había empezado su ciclo en el poder, no estaba dispuesto a enfrentarse a un escándalo de tal magnitud, era demasiado pronto para verse envuelto en un zipizape, por lo menos no en sus primeros días en el gobierno.

El general consintió que todo había terminado, aunque el dinero no le interesaba, recibió los tres millones de dólares de buena manera, aquello le aseguraba su futuro y el de su pequeña hija, no obstante lo que sí extrañaría era el poder y la capacidad de decidir sobre qué vida quitar de en medio.

El presidente Bonilla, estaba al tanto de las acciones del general Arriaga, pero últimamente el general estaba cruzando los "límites", como el macabro hecho con Elena López y otros casos más. Era ineludible deshacerse de él, antes de que se convirtiera en un problema mayor, necesitaba un nuevo jefe de las Fuerzas Armadas, al que pudiera dominar, sin correr el riesgo de una sublevación por parte del ejército.

Así que movió sus contactos, consiguió que el general fuera aceptado en la OEA, con un expediente limpio y con una nueva identidad, así tenía la vía libre para seguir saqueando el país, junto con sus allegados, terminando de una vez por todas con el imperio de la Fuerzas Armadas en el país.

También, instaló una comisión que investigaría todas las

atrocidades cometidas en los ochentas, sin embargo todo resultó ser una pantomima, la perfecta puesta en escena de un show barato, una mentira para callar los rumores internacionales de lo que sucedió en el país, en la década perdida.

Al salir del país varios subalternos del general fueron apareciendo acribillados, después de haber sido desprovistos de sus privilegios, que incluían coches y escoltas personales, algunos emprendieron la fuga hacia los Estados Unidos, en busca del sueño americano, y huyendo de los ajusticiamientos extra judiciales que se estaban llevando a cabo, y lo peor de todo: desconociendo quiénes estaban detrás de los mismos.

El teniente Juan Rosales, fue uno de los pocos que se quedó en el país, y que estuvo en contacto con el general, por algunos años, manteniéndolo informado de lo que estaba sucediendo en la nueva Honduras, donde las Fuerzas Armadas habían dejado de tener voz y voto.

El teniente Rosales fue durante muchos años la mano derecha del general Arriaga y el encargado de su seguridad personal, hasta que todo terminó. Estaba dispuesto a dar la vida por su general, y cuando éste se despidió de él, sintió un profundo nudo en su garganta.

También, se rehusó a aceptar el maletín que le entregó el general, repleto de dólares compensado su lealtad, aunque finalmente terminó aceptándolo, ante la insistencia de su líder.

El general le regaló cincuenta mil dólares, de su propio dinero, con esa cantidad el teniente Rosales se mudó a la Isla de Roatán, en el caribe hondureño, donde era un perfecto desconocido.

Allí compró una casa y montó un negocio: un restaurante, decidido en vivir con muy bajo perfil, hasta que con el paso de los años terminó vinculado con el narcotráfico, ayudando a narcotraficantes colombianos en el trasiego de cocaína por el país, teniendo como destino: los Estados Unidos de América.

Sus conocimientos sobre las zonas selváticas de Honduras, sobre todos los puntos ciegos, y sus contactos con ex colegas militares en la región fueron bien valorados por los jefes de los carteles colombianos, hasta que se fue haciendo un nombre, llegando a ser uno de los capos más importantes de Centroamérica.

El general gracias a sus contactos con la DEA se enteró de la nueva ocupación del que un día fue su fiel compañero de armas, se decidió a cancelar la comunicación con él, pues no quería verse involucrado con alguien que andaba en pasos errados.

El general no tenía necesidad de un salario, los millones recibidos por el presidente Bonilla habían sido bien invertidos, tampoco gastaba demasiado, era muy austero, a lo mejor porque había experimentado en primera persona la miseria, siempre rondaba en sus pensamientos el miedo a ser pobre, así que cuidaba cada centavo celosamente.

Se aburría tanto sentado en un escritorio en Washington, participando en reuniones que catalogaba como una rotunda perdida de tiempo, hasta que se decidió por dejar la OEA, para trabajar en la empresa de seguridad internacional, antes obtuvo un cargo transitorio en el consejo de seguridad de las Naciones Unidas, en la ciudad de Nueva York, la que terminó odiando, debido al ritmo transgresor con que se vive en la gran manzana.

Se mudó a Harrisburg, por la tranquilidad, para que sus hijas crecieran en un lugar apacible.

Al llegar a los Estados Unidos Azucena quedó preñada, cuando había dejado todos los tratamientos para volver a quedar embarazada, tal y como lo hizo con Gabriela, hasta que finalmente todos los esfuerzos dieron resultados.

El general deseaba un varón, estaba tan emocionado, que incluso se llegó a acercar más a Azucena. Mantuvieron el sexo de la criatura en secreto, hasta que llegó el día del parto, descubriendo que se trataba de otra niña.

La desilusión fue bastante notoria en el rostro del general, pero cuando pescó a Jimena en sus brazos todo cambió.

Vivía y respiraba por sus hijas, las educaba con disciplina, enseñándoles el valor de las cosas. Las dos trabajaron desde que cumplieron los catorce años en trabajos de verano, aunque no tenían necesidad de ello, pero el general creía a ciegas en la importancia del trabajo, en que no había nada mejor que estar activo.

Ni Azucena, ni sus hijas estaban al tanto de sus movimientos financieros, desconocían de su fortuna y de todas sus inversiones, eran la típica familia estadounidense de clase media o así lo creían ser.

El general tenía su móvil en su mano derecha, estaba dudando sí era una buena idea marcar el número del teniente Rosales, después de tantos años.

Había logrado borrar todos los recuerdos de su pasado por varios años, hasta que estos volvieron a aparecer. Allí estaba, sujetando el aparato con firmeza, sintiendo un sentimiento que no le gustaba para nada, que era más obvio que nunca: ansiedad, pero -¿ansiedad a qué? Quizá a encontrarse directamente a alguien que era parte de su pasado.

Por fin, terminó venciendo las dudas, y marcó el número del hombre al que le había confiado su vida y la de su familia, cuando era uno de los personajes más poderosos del país.

Eran cerca de la una de la mañana en Harrisburg, y cerca de la media noche en Honduras. El general estaba a punto de cortar la llamada, ya que nadie contestaba, "a lo mejor Rosales, había cambiado su número", pensó, cuando una voz chillona apareció del otro lado, contestando la llamada.

Al general le fue imposible el contener la risa. Terminó sonriendo al escuchar la curiosa voz del teniente Rosales, recordando inmediatamente la presencia física del que fue su hombre de confianza.

Sí la voz del teniente Rosales era motivo de burla, su aspecto físico no se quedaba atrás: era bajito, con ojos saltones, cejas frondosas, y una panza que sobresalía de su orbita. Era la antítesis de un soldado, sin embargo el pulso no le temblaba cuando se trataba de disparar a matar o cuando era la hora de actuar, ante cualquier situación que lo requiriera.

Al igual que el general, el teniente Rosales provenía de las huestes de la miseria. El general lo encontró una vez que pasaba revisión en un batallón en un poblado en medio de la nada en la zona sur, muy cerca de la frontera con Nicaragua.

Por aquellos entonces Rosales, era un simple soldado, con dos años de servicio, fue reclutado mientras deambulaba por las calles de su pueblo, con dieciséis años.

Una patrulla del ejército pasaba por las calles polvorientas del pueblo, Rosales venía de bañarse en un río, junto con varios amigos, cuando se encontraron con dos adolescentes que corrían despavoridos gritando "¡andan agarrando! ¡los soldados andan agarrando!", sus amigos se escabulleron entre unos arbustos, para evitar el reclutamiento forzoso, pero él se quedó inmóvil.

Tres soldados flacos se bajaron de un camión verde olivo, le preguntaron por su nombre, y le ordenaron que se subiese al camión, no tuvieron necesidad de usar la fuerza, porque el joven Rosales obedeció la orden, de no haberlo hecho, la historia sería otra.

Rosales no corrió de los soldados que reclutaban, especialmente adolescentes que deambulaban por las calles, porque desconocía que haría con su vida, vivía en la absoluta miseria, y al menos en el ejército tendría tres tiempos de comida asegurados, y algo de dinero a fin de cada mes.

Cuando el general pasó revisión no dejó de llamarle la atención el aspecto físico del soldado, sobre todos sus ojos tan grandes, que parecían que saldrían disparados de su cara. Le preguntó su nombre – Soldado Rosales Fuentes mi Capitán- respondió altivamente. Al escuchar su voz, sintió como sí alguien hubiera pasado sus uñas violentamente contra algún pizarrón, sintiendo un escalofrío, era la voz más aguda que jamás había escuchado.

-¿Sabe conducir soldado? Le preguntó, el por aquellos entonces capitán Arriaga. –No, pero aprendo rápido mi capitán-. Contestó el peculiar soldado.

Aquella respuesta satisfizo al capitán Arriaga –está bien, recoja sus cosas porque se viene a la capital conmigo-. Le ordenó. -Una vez que aprendas a conducir, serás mi chofer-. Concluyó.

El resto de los soldados no podían creer lo que habían escuchado, incluso el teniente, encargado del recinto militar quedó viendo al joven capitán del ejército hondureño con asombro, no dando crédito a lo que ocurría, él mismo hubiera dado todo por ser trasladado a la capital y por dejar el miserable pueblo olvidado por cualquier misericordia divina.

Aunque sí bien era cierto, que los demás soldados no estaban por decirlo así: en la mejor de las formas, el soldado de los ojos saltones, era el que lucía en las condiciones más paupérrimas de todos los destacados al pequeño batallón, en los bordes con la caliente frontera con Nicaragua.

Al escuchar la voz del teniente Rosales contestando el teléfono, fue imposible contener el recuerdo de la primera vez que le vio, en el lúgubre batallón en medio de la nada, donde el polvo y el calor, eran los verdaderos dueños de todo.

-¿ Cómo está teniente Rosales? Le habla su general Arriaga. Imaginó al Teniente Rosales de ahora, el narcotraficante que controlaba la cocaína que pasaba por la costa atlántica hondureña, un hombre importante y adinerado, con cadenas de oro guindando de su cuello, la cacha de su pistola con piedras preciosas, y sin embargo sabía que al escuchar su voz, volvería a ser su subordinado, lo que así fue.

-¡Todo en regla mí general! Contestó Rosales, como si el tiempo no hubiera pasado, y mostrando mucho respeto.

Era evidente que aquella llamada había sido toda una sorpresa para el otrora teniente de las Fuerzas Armadas hondureñas, el que condujo varias misiones catalogadas como: especiales, por la POMINA.

Pensó que la llamada tenía que ver con sus actividades del trasiego de cocaína hacia los Estados Unidos, creyó que el general ahora trabajaba para la DEA. Decidió que fuera el general el encargado de hablar, dedicándose únicamente a escuchar y a responder las preguntas que su ex jefe le formularía.

Era curioso, aunque era un hombre poderoso, al escuchar la voz del general Arriaga, se volvió a sentir aquel soldado que el general sacó del batallón en la frontera con Nicaragua, llevándolo a la capital, para que se convirtiera primero en su chofer, luego en su escolta y finalmente en su mano derecha.

-¡Usted dirá mi general! ¿ A qué debo el gusto de su llamada? El teniente Rosales se abstuvo de preguntarle al general por Gabriela, de la cual se hubo encariñado, cuando era el encargado de proteger al general y a su familia, brindando su propia vida, de ser necesario.

No quiso llevar el asunto a un tramo personal, pero recordó la cara de Gabriela, sonriendo del otro lado de la comunicación.

Cuando escuchó acerca del motivo de la llamada del general, sintió una especie de alivio, ya que, aparentemente su entonces superior, no llamaba para indagar sobre sus narco actividades o bien para advertirle que alguien andaba detrás suyo, mucho menos se trataba de algo concerniente con la DEA, pues lo último que el teniente retirado deseaba, era vérselas con la justicia estadounidense o encerrado en una prisión federal en los Estados Unidos, como había sucedido con varios narcotraficantes latinoamericanos; extraditados hacia el país del norte, donde jamás volverían a ver a su familia.

El motivo de la llamada era para preguntarle sobre un movimiento conocido como: el Movimiento de Justicia Civil, que aparentemente desde varios años atrás, se habían dado a la tarea de buscar oficiales del ejército para eliminarlos, y más puntualmente le preguntó: sí había escuchado mencionar a un tal José Blanco, el hermano de Esteban Blanco.

Al igual que el general, la buena memoria era una de las cualidades del teniente Rosales, no tuvo problemas para recordar a Esteban Blanco, pero de José no había escuchado nada, fue como una bala perdida en el espacio respecto al Movimiento de Justicia Civil, sabía que era un grupo de... resentidos, así los definió; que se habían unido provenientes de distintas organizaciones y movimientos, siendo uno de ellos el Partido Comunista Hondureño, al que tanto combatieron en el pasado.

El partido, que nunca logró poseer una distinción oficial en la esfera política del país, desapareció a mediados de los noventas, luego de no lograr alcanzar un estatus político oficial.

Algunos le achacaban al partido la muerte del presidente Bonilla en el año noventa y cuatro, dos años después que el general había salido del país.

El general le pasó la información que Chris le hubo proporcionado, y el teniente Rosales quedó de indagar con sus contactos, que eran más efectivos que la misma policía.

Los dos se despidieron de una manera fría, aunque el haberse escuchado había sucumbido algo en las profundidades de sus entrañas. El general quedó en llamarlo en un par de días y la llamada concluyó indiferentemente.

Después de hablar con el teniente Rosales, el general se dedicó a pensar, en todos los asuntos que atañían a su pasado, maldiciendo lo que estaba haciendo. Odiaba el haber perdido la paz que había encontrado en los últimos años.

Se sirvió un trago de whisky y se quedó pensando, dándole vueltas a su cabeza, tratando de articular qué haría con José Blanco, y sobre quién estaba detrás de ese tal Movimiento de Justicia Civil. " Si estuviera en Honduras, todos estos cabrones estarían enterrados varios metros bajo tierra", pensó, mientras tomaba un sorbo corto de whisky.

18

Leo llegó a la librería puntual, todo un milagro porque estuvo a punto de quedarse en la cama, al lado de Gabriela.

Le resultó muy difícil dejar a Gabriela durmiendo sola en su cama, al igual que el abandonar el calor que su cuerpo le hacía sentir; de una manera intensa, entibiando sus huesos.

No se molestó en despertarla, salió de la cama con todo el cuidado del mundo, para no despertarla. Tomó un breve ducha y se vistió rápidamente, no quería llegar tarde a su trabajo.

Aquella mañana Leo se sintió tan leve, el haberle contado a Gabriela la verdad sobre su vida, había conseguido que se quitase todos los pesos que desde siempre lo habían estado acompañando, siguiendo sus pasos, adonde quiera que fuese; haciendo que su existencia fuera una constelación densa, que conseguía que muy a menudo, su espíritu se arrastrase a ras de suelo.

No tuvo tiempo para detenerse en el habitual café, pero si tuvo tiempo de darle un último beso a Gabriela, antes de salir del apartamento.

Se quedó algunos segundos mirándola tumbada sobre la cama, contemplando su delicada cara; rebosada con una expresión de sosiego y paz. Se sintió más feliz que nunca, despejado y libre.

La tormenta de nieve que había azotado buena parte de la costa este durante la madrugada, había perdonado el Estado de Pensilvania, aunque nevó, pero no con la misma intensidad que en otros Estados vecinos, como ocurrió en Nueva Jersey, Nueva York y Delaware, donde todavía estaban soterrados por la nieve.

Gabriela no tenía clases hasta por la tarde, así que tenía tiempo para seguir durmiendo, lo que rara vez hacía, porque le gustaba levantarse temprano, aún en esos días cuando no había nada que apremiase a primera hora; se levantaba temprano, para hacer sus ejercicios de yoga, y empezar así, sus días con sus pensamientos frescos.

Pero, aquella mañana fría de marzo, se decidió por quedarse un rato más en la habitación de Leo, durmiendo plácidamente sobre la pequeña cama de su enamorado.

No sintió cuando Leo salió hacia su trabajo, permaneció ajena a todo lo que estaba ocurriendo en aquel momento, fuera de la pequeña cama adonde dormía.

Leo antes de salir del apartamento se tropezó con Bernat. Intercambiaron saludos y un par de palabras, no se habían visto en algunos días, cosa que siempre sucedía, porque cada quién iba a sus anchas, y a toda prisa.

Antes de salir a trabajar, Leo le dijo a Bernat que, Gabriela se encontraba en su habitación durmiendo.

Bernat saldría en algunos veinte minutos, sin embargo tenía la noche libre, así que podían ir a tomar algo. Quedaron en encontrarse a las siete, en un bar cercano al campus de la universidad, para ponerse al tanto de sus vidas.

Se dieron un apretón de manos y Leo, finalmente salió del apartamento, con una muy buena pinta y decidido a enfrentarse con el duro invierno.

Llegó a la librería puntualmente, la puerta del establecimiento ya estaba abierta, entró y encontró a Morris en el lugar de siempre: encima del mostrador, durmiendo desparramado, sin ningún pudor.

Peter, por su parte: se encontraba abriendo la caja registradora, a su lado descansaba una enorme taza de café, de la cual salía un humo breve, que se esparcía por algunos segundos por el local, hasta que desaparecía entre los estantes forrados de libros.

Leo miró desde la entrada la frondosa barba que le cubría buena parte de la cara a su jefe, y su pelo rubio, sujetado por una coleta negra. Aquella mañana le pareció que estaba más alto de lo que era, y bastante más delgado.

Peter lucía un suéter de lana gris, jeans flojos y unas botas que denotaban varios años de uso continuo, pero que todavía cumplían su misión.

Peter había servido en Vietnam durante tres años, casi no hablaba de ello, a pesar de que Leo sentía bastante curiosidad por conocer más sobre sus experiencias en la guerra, nunca indagó más de la cuenta, sencillamente, porque la única vez que Peter le había comentado al respecto, percibió en su cara una profunda tristeza, así que se decidió por no seguir escarbando en las cenizas del pasado de su jefe.

Después de servir en el ejército, Peter regresó al pequeño pueblo adonde había nacido, al oeste de Pensilvania, quedándose un año allí; trabajando en la granja de sus padres, sin embargo se hartó de vivir en el pueblo, y se marchó a Filadelfia.

En Filadelfia logró enrolarse en la universidad de Temple, para estudiar literatura, dejando atrás las memorias de sus años en el ejército, el que fue su única opción al terminar el colegio, ya que, en su pueblo las oportunidades brillaban por su ausencia.

Se enlistó en el ejército, al recién cumplir los dieciocho años, para escapar de la monotonía que representaba vivir en su pueblo, y sus padres tampoco contaban con los recursos suficientes para pagar por su educación, también soñaba con viajar, con conocer otras realidades, y en el ejército podía cumplir su sueño, o al menos eso pensó, hasta que se vio a bordo de un gigantesco avión, teniendo como destino: Vietnam, donde caminó de la mano con la muerte durante tres años, mirando toda clase de horrores.

Después de servir en Vietnam por tres largos años, peleando en una guerra que no terminaba de entender, deambuló en distintas bases a través de los Estados Unidos, por dos años más, hasta que se vio libre de todo compromiso con el ejército, y con un millón de dudas referente a su futuro.

Regresó a su pueblo, donde estuvo dando tumbos por una temporada, sin encontrar su sitio en aquel lugar, hasta que aprovechó un programa de ayudas para ex combatientes, y gracias a ello pudo pagar sus estudios universitarios, terminando la carrera de literatura.

Al terminar la carrera se dio cuenta que la academia no era lo suyo, aunque le ayudó para obtener un empleo como lector de manuscritos, que escritores noveles enviaban, buscando ser publicados, en una casa editorial en Nueva York. Trabajó en la casa editorial por diez años, hasta que se cansó de todo, regresó a Filadelfia sin saber muy bien para qué.

Después de andar vagabundeando por la ciudad, encontró en un edificio en las cercanías de la ciudad universitaria, The Last Word. Se quedó un buen rato mirando a través de la vitrina hacia adentro, contemplando un letrero pegado en el cristal que rezaba: de venta.

Luego de un rato, entró en la librería, decidido en hablar con quien fuese para comprar el negocio. Así fue como destinó todos sus ahorros en la compra de la librería, alquiló también la segunda planta, donde tendría su apartamento.

El dueño del edificio se convirtió en su amigo, y a pesar de que había recibido numerosas ofertas para vender el edificio no lo había hecho, por no echar a su amigo y cerrar el negocio, en cierta medida porque él era un amante de los libros, y un soldado retirado, al igual que él, que había combatido en la misma guerra, la misma guerra que para ninguno de los dos jamás tuvo sentido.

Leo saludó a su jefe y notó que Peter tenía un semblante diferente –debemos hablar- le dijo fríamente, cuando Leo llegó al mostrador. Lo primero que se le vino a la mente a Leo es que iba a ser despedido, pero, -¿ qué había hecho mal? Se preguntó.

Peter, era un hombre de muy pocas palabras, pero cada vez que hablaba, sonaba tan ecuánime, y daba gusto escuchar cómo pronunciaba cada palabra que iba saliendo de su boca, con una precisión asombrosa.

-Voy a tener que cerrar Leo. Es algo que debí haber hecho muchos años atrás-. Dijo Peter, sin dar más detalles sobre el asunto.

Leo, percibió la tristeza dibujada a la perfección en los ojos verdes de su jefe.

-Es el momento de hacerlo, lo siento, sé muy bien que necesitas el trabajo, pero las ventas cada día están peor y no creo que esto vaya a mejorar…

Leo sintió mucha pena por perder su trabajo y por Peter, que a pesar de su carácter reservado y hasta cierto punto esquivo, era un buen ser humano, de eso no tenía ninguna duda.

Quedaron en que Leo trabajaría hasta fin de mes, después Peter salió a realizar algunas diligencias, mientras Morris, el enorme gato, y quizá la única compañía tangible con que contaba Peter seguía durmiendo en el mostrador.

Leo miró a través de la vitrina, como el esquelético cuerpo de Peter, resguardado del frío por un largo abrigo, se perdía entre las personas que al igual que él: circulaban acompañadas de sus dudas y de sus miedos, por las aceras de la ciudad.

Leo acarició la espalda de Morris, quien no se inmutó

al sentir sus dedos masajeándole, mientras pensaba en Peter, la verdad es que no pensó en qué haría sin su trabajo, importándole más su jefe, la librería era todo para él, ¿adónde iría? ¿ Qué haría de su vida?

El trabajo en The Last Word había sido para Leo una salvación, y al mismo tiempo no lo sentía como un trabajo, las horas pasaban tan rápidas, y todos los días conocía personas muy interesantes, ni hablar de todos los libros con que contaba a su alcance, lo único que deseaba era contar con más tiempo para poder leer.

En eso Bill entró en la librería, sacando a Leo de su mundo. Bill era quizá el cliente más fiel en The Last Word, un apasionado por los libros, especialmente por los libros de historias medievales. Pasaba largas horas buscando alguna novedad en los estantes, cuando se encontraba con Peter aprovechaba para conversar sobre libros y autores.

Leo no pudo dejar de pensar en el cierre de la librería, sería una noticia difícil de asimilar para Bill, que había encontrado en The Last Word el refugio perfecto para combatir sus rutinas.

Leo había conocido acerca de la vida de Bill, en la primera semana en que empezó a trabajar en The Last Word, cuando Bill sin conocerlo le contó su historia, en un día donde nadie entraba en la librería.

Bill se había retirado varios años atrás, después de haber enseñado en distintas universidades. Era un profesor de literatura inglesa nacido Dublín.

El amor fue el encargado de traerlo a los Estados Unidos, pues resulta que se enamoró perdidamente de Celia, una joven de Boston, que llegó para estudiar en la universidad donde Bill enseñaba en aquellos tiempos, en Irlanda.

Bill fue su maestro, pero entre los dos surgió un romance, que lo condujo a dejar todo, para emprender una nueva vida junto al lado de Celia en Boston.

Se casó con Celia en el primer otoño en que llegó a Boston, sin embargo Celia murió trágicamente cuando el tren en que se conducía hacia Nueva York, terminó descarrilándose, una mañana de diciembre, justo un mes después de haberse casado, con la única mujer que había amado.

Aquello derrumbó a Bill, pensó en regresar a Irlanda, y justo cuando estaba dispuesto a hacerlo, le surgió una propuesta para enseñar en una universidad en Connecticut, así fue como terminó quedándose en la costa este de los Estados Unidos, hasta que llegó a Filadelfia, donde finalmente se retiró.

Leo se había encariñado con Bill, quien le contó su vida, una tarde donde nadie se había atrevido a poner un pie en la librería. Desde entonces los dos se habían conectado de una manera intensa.

Cada vez que Bill encontraba la oportunidad, le preguntaba a Leo sobre Honduras, mostrando gran interés por toda Latinoamérica, llegando al extremo que se había decidido en viajar a Perú a finales de año, simplemente para conocer un sitio diferente.

Bill entró en el establecimiento sacudiendo sus botas en la entrada, en una alfombra rústica, para no llevar al suelo de la librería la sal y la nieve; arrojada por las calles y aceras de la ciudad, para derretir la nieve, y por consiguiente: para que no se formasen capas de hielo, que bien podrían provocar algún accidente.

Leo miró cómo el anciano, se zafaba de una bufanda a cuadros, para después despojarse del abrigo de piel que la daba hasta las rodillas.

Bill se acercó hasta el mostrador, saludó amablemente a Leo, y acarició la cabeza de Morris, que finalmente despertó de su letargo, estirando su estructura ósea, como quién lleva a cabo alguna exótica postura de yoga.

Leo sintió los deseos de comunicarle a Bill la noticia del cierre de la librería, pero no lo hizo, por dos razones: la primera es que no tuvo el valor de hacerlo, y la segunda, fue que no creía que era la persona indicada para darle tan triste noticia al simpático anciano.

Hablaron algunos minutos, refiriéndose al clima, de lo mal que lo estaban pasando otros estados de la costa este, cuando Gabriela interrumpió en la Librería, sonriendo desde la entrada, después de haber cruzado la puerta.

Gabriela se hizo pasar por una cliente más, era la primera vez que estaba en la librería cuando Leo trabajaba, sin embargo había estado en The Last Word en varias oportunidades previamente, especialmente en la sección de libros en español, pero nunca cuando Leo se encontraba trabajando.

Gabriela esperó que Leo terminase de hablar con Bill, mientras tanto curioseó entre los estantes repletos de libros.

Al parecer Bill estaba más conversador de lo habitual, hasta que por fin se retiró del mostrador para buscar alguna novedad en los estantes.

La librería era enorme, una de las más grandes de la ciudad, y contaba con una exquisita y diversa colección de libros, siendo la única librería en Filadelfia con libros en otros idiomas que no fueran inglés, como francés, español, portugués, árabe, chino, etc. Peter se las ingeniaba para adquirir distintos ejemplares, sobre todo libros no tan comunes.

Definitivamente el dueño del edificio tenía que vender, la firma que compraría iba a construir un moderno edificio de condominios, que serían residencias para estudiantes, y en la parte de abajo: restaurantes de comidas rápidas.

Gabriela siguió pavoneándose entre los pasillos,

resguardados por los estantes colmados de libros, cuando Leo dejó el mostrador para acercarse hasta ella.

La encontró en un estante al final, donde descansaba la sección de libros en español. Gabriela hojeaba una colección de cuentos de Julio Cortázar, titulado: La Isla a Mediodía y Otros Relatos.

Leo se acercó sigilosamente, Gabriela se percató de aquello, pero se hizo como la que no se daba cuenta de la aproximación de su novio; siguió ojeando la recopilación de cuentos de Cortázar, un pequeño libro de color grisáceo y el lomo negro. Hasta que sintió los brazos de Leo sujetándola por la cintura, fue ahí donde se dio media vuelta para encontrar los labios tibios de Leo, uniéndose contra los suyos.

Se besaron por un rato, los labios fríos de Gabriela se calentaron con los labios de Leo, y se separaron cuando el sonido que alertaba que alguien acababa de cruzar la puerta del local apareció, simulando el eco de unas campanas.

Se trataba de dos señoras negras, a las que Leo no había visto antes, Leo se entusiasmó, porque justamente aquello era lo que necesitaban: nuevos clientes. Regresó hasta al mostrador dejando a Gabriela en la sección de libros en español, sonriéndole pícaramente, mientras se alejaba de ella.

Gabriela iba camino a su apartamento en la universidad, en Haverford, el pequeño pueblo de clase alta, donde se aburría a montones, cuando se detuvo en The Last Word para ver a Leo, antes de regresar al campus.

Quería ver su cara antes de marcharse de la ciudad, quería sentir sus labios una vez más, y asegurarse de que todo era real, que no era ningún sueño.

Después de algunos breves minutos, deambulando por los pasillos de la librería, Gabriela salió con dirección a la estación de trenes de cercanías, antes de cruzar la puerta se volteó para mirar a Leo, que hablaba con las dos clientas que acababan de entrar.

Se despidieron a la distancia, moviendo los dedos de sus manos, indicando que muy pronto se volverían a ver.

El día transcurrió para Leo como todos los demás: sin ningún movimiento extremo. Un puñado de clientes, fueron los únicos que entraron en la librería, pero como era de esperarse, solamente un cliente compró algo: un libro para aprender francés de una forma autodidacta. Si no hubiese sido por Bill, que seguía deambulando entre los estantes, la librería hubiera sido una completa desolación.

Leo aprovechó el tiempo para leer, para pensar en su futuro, y en Gabriela; estaba tan pleno, quizá como nunca lo había esperado estar, aunque su futuro era una rotunda interrogante. Sin duda alguna el amor que sentía por Gabriela, le había traído nuevas fuerzas, un brillo diferente.

Peter regresó a la librería, con el mismo semblante triste con que se marchó, varias horas antes. Ni tan siquiera preguntó cómo iba todo, porque era evidente que la cosa no andaba bien, inmediatamente le indicó a Leo que se podía marchar.

Leo volvió a sentir mucha pena por Peter, deseaba quedarse más tiempo para intentar hablar con él, pero debía salir; ya que tenía una reunión referente a su proyecto final, y no podía faltar, después iría a tomar algo con Bernat, y luego le dedicaría un par de horas a sus clases finales, así que tenía que darse prisa, sí quería terminar todo lo que debía de hacer.

Cruzó la puerta de la librería, para enfrentarse con la helada noche que acababa de caer en la ciudad, dejó atrás a Bill, que seguía curioseando entre los estantes y a Peter, que contemplaba el cielo raso del establecimiento, preguntándose en silencio "¿qué demonios haría con su vida".

19

José pasó toda la tarde y buena parte de la noche tumbado en la cama, mirando tres entregas de las Guerras de las Galaxias, por la enésima vez, sin embargo no le importaba en lo absoluto, podía pasar semanas enteras mirando las películas de siempre, y no se cansaría de ello, estaba seguro, es más, cada vez que miraba las Guerras de las Galaxias, lograba escaparse hacia el espacio sideral, allá donde podía descansar de sus recuerdos, y de la misión que estaba llevando a cabo, era una especie de droga que lograba adormecerle de la realidad, y que le daba rienda suelta a su imaginación.

Alrededor de las diez de la noche, se levantó de su cama para estirar sus vértebras, dejando por unos minutos en paz, la pantalla de su computadora.

Estiró su cuello y sus brazos, se sintió aliviado, a pesar del dolor en sus brazos hizo varias flexiones, exigiéndole a su cuerpo un esfuerzo rebuscado.

De igual forma dio algunas vueltas por el pequeño cuarto, sintiéndose como un león enjaulado. En repetidas ocasiones miró a través de la ventana, se encontró con una profunda desolación sobre las calles de Newark.

Regresó a echarse en la cama, abrió el monitor de su portátil de mala gana. Pero, esta vez le dio un descanso a las Guerras de las Galaxias, para echarle un vistazo a los portales de los periódicos de Honduras en el internet.

Se encontró con las mismas noticias violentas de siempre, con los secuestros que sucedían en el país a diario, con la quema de autobuses por parte de las mafias, que exigían el impuesto para dejar operar a los transportistas, etc.

"El país se estaba yendo al carajo", pensaba José, cada vez que miraba los portales en el internet, aquello lo llenaba de tristeza.

Una de las noticias que más le llamó la atención fue: la noticia que la Universidad Nacional estaba a punto de ser privatizada, como estaba sucediendo con todas las empresas estatales.

Varios estudiantes estaban parapetados en el edificio de rectoría de la Universidad Nacional, exigiendo el No a la privatización de la máxima casa de estudios del país. Mientras, un buen número de policías militares, esperaban ansiosos poder actuar, detrás de ellos estaba un tanque policial, uno de esos que esparcen agua a presión en las manifestaciones.

José, pensó en su hermano, en qué diría Esteban de todo aquello, que estaba ocurriendo en su Alma Mater.

Se asqueó de ver tantas noticias negativas en su país, pasó a darle un vistazo a la versión digital en español del New York Times, más que todo para informarse cómo estaba la situación, después de la tormenta invernal, que había azotado la costa este de la enorme nación norteamericana.

Miró fotos de la nevada, varios poblados seguían abnegados de nieve, la Guardia Civil prestaba su ayuda, las autopistas estaban cerradas, vuelos cancelados, y los trenes brillaban por su ausencia, aunque ya no nevaba, el reporte decía que en las próximas cuarenta y ocho horas todo empezaría a normalizarse de nuevo.

José asumió que no regresaría a trabajar hasta que todo se tranquilizará, era una buena noticia, porque podía pasar todo el tiempo que quisiese en la cama, haciendo lo que le entrase en gana.

Cerró el portal del New York Times sonriendo, porque no tendría que trabajar.

Se levantó para orinar en el baño, y luego regresó a la cama, el sitio donde era tan feliz.

Días atrás había dado con un portal de pornografía, por pura curiosidad, sin embargo cerró al mismo, después de darle un breve vistazo.

Inmediatamente, se sintió culpable por su acción, aunque quería seguir viendo más, la curiosidad estaba azuzándole a que siguiese curioseando.

Pensó en regresar a abrir el portal, de repente había empezado a sentir un profundo deseo sexual, que estaba causando que mirase a las mujeres en las calles, de otra manera, con otros ojos, había empezado a imaginar qué había debajo de los abrigos y de los suéteres de las mujeres que se encontraba en su día a día.

Rocío había sido la única mujer en toda su vida, en sus cuarenta y dos años de existencia, y desde que terminó con ella, casi seis años atrás, no había vuelto a estar con otra mujer.

Escuchaba hablar a sus compañeros de trabajo sobre mujeres, la mayoría eran asiduos visitantes de los centros nocturnos en Nueva York, donde miraban mujeres bailando desnudas, y algunos visitaban burdeles o centros de masajes eróticos, principalmente en el Barrio Chino.

Le resultaba imposible el no pensar en todo lo que escuchaba, varias veces estuvo tentado de ir a uno de los sitios que sus compañeros mencionaban, pero sabía que después se sentiría culpable, así que había resistido la tentación…

Había dejado de masturbarse, usando los encuentros sostenidos con Rocío, valiéndose de su imaginación y de sus recuerdos, lograba excitarse al máximo; remembrando aquel cuerpo color canela, sus pechos colgando de un extremo a otro, cuando Rocío estaba encima suyo, moviendo sus caderas cadenciosamente, y el sudor que bajaba desde su frente, pasando por en medio de sus pechos, hasta morir en su sexo, resguardado por un montículo de finos vellos color negro.

Sin embargo, aquella noche no pudo más, volvió a recordar a Rocío, volvió a sentir sus labios, el olor de su cuerpo, mientras se tocaba, buscando la excitación que necesitaba, la que no tardó en aparecer.

Fue frotando su pene, primero lentamente, después fue aumentando la velocidad, con sus ojos cerrados, todo el tiempo pensando en Rocío; la miraba en diferentes posiciones, todo era tan real, que podía sentirla, hasta que no pudo más, eyaculó enérgicamente, dejando salir una copiosa cantidad de semen.

Se levantó con cuidado, tratando que el semen no se derramase en sus sábanas y en el suelo laminado, buscó encima de una cómoda una caja de kleenex, se limpió y se dirigió luego hasta el cuarto de baño a orinar. Se miró en el espejo y extrañamente no se sintió culpable, todo lo contrario: se sintió impalpable, un tanto ingenuo, generando todo una risa honesta, que se reflejó a la perfección en el espejo del baño.

De repente escuchó a la breve distancia que separaba el cuarto de baño de su cama, a su móvil sonando, regresó rápidamente a la cama, buscando su móvil desesperadamente, rogando al cielo que la llamaba no terminara.

Encontró el aparato perdido entre sus frazadas, seguía sonando, la llamada no había terminado. Comprobó en la pantalla que se trataba de don Simón, y sus pulsaciones se acrecentaron.

Contestó la llamada lleno de ansiedad, preguntándose de qué se trataba. La voz seca y pausada de don Simón no tardó en aparecer.

Después de un breve saludo, don Simón fue directo al grano diciéndole que:

- Tenía una información sobre el general Arriaga-. José le preguntó sí era necesario buscar una cabina telefónica para hablar, como normalmente lo hacían, pero don Simón le contestó que no, así era aquel misterioso personaje: una caja de pandora, capaz de cambiar todo en un abrir y cerrar de ojos.

José por su parte se sintió aliviado, ya que no quería salir a buscar una cabina telefónica, aunque había una a muy poca distancia del edificio, sin embargo no quería vérselas con el frío y la nieve en la calle.

Cuando José escuchó que se trataba algo referente a el general Arriaga sintió una gama de emociones, a lo mejor era el momento de actuar, de llevar a cabo el movimiento final, y acabar con su espera, sin embargo también sintió miedo, miedo de proceder, de quizá acabar con la vida de un hombre.

Aún no sabía por qué confiaba tanto en don Simón, cuando todo lo que sabía de él, eran simplemente rumores, su vida y su destino estaban en sus manos.

Don Simón fue muy breve en su mensaje, aunque a José le hubiese gustado escuchar más detalles.

-El general estaba al tanto de él, tenía que cuidarse, no confiar en nadie y era imprescindible que dejara su trabajo, no podía correr el riesgo de ser identificado-. Tampoco, -debía de exponerse mucho en la calle, sí necesitaba dinero encontraría la manera de hacérselo llegar-, pero José le interrumpió diciéndole - que no era necesario, tenía dinero de sobra para vivir sin trabajar una buena temporada, pues sus gastos eran casi nulos-.

Don Simón también le dijo -que el fin estaba muy cerca, y que estuviera preparado, porque a lo mejor la víctima sería otra y no el general. Pero, al final el dolor sería más intenso-.

Don Simón, terminó la llamada con una fría despedida, sin dejar el espacio para que José le preguntase algo, y de haberlo hecho, José no hubiera preguntado nada, no tenía el valor de cuestionar las ordenes de don Simón en el momento.

Siempre, cuando don Simón terminaba las llamadas abruptamente, José se reprochaba el no ser más insistente, sentía que tenía todo el derecho a saber más detalles de sus planes, odiaba aquella situación; donde siempre bajaba la cabeza, sujetándose a la voluntad de don Simón.

Deseaba ser más fuerte, levantar su voz y cuestionarlo, no entendía qué le sucedía, por qué no podía levantarse, exponer sus ideas, y pedir esclarecimientos.

José se quedó con más dudas en su cabeza, principalmente con aquello último de que, "a lo mejor la víctima sería otra", "¿de qué se trataba aquello?". No entendía nada.

De antemano sabía que aquella noche no lograría encontrar el sueño, tampoco tenía ganas de seguir con las Guerras de las Galaxias, lo que si era algo bastante extraño

La relajación que había conseguido masturbándose se escapó al escuchar la voz de don Simón. José cerró sus ojos, trayendo a su pequeña habitación todo lo que le fue posible traer del pasado; empezando por el recuerdo de su hermano, sus padres, los pasillos de la universidad, sobre todo de noche, cuando los alumnos se habían marchado a casa o a beber por algún bulevar, dejándole a su disposición aquel silencio exquisito que tanto disfrutaba, y desde luego a Rocío.

Después de la terrible tragedia de su familia, su mundo se vino abajo, ya nada podría volver a ser igual que antes, y para terminar de rematar: sus familiares y los amigos de sus padres se hicieron a un lado. Se quedó solo en el mundo, y sin fuerzas para seguir adelante.

No pudo seguir viviendo en la casa donde siempre había vivido, no con aquella imagen de su hermano disparando contra sus padres, y luego disparando en su cabeza.

Después de la tragedia fue incapaz de encontrar el sueño, y las veces que lo lograba hacer, las pesadillas llegaban desbocadamente, para quitarle la tranquilidad.

Luego de algunas semanas del sangriento hecho empezaron a aparecer las visiones; se encontraba con Esteban y con sus padres en cualquier rincón de la casa, cuando menos lo esperaba, caminaban normal, como sí siguiesen con vida, incluso escuchaba sus voces.

Se estaba volviendo loco, hasta que se decidió por mal vender la casa, lo único que quería era largarse, dejar todo atrás.

Por suerte los periodistas lo dejaron en paz después de un par de semanas de agobio y acoso, y el caso que conmovió el país terminó en el olvido.

No tuvo otra opción que, vender la casa de la familia, se trasladó a un pequeño apartamento en el centro de la ciudad.

Encontró un empleo en una imprenta, muy cerca de su apartamento, y siguió con sus clases en la universidad, una vez que todo se hubo calmado.

Se encerró en su propio mundo, alejándose de todo,

viviendo a la sombra de la tragedia que le dio un giro radical a su existencia.

Terminó la carrera, y luego encontró un empleo en el departamento de equipos audiovisuales en la biblioteca de la universidad, dejando el trabajo en la imprenta.

Por suerte ya nadie se acordaba de la tragedia de su familia, así que pudo llevar una vida, sí se puede llamar "normal", aunque en su mente siempre estaban presentes las imágenes de aquel fatídico día.

José nunca le dio importancia a su aspecto físico, lucía una frondosa barba, un pelo desprolijo, el que sujetaba con una coleta sucia, en un intento claro por controlarlo, y se ponía encima lo primero que encontraba.

Su delgadez extrema hacía que se mirase como un ser desprovisto de toda materia física, como un elemento incorpóreo.

En sus ratos libres, y cuando no estaba escuchando heavy metal en su apartamento o mirando sus películas de ciencia ficción, se la pasaba caminando por la ciudad, perdido entre el murmullo humano que circunda por las arterias de Tegucigalpa, indiferentes a todo lo que iba más allá de sus narices.

Algunas veces visitó la casa adonde vivió con su familia, desde que tenía uso de razón. Se quedaba un buen rato afuera, mirando la casa, del otro lado de la acera o mejor dicho: lo que podía ver de la misma, ya que los nuevos dueños habían construido un muro de cemento de considerable altura, que cubría buena parte del patio frontal de la vivienda, hasta que dejó de visitar la casa, por dos motivos: el primero porque tenía miedo que alguien llamase a la policía para reportarlo como un sospechoso de querer robar la vivienda y, porque contemplar su viejo hogar no le hacía nada bien, las memorias del pasado regresaban como vendavales, haciendo que se sintiese peor de lo que ya se sentía.

El único lugar adonde creía que se encontraba a salvo de todos las sombras, que rondaban tan cerca suyo, era en el pequeño apartamento que rentaba, después de vender la casa de su familia, frente al parque Finlay, sobre la avenida Jerez, en el corazón de Tegucigalpa.

El apartamento se ubicaba en el cuarto piso de un vetusto edificio, en la parte de abajo del mismo se hallaba una farmacia, una pequeña tienda de abarrotes, una relojería y una perfumería.

Aunque tuviera las ventanas cerradas, el ruido de la calle se hacía sentir con toda su intensidad, sobre todo las bocinas de los coches, que suenan irreverentemente durante todo el día por todos los rincones de la ciudad.

Una vez que vendió la casa de sus padres se deshizo casi de todo, se quedó únicamente con lo esencial y con un álbum de fotos, que guardaba los momentos más especiales de la familia, el resto de las cosas fueron a parar a desconocidos.

Para deshacerse de las pertenencias de su familia, sacó a la acera lo que le fue posible, colocó un cartel que decía: por favor llevarse todo. El resto lo dejó en la casa, no quería saber nada más de ello.

Hurgando entre las posesiones de su familia, labor que le llevó dos meses, se encontró con una especie de diario, cuando escudriñaba entre las pertenencias de Esteban, sorprendiéndole, pues Esteban no daba la impresión de ser el tipo de persona que escribía sus emociones en un diario.

Leyó las páginas del cuaderno de espiral hasta que estuvo instalado en el apartamento en el centro, acompañado de una tasa de café y unos bolillos de pan dulce.

En un principio José pensó que los escritos de su

hermano, se trataban a lo mejor de asuntos políticos, luego que descubrieron que la política había sido la causante de su desaparición.

Pero, se encontró con la sorpresa de que el cuaderno de apuntes de Esteban, se trataba de una recopilación de varios poemas, que delataban el lado más humano de su hermano.

Las poesías eran una alegoría a la vida, al amor y, únicamente alguno que otro poema, componía una demanda social y de justicia.

Esteban mantuvo muy bien guardada su vocación como poeta y su sensibilidad, la que a primera instancia no se podía percibir, debido a que Esteban aparentaba ser un tipo duro, aunque muy cordial y amable.

Todos los poemas estaban firmados por sus iniciales y en varias páginas José encontró algunos pensamientos de hombres y mujeres célebres, en los que sobresalían Gandhi, el Che Guevara, y Mandela, entre otros...

José siguió escudriñando entre las notas de su hermano, hasta que llegó a la última página, encontrándose con una sorpresa.

Culpo de toda responsabilidad al general y jefe de las Fuerzas Armadas de éste país conformista y servil, Andrés Arriaga, en caso de que algo me llegué a suceder a mí o a mí familia.

Hay momentos en que las fuerzas me abandonan, pero la lucha debe seguir, el compromiso es con la justicia social.

E. B.

Al leer aquello, José supo quién era el culpable directo de

su desgracia. Aunque su hermano ya lo había confesado cuando fue puesto en libertad, después de haber estado desaparecido. Sin embargo, era difícil creer lo que decía, gracias a su debilitada condición emocional, causada por las torturas recibidas.

Desde aquel momento se dio a la tarea de investigar todo lo referente al general Arriaga, y a buscar la manera de cobrar una venganza que tanto necesitaba.

Por fin había encontrado algo porque luchar, se lo debía a su familia, y por qué no: a sí mismo.

Fue en la Universidad donde conoció a otras personas, que al igual que él, habían sufrido daños colaterales y también en primera persona, por orden expresa del general Arriaga. Algunos fueron estudiantes de aquella temible época de los ochentas, y de los principios de los noventas, otros profesores, y otros sencillamente idealistas que soñaban con otra realidad.

Se reunían en diferentes casas, hablaban sobre el pasado, sobre todos los hechos ocurridos, era una especie de hermandad, que ayudaba a apalear el dolor, desarrollándose todo, en el más estricto anonimato.

José empezó a admirar el moderador de las reuniones, un hombre locuaz y serio, que se hacía llamar don Simón, y al cual su rostro le resultaba a José conocido, hasta que después le escuchó decir a alguien, que se trataba de un famoso pintor, galardonado en varios países por su talento, y que había sido torturado por la POMINA en los ochentas.

Don Simón era un hombre elocuente y cauto, dotado de una oratoria singular, y que cada vez que hablaba movía sus manos rítmicamente, como quien dirigía a una orquesta de cámara.

Al salir de los encuentros, la vida cotidiana continuaba, no se miraban en la calle, ni quedaban para tomar alguna copa o algún café. Todos se habían dado a la tarea de dar con alguna pista que los llevase con el general Arriaga y con sus secuaces, conservando las distancias afuera de las reuniones, pero sabiendo que estaban ahí, para cuidarse las espaldas.

Entre el grupo figuraban algunos miembros del ya desaparecido Partido Comunista de Honduras y su brazo armado: Los Liberadores, que fueron los responsables de acabar con la vida del presidente Bonilla, y con algunos ex miembros de la POMINA, después de haber sido detectados.

Llegaron al extremo de tomar la justicia por sus propias manos, porque el sistema judicial en el país era una rotunda burla, nadie investigaría nada, y la comisión formada por el presidente Bonilla para esclarecer las desapariciones y las violaciones a los derechos humanos por parte del ejército, como era de esperarse: resultó ser toda una farsa.

Confiaban en que tarde o temprano, el general Arriaga pagase por todos sus crímenes.

Don Simón fue el que tranquilizó las aguas de todas las víctimas, que se reunían esporádicamente, dándoles un nuevo rumbo, ya que estos actuaban en la mayoría de las veces cegados por el odio, descuidando la clandestinidad - eran otros tiempos, y era necesario replantearse una nueva forma de operar- les había dicho don Simón.

Todos depositaron su confianza en don Simón, que al igual que los demás, llegó al grupo buscando venganza, así fue naciendo, el movimiento que después llamaron como: El Movimiento de Justica Civil.

Nadie podría sospechar que un artista, un hombre tan culto, y que se rozaba con personalidades a nivel nacional e internacional, estaba detrás del movimiento, que buscaba dar con el paradero de los culpables de las torturas acontecidas en el país, en aquellos tiempos tumultuosos y revueltos.

A don Simón lo acusaron de comunista, de agitador social, homosexual, aunque la palabra concreta que usaron fue: maricón.

Estuvo encerrado en una horrenda mazmorra por seis meses, recibiendo las más duras torturas, fue violado en varias ocasiones, meado y ultrajado de todas las formas posibles.

Pero, lo más duro de todo fue: el no ver el sol, ese sol que tanto le gustaba, que lo hacía sentir vivo, viviendo en la oscuridad de su mazmorra, de donde escuchaba los lamentos de otros detenidos, todos esos gritos de terror, las suplicas, y los insultos más hirientes que pueden existir.

Por la noche el frío en su celda era insoportable y por el día su celda era un infierno, donde el calor hacía que se deshidratase.

Sus torturadores llegaban a su celda cuando menos lo esperaba, a veces pasaban días sin ninguna visita, esto le hacía pensar que a lo mejor su tormento había terminado, sin embargo, sus verdugos siempre aparecían entre las sombras, para sacarlo de su celda, para llevarlo al cuarto de torturas, donde le abrían su cuerpo de par en par, donde lo golpeaban hasta por debajo de su lengua, y donde le introducían objetos endurecidos en su ano. Mientras se partían de la risa, para después preguntarle por personas que no conocía.

Luego era conducido a su celda, donde se tiraba en el suelo a intentar dormir, a intentar olvidar todo lo que estaba experimentando, cuando estaba a punto de conseguirlo, sus verdugos regresaban, para descargar los líquidos de sus cuerpos contra él, después le arrojaban baldazos de agua fría, y así transcurrían sus días.

Los interrogatorios eran los mismos de siempre, querían saber más de los estudiantes de la Escuela de Bellas Artes que andaban metidos en política, quiénes los apoyaban: cubanos, nicaragüenses, salvadoreños o argentinos.

Nunca contestó las preguntas, sencillamente porque no sabía nada al respecto, y la única vez que le quitaron la venda de los ojos, fue para que viera al general Arriaga.

Lo condujeron hasta un patio, sentía el calor en sus pies descalzos y el sol golpeando su cuerpo entero. Lo sentaron en una silla de madera, le desataron las manos y los pies, y cuando le quitaron las vendas de los ojos, fue como que le arrancasen un hálito de vida.

Sus ojos estaban pegados en una profunda costra. No podía ver bien, y el fuerte sol no ayudaba para nada.

-Veo que mis hombres lo han tratado bien Exequiel- le dijo el general, mientras ponía sobre una mesa de cemento, un pequeño cacharro con agua.

-Lo siento, pero me he olvidado de las gafas de sol -prosiguió con ironía.

El sol no dejaba que Ezequiel pudiera enfocar las imágenes. Realizaba un esfuerzo sobre humano para abrir sus ojos, hasta que lo logró, aunque el intento duró algunos minutos, en los que reinó un rotundo silencio.

Don Simón o Ezequiel, reconoció inmediatamente el rostro del militar que le hablaba, se trataba del por aquellos entonces: coronel Andrés Arriaga, al cual había visto en la televisión y en los periódicos, al igual que reconoció su voz, que era una de los voces que aparecía de vez en cuando para hacerle preguntas en los interrogatorios, y que al no contestar le asestaba golpes. Había reconocido la voz desde el principio de la conversación.

-Vamos, tome un poco de agua, le hará bien- prosiguió el coronel Arriaga.

Exequiel tomó un sorbo de agua, estaba muerto de sed, sin embargo temió que se tratara de meados o gasolina, ya le había pasado en varias ocasiones, cuando suplicaba por agua, y le daban otra sustancia que no era el vital líquido.

-Es el agua más pura que jamás has tomado Exequiel- lo animó el coronel Arriaga.

Aún así, Exequiel tenía sus dudas y tomó agua lentamente. Mientras el líquido entraba en su organismo, sintió que todo adentro de él se purificaba, la sensación de sentir el sol después de tantos meses era abrumadora, y aunque quería ser optimista, sabía que dentro de muy poco regresaría a su calabozo.

-Antes de proseguir, debo decirle que me sorprende mucho su firmeza Exequiel, a pesar de nuestras constantes… solicitudes de información digamos, no obtuvimos nada, por lo mismo hemos decidido que lo mejor es… cómo lo puedo decir; sí, dejarlo que regrese a sus actividades diarias, después de este período de… divagación. Eso sí, y esto es a manera de…observación, si no sale del país en una semana, tendremos que volver a… solicitar de sus servicios en nuestras cómodas instalaciones…

Exequiel no pudo sostener por mucho tiempo la mirada, desviando la misma del rostro, perfectamente afeitado del coronel Arriaga, sin embargo el tiempo en que miró su cara, fue suficiente para dejar salir toda su ira hacia él, sin decir nada.

Quería gritarle qué no sabía qué demonios hacía en aquel horrible lugar, que simplemente era un estudiante en la escuela de Bellas Artes, que desconocía quiénes de sus compañeros, eran los que andaban metidos en asuntos políticos, lo suyo era pintar y nada más. Pero, guardó silencio, a lo mejor porque las pocas fuerzas con que contaba no daban para mover sus labios.

El oficial del ejército le indicó a los dos hombres que trajeron al joven Ezequiel hasta su presencia, que había terminado con él, los dos hombres se acercaron; le colocaron la venda en los ojos, al igual que las esposas en sus manos, dejando al menos sus pies sueltos, para que pudiera caminar con mayor facilidad, aunque le costó mucho trabajo, debido a que sus piernas no se ejercitaban regularmente.

Cuando no estaba siendo torturado, Exequiel pasaba largas horas tirado en el piso agreste de su calabozo, tratando de no pensar en nada, mientras las cucarachas y roedores pasaban muy cerca suyo, deambulando deliberadamente alrededor de su delgado cuerpo.

Esa misma noche fue puesto en libertad, desnudo, con la venda en sus ojos y atado de manos, en un caserío en las afueras de Tegucigalpa, donde unos campesinos lo encontraron deambulando sin rumbo, tropezando contra todo, pues no podía librarse de la venda que le cubría sus ojos.

Una semana después de ser liberado se marchó de Honduras, convencido en que jamás regresaría, hasta que no pudo más con los demonios de su pasado, regresando para buscar justicia.

Don Simón era muy respetado en el grupo que dirigía, su elocuencia hablaba por sí misma, y José confiaba en él ciegamente, aunque en varias ocasiones puso en tela de juicio sus actuares. Pero, al final asentía que todo tenía un fundamento, y que el momento de la verdad tarde o temprano llegaría.

No lo pensó dos veces cuando don Simón confesó que finalmente acababa de dar con un rastro que probablemente terminaría con el paradero del general Arriaga, y que necesitaría un voluntario para una importante misión.

José, al igual que otros veinte simpatizantes del movimiento levantaron sus manos. Y él, que nunca había sido elegido para nada en la vida, desde que era niño, quedándose a un lado en las partidas de fútbol, ya que ninguno de los equipos lo seleccionaba, hasta que su hermano lo elegía por lástima; fue señalizado por don Simón para llevar a cabo una importante misión.

En un principio no se imaginó de qué se trataba, simplemente levantó firmemente su mano derecha, ofreciéndose para lo que fuese, sin pesar en las consecuencias que su ofrecimiento podría traer.

La siguiente semana se reunió a solas con don Simón, y allí fue donde don Simón le informó en que consistía la misión que llevaría a cabo.

Lo primero que José preguntó fue: -¿Por qué yo?- . –Porque así lo he decidido- respondió firmemente don Simón, sin dar más explicaciones.

José siguió naufragando en sus recuerdos, algo que era bastante común, pero aquella noche los recuerdos habían aparecido más desdeñados que de costumbre, hasta que Rocío fue la llamada a ponerle la tapa al pomo.

José tomaba un café en el centro de Tegucigalpa, era un sábado de verano en la ciudad, la semana siguiente se estaría celebrando la semana santa, y la ciudad poco a poco empezaba a vaciarse, ya que la mayoría de capitalinos aprovechaban la festividad, ya sea para ir a veranear a las playas o para regresar a sus lugares de origen, a pasar tiempo con sus familiares.

José no tenía ningún sitio adonde ir a vacacionar, se quedó en una Tegucigalpa tranquila, donde hasta los asaltantes tomaban su asueto, o bien, trasladaban sus centros de operaciones a los puertos en la costa atlántica y en la costa pacífica del país, donde era una hervidero humano, gracias a todos los veraneantes.

Semana santa era la única temporada donde el tráfico en Tegucigalpa disminuía ostensiblemente, los cláxones de los coches, los frenazos de los buses, y los sonidos de tantos motores destartalados, de los numerosos vehículos que circulan a mansalva por la ciudad, brillaban por su ausencia.

José podía dormir largas horas, sin ser despertado por el ruido en la calle, Tegucigalpa era otra en Semana Santa.

Caminaba horas y horas por la ciudad, se metía en los mercados, donde regularmente no era recomendable caminar, pues se podía encontrar con alguna mala sorpresa. La verdad es que había tenido mucha suerte, en todos sus años en la ciudad, jamás había sido atracado, y eso, que había estado muy expuesto a ello, sobre todo cuando caminaba perdidamente en horas de las noches, buscando el sueño, que siempre tardaba en aparecer.

Tampoco, era el blanco perfecto para los asaltantes, incluso era muy probable que los mismos llegaran a sentir pena por él, a lo mejor aquella había sido la razón, por la cual no había sido asaltado.

Estaba en un café en el pasaje Colón, matando las horas, mirando el mundo pasar delante suyo, cuando una chica bastante atractiva, que había salido de la nada, se acercó hasta su mesa, para pedirle fuego, encontrándose con la respuesta de que José no fumaba.

La chica lo quedó viendo y después de algunos segundos le dijo "¡que aburrido!", sin decir nada jaló la silla vacía en la mesa donde José estaba sentado y se sentó, inmediatamente se presentó como Rocío.

José apreció con detenimiento unos ojos cafés tan tranquilos, resguardados por dos frondosas cejas y unas comisuras perfectamente delineadas, encima de su boca roja.

Rocío vestía una camisa de tirantes, sin ningún sujetador debajo, que permitía ver la silueta de sus pechos y el contorno de sus pezones.

Llevaba su pelo ondulado sujeto con una coleta, aún así, un mechón se le escapaba, cayendo en su frente canela verticalmente.

-Te molesta si te acompaño- preguntó Rocío.

José contestó que no.

José por su parte, le preguntó si deseaba un café y el resto fue historia.

Hablaron por más de una hora, resultó ser que Rocío era estudiante de derecho en la Universidad Nacional, en la misma donde José trabajaba.

José acababa de cumplir treinta y seis años, y Rocío estaba por llegar a los veintidós, contraria a la mayoría de las chicas de su edad, le gustaba caminar por el centro de la ciudad, alejándose de los modernos centros comerciales que empezaban a aflorar, yuxtaponiéndose a los cordones de miseria que circundan por las cavidades de Tegucigalpa.

Rocío provenía de una familia de abogados, y ella no podía defraudar a su padre, así que estudiaba leyes, para seguir con el legado de la familia, y a lo mejor algún día hacerse cargo del bufete que su padre había heredado de su abuelo, aunque las leyes no le llamaban la atención, lo suyo eran otras cosas: los libros, el arte, la música y viajar.

A José jamás se le habría pasado por la mente, que terminaría enamorado de Rocío, después de haberse conocido fugazmente en el café.

Se siguieron viendo, muchas veces en la Universidad, y juntos continuaron descubriendo el centro de Tegucigalpa, paseando por los callejones estrechos, hablando sentados en las gradas de la catedral o escuchando a algún merólico hablar, junto a varias personas arremolinadas en un concurrido corro en la plaza central.

Les gustaba asistir a mirar alguna obra en el Teatro Nacional, comían en cualquier sitio en la calle, y la primera vez que hicieron el amor quedara grabado para siempre en la memoria de José.

Volvían del teatro, después de haber presenciado un concierto de jazz de una banda francesa, que andaba de gira por Centroamérica, una tormenta se dejó venir de presto, la lluvia los pilló en la calle, José le propuso a Rocío que podían ir a su apartamento, no tan lejos del teatro, a refugiarse de la lluvia.

Roció aceptó, corrieron sobre los charcos, como dos chiquillos, sin importarles que ya estaban completamente empapados.

Llegaron al apartamento de José, al sólo cruzar la puerta Rocío se abalanzó encima suyo, le quitó la ropa y le besó el cuello, la boca, y una vez que estuvo sin su camisa: sus tetillas, luego se quitó su ropa y su sujetador, cogió las dos manos huesudas de José y las puso sobre sus dos pechos, luego terminaron en la cama, besándose por todas partes, acariciándose, hasta que Rocío le exigió que la penetrara.

Oficialmente nunca se declararon como novios, porque salía sobrando, pasaban lo más que podían juntos, pero los cambios de humor en José fueron apareciendo: pasaba de un estado altivo a un estado ensimismado, en cuestión de segundos, deseando estar solo.

Por su parte Rocío no entendía a qué se debían aquellos repentinos cambios, a pesar de ello siguió con José, tratando de entender sus silencios y, disfrutando cuando finalmente tenía el hombre del que se había enamorado a su lado, entero y no a medias.

José conoció el verdadero mundo de Rocío, en una celebración familiar, a la que en un principio desistió asistir, cambió su mente, en un arrebato, porque empezó a sentir el temor de perder a Rocío, si seguía actuando extrañamente.

Se afeitó la barba, se recortó el pelo rebelde; el que logró controlar con una buena cantidad de gomina, compró un pantalón de tela, zapatos de vestir y una camisa manga larga, cuando se vio en el espejo no se reconoció.

Llegó a la casa de Rocío en taxi, se abstuvo de usar el autobús, que era su medio de transporte favorito, y en los que podía pasar de todo, únicamente porque quería llegar más rápido, y tomar el bus significaba caminar varias cuadras hasta llegar a la casa de Rocío, porque en la exclusiva colonia donde vivía Rocío, estaba vetada la circulación de autobuses.

Era una de esas colonias que permanecían protegidas por un perímetro de seguridad, donde para entrar era necesario reportarse con un guardia, el que después de comprobar la identidad del visitante, abría un portón de metal sólido, para que la persona pudiese entrar.

Los ricos de la ciudad se estaban resguardando en sus propios mundos, protegiéndose de los delincuentes y de los secuestradores, todas las colonias de la clase alta empezaron a cortar el acceso, levantando vallas, instalando cámaras de vigilancia y contratando seguridad privada.

Los secuestros estaban a la orden del día en la ciudad y el crimen organizado, alentado en varias ocasiones por los narcotraficantes, tenía al país postrado en la violencia y en la inseguridad.

Todo había pasado tan rápido, los crímenes y ajusticiamientos estaban a la disposición, y un nuevo grupo de ricos fue apareciendo, dejando a los ricos de siempre:

miembros de familias influyentes a un lado, al igual que a empresarios que habían hecho sus fortunas gracias a los gobiernos de turno, a los cuales estaban acostumbrados a comprar, para recibir beneficios y concesiones.

En su mayoría los nuevos ricos eran narcotraficantes, cabecillas de mafias, que buscaban controlarlo todo, y allegados a los narcos. Y desde luego estaba la policía: involucrada en todas las actividades ilícitas en el país, al igual que varios políticos y funcionarios públicos.

José se bajó del taxi en la entrada de la colonia, frente a un monumental portón, en cuestión de segundos se acercó a él un guardia de seguridad, con una ametralladora colgando de su hombro derecho, y una pistola en su cintura, le preguntó rudamente "¿qué quería?".

José le dijo que iba a la fiesta del abogado Salazar, el guardia lo quedó viendo de pies a cabeza con indiferencia, y dudando de él. En eso apareció una lujosa camioneta, el guardia le pidió que se hiciera a un lado, la camioneta se detuvo en el portón, el tripulante se reportó con el guardia, después de bajar un poco su vidrio polarizado, luego el guardia regresó a su garita, revisó en una lista que tenía, y abrió el portón para que la lujosa camioneta pasara.

Retornó a José, para preguntarle su nombre, el cual buscó en la lista, por puro compromiso, sin encontrarlo.

El guardia le dijo que no lo podía dejar pasar, su nombre no estaba en la lista de invitados, José replicó - que había sido invitado por Rocío, la hija del abogado Salazar-.

El guardia no estaba dispuesto a dejarlo pasar, era más que evidente, a parte era el único que no llegaba en un lujoso coche, "¿qué clase de invitado llegaba a tan exclusiva fiesta en un taxi?", dedujo el guardia.

Por suerte Gabriela lo llamó a su móvil, José contestó, le explicó todo, Rocío le pidió que le pasase al guardia. La voz del guardia dejó de ser dura, cuando habló con la chica, sonando bastante respetuoso y amable. Después dejó pasar a José, le indicó adónde quedaba la casa del abogado Salazar.

José, que se había empezado a arrepentir de llegar a la fiesta, desde que se encontró con el guardia en la entrada de la colonia, no tuvo más remedio que caminar entre casas opulentas y coches de lujo, aseverando que aquella era una mala idea, y deseando regresar a la tranquilidad de su apartamento, a escuchar Iron Maiden o Slayer, o para mirar algún film de ciencia ficción, todo era mejor a estar en aquel mundo, que no era el suyo, y que nunca lo sería.

Rocío lo recibió en la entrada de la casa, vestía un vestido azul marino, zapatos de tacón, su pelo suelto recogido por una peineta blanca, un poco de maquillaje en su cara, y sus uñas pintadas del mismo azul del vestido.

José no supo qué decir, se quedó sin habla, Rocío se miraba tan diferente a la chica que estaba acostumbrado a ver; con sus jeans gastados, sus sandalias y sus blusas que siempre dejaban sus hombros al descubierto, y su rostro, sin una gota de maquillaje.

Los dos se dieron complementos sobre cómo lucían y Rocío lo cogió de la mano, para llevarlo hasta dentro de la casa.

Rocío desapareció casi al instante, dejándolo solo, José pudo ver cómo Rocío saludaba todas las amistades de su padre, mientras él buscaba pasar desapercibido en una esquina, lo que aparentemente estaba logrando a la perfección.

José se dio cuenta, que el motivo de la celebración se debía a que el padre de Rocío, había sido designado, como el nuevo jefe de la Corte Suprema de Justicia del país.

Salió de la casa para respirar un poco de aire fresco,

otra buena parte de los concurrentes se encontraban en el patio, departiendo al lado de la piscina, tomando cocteles, fumando y hablando. Todos lucían tan elegantes y distinguidos, y al mismo tiempo tan artificiales.

Se quedó en el evento, sintiéndose como un pez fuera del agua, pero no dijo nada. Hasta que todo cambió, cuando se encontró a don Simón entre los invitados.

Inmediatamente lo reconoció, sin embargo se abstuvo de saludarlo, porque así eran las reglas; afuera de las reuniones que sostenían, la vida debía seguir girando de una manera normal.

Más sin embargo, fue don Simón, el que se acercó hasta donde él se encontraba: en una esquina, debajo de una palmera, resguardándose del sol, y esperando por el rescate de Rocío, que hablaba con un grupo de chicos de su misma edad, que parecían extranjeros, tan pálidos y bien peinados.

En aquel momento sintió tantas cosas, percibió que lo de Rocío no duraría, que todo acabaría muy pronto: la diferencia de edad, la divergencia de sus respectivos universos, etc. No se explicaba qué había visto Rocío en él, quizá lo único que quería era causarle un disgusto a su padre, y él era el motivo perfecto para ello.

Estaba a punto de largarse de la fiesta, cuando don Simón llegó hasta donde se encontraba, se presentó como Exequiel Romero.

En un principio José no supo cómo actuar o qué decir, no obstante, don Simón se encargó de hacer el encuentro más natural.

Empezó hablando de lo bien que lo estaba pasando en la fiesta, y lo bonito que era la casa, hasta que terminó preguntándole a qué se dedicaba.

José estaba a punto de responder la pregunta que su...

no su amigo, tampoco su jefe, no sabía cómo definir a don Simón, en fin; se aprestaba a responder la pregunta formulada por Ezequiel o don Simón, cuando Rocío apareció, saludando a don Simón cordialmente, como sí se conocían de toda la vida.

–Lo siento por dejarte solo, don Exequiel, éste es mi… amigo, José- interrumpió Rocío.

Don Exequiel o don Simón, extendió su mano derecha a José, diciendo - que conocía a Rocío desde que era una chiquilla, mientras tocaba el hombro de la chica-.

En eso el padre de Rocío llamó a don Exequiel a la distancia, para charlar con él.

–Don Exequiel es un tipazo, y uno de los mejores pintores del país- dijo Rocío. José no comentó nada al respecto, simplemente se despidió de Rocío diciéndole que no se sentía bien y se marchó.

Rocío no tuvo la oportunidad de increparlo, porque su padre había empezado a llamarla insistentemente, para que lo acompañará.

"Este es mi amigo José", pensaba, mientras caminaba en dirección al portón de la colonia, para escapar de aquel mundo, no era nada más para Rocío, sintió que Rocío no lo tomaba en serio, ni jamás lo haría, aquello le quedó más que claro, después de haber experimentado cual era el verdadero mundo de la chica que amaba.

Desde aquel episodio José estuvo esquivando a Rocío, puso mil excusas para verse cuando ésta lo llamaba o lo buscaba en la biblioteca de la universidad, para hacer el amor en algún rincón, como solían hacerlo.

Dos semanas después de la fiesta se reunió con don Simón y con sus adeptos, en una casa en las afueras de la ciudad.

Don Simón no comentó nada sobre el encuentro sostenido

en la fiesta semanas atrás, y José se limitó a escuchar todo. Resulta que habían encontrado uno de los responsables de los distintos centros de torturas, viviendo en un poblado en la Costa Atlántica.

La amplia red de informantes se había anotado otro hit, y era el momento de actuar. Eran cerca de cincuenta personas los que normalmente asistían a las reuniones, entre las mismas se encontraba de todo: doctores, periodistas, profesores, escritores, etc. Poseían contactos por Latinoamérica, Europa, Canadá y los Estados Unidos, intercambiaban información, seguían rastros de los torturadores, de los miembros de todos los escuadrones que sembraron el terror, hasta dar con ellos, y luego hacerles pagar.

Se cansaron de esperar que el gobierno, y el sistema judicial, diera con los responsables, para que fueran llevados a los tribunales competentes, todo quedaba en palabras, en discursos repletos de léxicos fastuosos, que nunca se cristalizaron, hasta que decidieron en tomar la justicia por sus propias manos.

En el inicio de la aventura resultó difícil lograr que todas las vertientes llegaran a un mismo punto, sobre todos con los pocos sobrevivientes del Partido Comunista, que actuaban más segados por el aire de revancha a dejar que el sentido común actuase.

Como fue el caso cuando asesinaron al presidente Bonilla, ante la luz pública, cuando el presidente acababa de inaugurar una escuela que llevaba su nombre en un barrio marginal de la ciudad.

El verdugo; un otrora militante del Partido Comunista de Honduras, que en los ochentas tuvo que salir a Nicaragua huyendo, antes de caer en las garras de la POMINA, actuó solo, infiriéndole tres disparos al presidente, para luego ser acribillado por su escolta.

El verdugo, logró burlar el cerco perimetral de seguridad, se confundió entre la multitud que vitoreaba al presidente, ya que después de la inauguración de la escuela, se les había prometido que recibirían una dotación de alimentos, y dinero en efectivo, cuando estuvo a una distancia propicia sacó un revolver, disparando eficazmente contra el cuerpo del presidente, el que cayó tendido en el suelo de tierra, ante la mirada atónita de los ahí presentes.

Don Simón fue el que llevó la voz cantante, no podían seguir actuando alocadamente, debían de actuar inteligentemente, ser sutiles y sobre todas las cosas: ser discretos, de eso dependía el éxito.

Él fue el que organizó el movimiento, el que le dio otra dirección, dejando de actuar a puro impulso, exaltando que ante todas las cosas estaba la inteligencia, la reserva y el anonimato, especialmente en un país como Honduras, donde lo secretos no tienen cabida.

Cada vez que ubicaban a un responsable de las torturas y las desapariciones era un momento especial, un momento donde varios sentimientos aparecían como destellos. En aquella reunión todos guardaron silencio, dejando que don Simón llevase la batuta, como siempre lo hacía.

Don Simón dijo -que ya alguien había sido encargado de hacerle sentir lo peor de éste mundo, y lo peor de otros mundos, sí acaso existen…

Las semanas fueron pasando y de repente Rocío dejó de buscar a José, que volvió a sumirse en sus películas, en su música, en sus soledades, en el trabajo, y desde luego: en sus recuerdos.

Hasta que una vez se encontró a Rocío en el mismo café, donde todo había comenzado, en el centro de la ciudad.

Rocío se encontraba con un chico, fumando y charlando, José pasaba por casualidad. Los miró a los dos desde una esquina, escondido en el gentío, que pasaba delante suyo; el chico tendría la misma edad de Rocío, que reía con el encanto de siempre, la miró más guapa, más mujer, y sin darse cuenta sintió un profundo deseo sexual, el que se reflejó con una erección, que estremeció su pantalón.

Sintió ganas de acercarse hasta la mesa, de decir algo, pero no pudo, siguió con su caminar, dejando a Rocío y a su acompañante atrás.

A la semana de haber mirado a Rocío con aquel chico: que bien hubiera podido ser únicamente un amigo, Rocío llegó a buscarlo a su oficina, en un rincón apartado en la biblioteca, donde tantas veces habían hecho el amor, con el temor que alguien llamase a la puerta buscando algún proyector o alguna computadora, lo que tanto excitaba a Rocío.

José se encontraba limpiando un equipo, cuando Rocío entró sin tocar la puerta, al principio tuvo la impresión que se trataba de algún alumno molesto por alguna razón o algún colega, para pedirle ayuda por cualquier estupidez.

Pero no, se trataba de Rocío, después de varias semanas sin hablar con ella.

El corazón estuvo a punto de salir desenfrenado por su boca. Trató de mantener la compostura, fingiendo que el tener a Rocío de frente no implicaba ninguna alteración en su sistema nervioso, cuando no fue así, todo lo contrario: tuvo que hacer un esfuerzo sobre humano para mantener la calma.

Rocío fue directo al grano, ni tan siquiera le preguntó cómo iba todo, simplemente se limitó a decirle que se marchaba por una temporada a España, para poner su cabeza en orden, gracias a él, le confesó que no podía vivir sin él, que quería estar a su lado, y que lo amaba.

José quiso decir algo, gritarle que no lo hiciera, que también la amaba, que se quedara a su lado, y tantas otras cosas más… Pero, al fin no dijo nada, limitándose a desearle mucha suerte, con una actitud indiferente. – ¡Eso es todo lo que tienes que decir! ¡ Sabes, nunca he conocido a alguien tan cobarde como tú! ¡ Vete a la mierda!- después de haberse desahogado, Rocío salió de la oficina, dejando a José con un galimatías en su cabeza.

Así terminó de una vez por todas su única historia de amor en su vida, desde aquel día: no volvió a saber rastro alguno de Rocío, sin embargo pensaba en ella cada día, especialmente en las largas noches, cuando el insomnio se apoderaba de su existencia.

20

La niñez del general era una herida interna, que no lograba sanar, y que llevaba muy dentro de sí, al igual que su primer año en el Liceo Militar, donde tuvo que soportar desprecios y burlas.

A pesar de las circunstancias no tiró la toalla, siguió adelante, hasta que se enfrentó a todos aquellos, que le hacían la vida imposible; poniendo las cosas claras, y se ganó el respeto, tanto de sus compañeros, como de los oficiales que manejaban la institución.

Se graduó del Liceo Militar con honores, la mayoría de sus compañeros siguieron con otras carreras; que no tenían nada que ver con el ejército, algunos incluso se marcharon a estudiar al exterior, gracias a los recursos de sus padres.

El general por su parte, no tenía adonde ir, Fray Isaac, quien fue su protector, el que lo rescató de las calles de Tegucigalpa, donde a lo mejor encontraría una prematura muerte, había sido asesinado, se quedó más solo que nunca.

El general no se miraba haciendo otra cosa que no fuera defendiendo su patria, luchando contra las lacras comunistas, que buscaban llegar al poder.

Eran tiempos revueltos en el continente, y Honduras no era la excepción: los golpes de estado estaban a la orden del día, al igual que los movimientos que empezaban a hablar de una revolución en el país.

Al salir del Liceo Militar con todos los honores habidos y por haber, sin pensarlo dos veces se enroló en la Academia Militar Nacional, en un pequeño poblado en las afueras de

Tegucigalpa, entre frondosos pinos y montañas, decidido en continuar con sus estudios castrenses, desde aquel momento no paró, y lo que se vino fue una serie de ascensos en su carrera.

En la Academia Militar encontró un mundo diferente, no el mundo del Liceo Militar, donde los niños de papi y mami eran los que mandaban, no, la Academia Militar era otra historia, los privilegios estaban vetados, todos eran iguales, y su carácter que ya era duro, sufrió una transmutación extrema, convirtiéndose en un ser provisto de seguridad y temperamento.

Fueron cinco años en la Academia Militar, aprendiendo tácticas de combate, perfeccionándose en estrategias militares, y cursando al mismo tiempo la carrera de administración de empresas en la Universidad Nacional, donde empezó a dar sus primeros pasos, detectando entre los estudiantes quiénes eran los que andaban con ideas de lanzar una revolución en el país. Luego pasaba la información recabada a sus superiores, que tomaban cartas sobre el asunto.

Su verdadera prueba la tuvo durante la Guerra del fútbol o la Guerra de las Cien Horas entre Honduras y El Salvador, en el 69.

Las tensiones entre ambos países estaban latentes, la falta de tierras en El Salvador, hacía que miles de salvadoreños emigrasen principalmente hacia el occidente de Honduras, generando esto, malestar entre los hondureños, que creían que estaban siendo invadidos, cuando lo que sucedía era que los salvadoreños aprovechaban las tierras que los hondureños despreciaban, para cultivar y ganarle la partida a la miseria y a la hambruna.

El partido de fútbol entre los dos países, que buscaban calificar al mundial de México 70, fue simplemente un detonante, que terminó por encender la mecha de un conflicto que dejó cerca de cinco mil personas muertas, entre ambos bandos, y dos naciones divididas por varios años.

El conflicto bélico duró cuatro días, y el general fue uno de los primeros en su tropa reportándose listo, subiéndose al camión que lo trasladaría hacia la frontera con El Salvador, para reforzar la infantería. Mientras las fuerzas aéreas de ambos países se blandían en un feroz duelo en la tupida atmósfera.

En una aldea en medio de la nada, entre la frontera con El Salvador, fue donde disparó por primera vez contra un ser humano, experimentando lo que se siente arrebatar una vida de una forma violenta.

Todo se dio una mañana en el segundo día del conflicto, cuando se le encargó realizar un patrullaje con quince soldados más, su pelotón estaba compuesto por soldados de infantería, muchos a penas podían leer y escribir, mal alimentados, y el fusil que cargaban estaba a punto de derribarlos, aquel era el momento propicio para poner en práctica todo lo aprendido en los entrenamientos y maniobras.

La misión era la de patrullar la aldea, asegurarse que todo estuviera en orden, que ninguna tropa enemiga merodeara los alrededores, de hacerlo, era necesario abrir fuego, tirar a matar.

Los pobladores de la aldea eran salvadoreños, que en su mayoría habían abandonado sus parcelas de tierra y sus humildes viviendas de adobe, por miedo a que los hondureños tomasen represalias contra ellos, para regresar a su país. Ya había sucedido en varios poblados; sin embargo, algunos decidieron quedarse, creyendo que toda la locura pasaría pronto, y que todo volvería a ser como antes, a parte algunos niños ya habían nacido en suelo hondureño, siendo más hondureños que varios hondureños de padre y madre.

El general inspeccionó el caserío casi vacío, no encontró a ningún soldado enemigo, todo estaba tranquilo, descubrió únicamente algunas familias salvadoreñas resguardas en sus empobrecidas viviendas, con el miedo dibujado a la perfección en sus humildes rostros.

Su pelotón fue recibido de la mejor manera, sin ninguna alteración u oposición. El general preguntó si habían visto soldados salvadoreños merodeando el área, recibió respuestas negativas, los soldados mal nutridos que lo acompañaban revisaban los alrededores. El general se quedó con tres soldados registrando las viviendas, cuando entró en la última preguntando por movimientos de fuerzas salvadoreñas, se encontró con una pareja de ancianos, sentados en un colchón destartalado, con los resortes de fuera, escuchando las noticias en una radio de transistores que estaba a punto de pasar a mejor vida.

El general les preguntó lo mismo que había preguntado antes, encontrándose con la misma respuesta negativa por parte del anciano, que tendría algunos ochenta años, mientras su pareja, una viejecita de piel cobriza y pelo blanco, permanecía inmóvil, sin decir nada, sosteniendo una taza de café. –Lo que sí hemos visto han sido civiles hondureños, que han venido armados de machetes y azadas, a llevarse nuestros animales y algunas cositas… -añadió el anciano.

Aquellas palabras hicieron que el recién ascendido, teniente Andrés Arriaga fuera poseído por una furia descomedida, limitándose a desatar la ira de su fusil contra la pareja de ancianos.

Al escuchar los disparos varias personas salieron de sus

viviendas a ver qué ocurría, algunos estaban enfurecidos, en eso el teniente Arriaga llamó a sus soldados reagrupándoles en su entorno.

Las voces de protesta empezaron a alzarse en contra del pelotón, y del oficial que había disparado contra la pareja de ancianos, que ya hacían perforados sobre el piso de tierra de la humilde vivienda.

Los insultos comenzaron a aparecer, la indignación era total, cuando el teniente Arriaga dio la orden de abrir fuego contra al menos veinte personas, que se encontraban totalmente desarmadas, reclamando el acribillamiento de los dos ancianos.

Tuvo que repetir la orden dos veces, sus soldados no hicieron caso, hasta que lo vieron a él disparando, entonces reaccionaron, más por temor a enfrentarse a un tormentoso castigo a las ganas de hacerlo.

Miraron como los civiles, entre mujeres, hombres y algunos niños caían desplomados, cuando corrían hacia el monte para resguardarse de las balas, en un acto desesperado por salvar sus vidas.

Luego emprendieron la retirada, el teniente Arriaga dio la orden a los soldados de no mencionar lo que había ocurrido, de lo contrario: a ellos les sucedería lo mismo.

La guerra terminó sin ningún vencedor, y con miles de vidas perdidas. Aquel episodio fue el único contacto que el general tuvo con la misma, pasó los dos días restantes que duró el conflicto bélico únicamente en alerta, esperando órdenes para entrar en combate, órdenes que nunca llegaron.

Después de terminar los estudios en la Academia Militar, fue asignado a un batallón en la selva de la Mosquitia, adonde se podía llegar únicamente por barco o por avión.

Allí estaba al mando de doscientos soldados, todos reclutados forzosamente para servir a la patria.

El motivo de su traslado a lo más profundo de la selva misquita fue para controlar el área. El ejército hondureño, apoyado por los americanos, había detectado grupos insurgentes de Nicaragua entrando en la selva, buscando organizarse en la densa jungla para entrenarse, agruparse y luego regresar a liderar la lucha armada contra la dictadura de la familia Somoza, que controlaba todo el país Centroamericano desde los años treintas.

En la selva misquita fue donde tuvo su primer contacto con los soldados estadounidenses, que asentaron un campamento en el batallón que el teniente Arriaga controlaba.

Pasó seis meses recibiendo entrenamiento para luchar contra las guerrillas, al igual que moderno equipo de combate: todo un sueño para él.

Disfrutaba realizando las maniobras militares en la selva con los soldados americanos, y sus conocimientos en el idioma inglés se fueron haciendo más sólidos. La consigna era la de detener las guerrillas que querían llenar de sangre todo el continente, implantar políticas comunistas y renunciar incluso de la presencia de Dios en el istmo entero. Ya estaba pasando en Cuba, y era necesario impedir que la plaga se extendiera.

Aquello sonaba como algo macabro para el joven teniente Arriaga, sobre todo lo referente a Dios, creía que sí no hubiese sido por la obra del todo poderoso, que había actuado a través de Fray Isaac, a lo mejor hubiera muerto de alguna cirrosis en las calles de Tegucigalpa, y jamás hubiese llegado a ser el hombre derecho y duro que era, aunque nunca siguió una religión, aunque había sido bautizado, y de haber realizado la primera comunión, mientras vivió en el centro para niños y jóvenes fundado por el cura en Tegucigalpa.

Pasó tres largos años en la selva, y a pesar de que estuvo esperando ansioso; encontrarse con algún guerrillero, no tuvo la oportunidad de poner los conocimientos adquiridos en práctica, hasta que estaba a punto marcharse de la jungla para regresar a Tegucigalpa.

Todos los días recorría la zona asignada a proteger junto a sus soldados con la esperanza de encontrar a cualquier grupo insurgente escondido, asaltarlos y desenfundar sus balas con su fusil M 16, regalo expreso del ejército americano, para su mala suerte lo único que tuvo que vencer fueron a las mortales serpientes que se refugiaban entre la maleza, la constante lluvia, los charcos, la malaria, el dengue y esa sensación de vivir aislado de la civilización; que puede hacer que la razón se escape a otra dimensión en un abrir y cerrar de ojos.

Cuando los soldados tenían días libres no lo pensaban dos veces para dirigirse a los poblados más grandes, donde se emborrachaban a todo placer, y abusaban de cualquier chiquilla que se apareciera en sus caminos, sin rendirle cuentas a nadie.

Él por su parte, se quedaba en la triste barraca, en medio de la selva, repasando los manuales de los soldados americanos, leyendo algún libro, estudiando inglés o simplemente matando las horas en la selva, pensando en su vida, siempre acompañado por dos soldados, que le cuidaban la espalda y su fiel M 16, que se había convertido en su mejor amigo.

Recibió la noticia de que debía de regresar a Tegucigalpa en una semana, así sin más detalles sobre lo que haría, para su fortuna, antes de su partida tuvo la oportunidad de enfrentarse a un grupo subversivo.

Era una mañana gris, había estado lloviendo por varios días, y el sol parecía que jamás volvería a aparecer con toda su plenitud en la selva. Bien podía mandar a sus soldados a patrullar, pero le gustaba participar de aquellos patrullajes, lo mantenía activo, y presto para enfrentarse a lo que fuera.

Iba con veinte hombres en tres canoas, deslizándose por una vertiente del río Patuca, cuando vieron salir de entre varios matorrales un humo frágil que se hacía un hueco entre la maleza. Detuvieron las canoas con mucho cuidado de no hacer ruido, el humo que salía de entre la maleza, venía de algunos cuantos pasos sobre la jungla.

El teniente Arriaga no tuvo ninguna duda que se trataba de algún grupo guerrillero, algo en su corazón se lo decía.

Se internaron sigilosamente entre la maleza, corriendo el riesgo de pisar alguna serpiente venenosa y prestos a disparar. El teniente Arriaga iba al frente, separando inmensas hojas con el cañón de su M 16, y avanzando como un leopardo que está a punto de atacar a su presa.

Varias voces fueron apareciendo, se trataban de nicaragüenses; el acento los delataba, " a lo mejor eran diez o quince personas", pensaba el teniente Arriaga, hablaban sobre la lluvia, se quejaban del clima y de la poca comida con que contaban.

A medida que avanzaban las voces se intensificaban. El teniente Arriaga se detuvo detrás de una frondosa ceiba, que sobresalía de la maleza verde, abrió un pequeño hueco con el cañón de su M 16, haciendo a un lado las hojas verdosas, entonces pudo observar seis hombres sentados en corro, vestidos con ropas que pretendían pasar por camuflajes, pero no eran militares. Al lado de los individuos descansaban sus fusiles kalashnikov, mochilas, cantimploras, y un equipo de radio comunicación bastante primitivo.

Los seis comían de una olla, que iban pasando de mano en mano, sus edades podrían ir: de entre los quince a los dieciocho años, al teniente le parecieron incluso más jóvenes que sus soldados. No tenía ninguna duda que estaban en ventaja, los tomaría por sorpresa y no tendrían tiempo de enfundar sus kalashnikov. Era el momento que tanto había estado esperando.

Les hizo saber a sus soldados utilizando sus manos que a la cuenta de cinco entrarían en acción, esperó que sus hombres recordasen todas las maniobras practicadas en varias ocasiones para estar a la altura del momento.

No hubo tiempo para más, él fue el que llevó la voz cantante gritando -¡ que nadie se moviera! Mientras interrumpía el desayuno de los supuestos guerrilleros, apuntándoles con su M16. Quería capturarlos vivos, sacarles información, hacerles sentir dolor, pero nada de ello se dio.

Sus soldados estaban a su lado apuntando hacia los jóvenes que lucían pálidos, y hacia los matorrales asegurando el perímetro, cuando desde las profundidades de la jungla empezaron a aparecer disparos, a diestra y siniestra.

El teniente se tiró al suelo repeliendo el ataque, y disparando a quemarropa hacia los jóvenes que empezaban a recoger sus fusiles del suelo para unirse al ataque que provenía desde las profundidades de la jungla.

El tiroteo duro un par de minutos, hasta que los disparos cesaron. Miró a su alrededor, encontrando que los jóvenes guerrilleros estaban ensangrentados desparramados en el suelo, como moscas, luego preguntó en voz alta a sus hombres cómo estaban, mientras seguía vigilante con su M 16, todavía con algunas municiones para seguir disparando.

Poco a poco sus hombres se fueron incorporando, con excepción de uno de ellos, que visiblemente estaba muerto, al igual que los seis supuestos guerrilleros, y tres más que encontraron en los matorrales, mucho más jóvenes, que ni tan siquiera llegaban a los catorce años.

Dos de sus soldados recibieron heridas en sus brazos y piernas, pero no representaban ninguna amenaza contra sus vidas, estarían bien.

El teniente llamó refuerzos, que no tardaron en llegar para inspeccionar el área, no encontraron más subversivos en los alrededores.

Dos días después del altercado estaba a bordo de un helicóptero Chinook, donado por el gobierno de los Estados Unidos, teniendo como destino el cuartel del Estado Mayor de las Fuerzas Armadas en Tegucigalpa.

Regresar a Tegucigalpa representó volver a la civilización, y a algo que no le gustaba tanto: estar detrás de un escritorio, realizando trabajos administrativos, a pesar de que su fama había crecido, después del combate sostenido hombre a hombre contra los guerrilleros, que no eran más que adolescentes; cuyos cuerpos terminaron siendo lanzados al río Patuca, donde los cocodrilos se dieron un buen banquete.

Después de pasar dos años realizando labores administrativas, le informaron que tenía que viajar a Argentina para una capacitación, algo que le cambió la vida por completo.

Pasó tres meses en un centro de entrenamiento al sur de Buenos Aires, preparándose en técnicas de interrogación, que desde luego incluía el uso de torturas.

Luego regresó a Tegucigalpa, inmediatamente fue ascendido al rango de capitán y por ordenes del presidente Octavio Martínez, que no era más que una figura, ya que la verdadera fuerza que controlaba los destinos del país: eran Las Fuerzas Armadas, formó la Policía Nacional Militar, la temible POMINA, argumentando ante los medios de comunicación; que la misma serviría para reforzar a la Policía Nacional, prestando labores de inteligencia, combatiendo a la delincuencia común, y salvaguardando a la nación de los comunistas, que buscaban extender su reino de terror por todo el continente.

Los ochentas habían llegado, y la Revolución Sandinista en Nicaragua había triunfado, lo que había encendido aún más las alarmas en Honduras.

Era necesario acabar con cualquier indicio que pudiera empezar una revolución en el país, que amenazara con quebrar la tan ansiada democracia, pues los militares finalmente habían accedido a dejar de conducir los destinos de la nación, llamando a elecciones populares, aunque por todos era sabido que detrás del Presidente Martínez estaban las Fuerzas Armadas, el paso a la democracia fue simplemente una maniobra para demostrar al mundo que la democracia era el camino a seguir, cuando detrás del telón, la realidad era otra.

Los altos mandos del ejército cada vez se enriquecían, dando concesiones a empresas transnacionales, y luego la cúpula política se fue beneficiando de todas las prebendas, amalgamándose con la corrupción y la ignominia, en la cual también iban cayendo los partidos políticos tradicionales.

Las Fuerzas Armadas llegaron a contar con un banco, un moderno hospital, desde luego para ellos mismos, supermercados para las mujeres de los altos oficiales, donde podían comprar los mejores productos importados, clubs privados, y toda clase de prebendas.

Conoció a Azucena cuando acababa de regresar de Argentina, en un evento de gala en Tegucigalpa, Azucena tenía veinte años y estudiaba administración de empresas en una pequeña universidad en Arkansas. Era la hija menor de una de las familias con mayor abolengo en San

Pedro Sula, la capital industrial del país, a cuatro horas de Tegucigalpa. Sus padres tenían grandes planes para ella, uno de ellos era: el de que estudiara en el extranjero, que se casara con un hombre que no fuese hondureño, y que les diera nietos blanquitos y con ojos azules.

Su padre trabajaba en los múltiples negocios familiares, que su abuelo; un inmigrante alemán llegado a Honduras huyendo de los pavores de la primera guerra mundial había comenzado, y su madre, hija de un prominente banquero de descendencia inglesa, que pasaba sus días en los círculos sociales de la norteña ciudad.

El matrimonio tuvo tres hijos, siendo Azucena la menor; Karl, el mayor que siguió con los negocios de la familia, después de haber estudiado en los Estados Unidos y Nick, que murió asesinado en un hecho bastante confuso en un motel en las afueras de la ciudad.

Los rumores de la homosexualidad de Nick, estaban presentes en cada esquina de San Pedro Sula, sin embargo sus padres se hacían los que no escuchaban tales rumores, pretendiendo que su hijo era todo un varón.

El asesinato de Nick se trató de manejar con todo el hermetismo respectivo, pero en un país como Honduras, donde el chisme está tan instituido, donde forma una parte fundamental del diario vivir, los rumores vuelan al compás del viento.

Se especulaba que Nick fue asesinado - por un amante celoso, otros decían que había sido una combinación de alcohol, drogas y líos entre maricones, y otros llegaron a asegurar que se trataba de una venganza hacia el padre, ya que de todos era sabido que el poderoso empresario trataba a sus empleados de una forma despótica-.

Lo cierto es que Nick fue encontrado en un motel de mala muerte, sobre la carretera a Puerto Cortés, completamente desnudo, con una peluca rubia sobre su cabeza, los labios pintados de rojo, y un sin fin de apuñaladas diseminadas por todo su cuerpo, recién acababa de cumplir los veintidós años.

Azucena se encontraba de vacaciones en el país, y decidió acompañar a sus padres a la cena de gala organizada por un grupo de empresarios en Tegucigalpa.

Desde que el recién ascendido, capitán Arriaga miró a Azucena supo que era la mujer con que quería compartir el resto de sus días. Su carrera militar estaba avanzando, lo único que necesitaba era una mujer a su lado, para seguir triunfando, y porque no era bien visto que un militar fuera soltero.

Ya había superado los treinta, y en más de alguna ocasión algún oficial le había gastado una broma sobre - sí realmente le gustaban las mujeres o sí era del otro bando-... Aquella noche superó un miedo que no entendía cuando estaba frente a una mujer, sobre todo cuando se trataba de una mujer tan guapa, fina e inteligente, como Azucena.

La sacó a bailar, sin ser un bailarín experto, todo lo contrario: su torpeza y su coordinación distaban tanto de sus capacidades disparando su M16 o sacando todos los pecados a sus torturados... Para su sorpresa Azucena aceptó su invitación. Aquel fue el inicio de una relación que apenas duró, en cuestión de meses terminaron casándose, ante la desaprobación de los padres de Azucena, que soñaban con un yerno diferente.

Al terminar sus vacaciones Azucena regresó a los Estados Unidos, mantuvieron la comunicación por teléfono y cartas. El Capitán Arriaga no aguantó más, y la visitó en noviembre, justo cuando el otoño estaba muriendo, para darle paso al invierno.

Eligió a Azucena, no porque la amase, sino por todo lo

que ésta representaba; necesitaba un rostro bonito a su lado, una mujer fina, para exhibirla a todos los oficiales que lo criticaban, por su parte Azucena si se enamoró de él o así lo creyó, llegando al extremo que se decidió por abandonar la universidad, para regresar a Honduras con su enamorado.

Se instalaron en un apartamento en una colonia aledaña al aeropuerto, donde residían varios militares. Pero, ese mismo año el capitán Arriaga compró la mansión en Las Lomas del Guijarro, después de sacar un préstamo con el Banco de las Fuerzas Armadas, endeudándose hasta el alma, con tal de vivir como un rey al lado de Azucena.

Los padres de Azucena jamás le perdonaron que dejó todo, para unirse a un hombre sin nombre y apellido, y lo peor de todo: sin una familia de prestigio detrás suyo.

Aquello motivó aún más al capitán Arriaga a seguir trabajando, con tal de llegar a lo más alto en las Fuerzas Armadas, donde poco a poco se estaba haciendo un nombre.

Se casó con Azucena en una ceremonia privada, en la Catedral Metropolitana, donde los padres de la novia, desde luego: no asistieron. Los únicos invitados fueron algunos amigos cercanos de Azucena, y unos cuantos oficiales del reducido círculo de confianza del capitán Arriaga.

No tuvieron tiempo para una luna de miel, el capitán Arriaga tuvo que salir por seis meses a una capacitación especial a los Estados Unidos, en sicología y técnicas de interrogación, en un batallón del ejército americano en Virginia.

Lo que prosiguió fueron más ascensos y éxitos, y con estos su satisfacción personal, la que aplacaba los viles actos que llevaba acabo, los años ochentas estaban resultando ser bastante movidos.

Desde luego que Azucena escuchaba los rumores sobre lo que hacía su marido. Pero, pretendía que todo lo que escuchaba eran mentiras, se dedicaba a vivir en las órbitas de las demás esposas de los altos oficiales, realizando labores sociales y atendiendo los distintos eventos públicos del brazo de su marido.

Eran la pareja perfecta, lo único que les hacía falta era tener hijos.

Visitaron especialistas tanto en Honduras, como en los Estados Unidos, sin obtener éxito. Hasta que Gabriela se vino, cuando ya se habían resignado a no tener herederos, justo cuando las cosas se estaban saliendo de contexto.

En el año de mil novecientos ochenta y siete el general Arriaga se convirtió en el Jefe de las Fuerzas Armadas, el cargo más alto que todo oficial puede anhelar en el país, siendo el más joven en la historia en lograr tal privilegio, cuando estaba por cumplir los cuarenta años.

Incluso llegó a soñar con la presidencia de la república, una vez que se retirase de la vida militar, pero aquello era algo, que no le quitaba el sueño. Lo suyo era lo de mantener el orden en el país, eliminar los comunistas ateos, y a todo aquel que anduviera con ideas raras en la cabeza.

Hasta que las detenciones llevadas a cabo por la POMINA se fueron saliendo de proporciones, la prensa internacional empezó a llegar a Honduras, buscando explicaciones, cuando finalmente sucedió el macabro crimen de Elena.

La orden que le dio al teniente Rosales, fue la de secuestrar a Elena López, darle un pequeño escarmiento, para que ésta le diera un mensaje a su padre: al profesor Ramón López, que había sido identificado como la cabeza ideológica del Partido Comunista de Honduras, y que quería formar una nueva fuerza en el país. Jamás les ordenó violarla, ni mucho menos matarla, al menos no por los momentos...

Lo cierto es que de tantas detenciones ilegales, el general se había obsesionado con la dureza, con la violencia, llegando a disfrutar las sesiones de torturas, los gritos, la sangre, y las caras de los detenidos; colmadas de sufrimiento y de desesperación.

Lo tenían todo preparado, venían siguiendo a Elena por varios días, conocían sus amistades y sus movimientos, sin embargo aquel día era el cumpleaños del teniente Rosales, y por la tarde éste se fue a celebrar con otros compañeros.

Se emborracharon tanto que estuvieron a punto de no llevar a cabo la misión, pero siguieron adelante, eso sí: la misión sufrió un nuevo giro.

El teniente Rosales, y tres de sus hombres después de secuestrar a Elena cuando se aprestaba a ingresar a su casa, la violaron en un solar baldío, cercano a la universidad, la golpearon hasta dejarla medio inconsciente, la quemaron con sus mecheros, la cortaron con una navaja y un punzón en distintas partes de su cuerpo, cuando la chica no daba para más, la asfixiaron con un cable, para asegurarse que estaba muerta, después la subieron al jeep que manejaban, se dirigieron a la antigua carretera que conduce al norte, a donde lanzaron su cuerpo sin vida por un barranco, al filo de la madrugada.

El general estaba furioso cuando enfrentó al teniente Rosales, estuvo a punto de entrarle a golpes, tuvo que contenerse, porque lo apreciaba, sobre todo por su lealtad.

Tuvo que sacarlo del país por una temporada, al igual que a sus compañeros, hasta que las aguas se calmaran, y hasta que pudiera encontrar a alguien que se atribuyera el crimen, para callar a la prensa, y a la población que exigía una respuesta.

A pesar de todo no se detuvo, y una vez que el profesor López estaba por subirse a su coche, después de haber terminado sus clases en horas de la noche, fue abordado por cuatro sujetos enmascarados, que lo detuvieron por algunos segundos, en el estacionamiento de la Universidad.

El más alto le dijo – sentimos lo que pasó con su hija profesor, sí sigue con esas ideas de lanzar la revolución en el país, el siguiente será su pequeño hijo Leonel. Después lo arrojaron al suelo, y desaparecieron en la oscuridad, varios estudiantes observaron lo ocurrido, pero no dijeron nada, siguieron andando, como sí no habían sido testigos de tal atropello, no querían verse involucrados en el asunto.

El general se había obsesionado con la idea que los noventas eran como los ochentas, y que el presidente Bonilla no tenía sus huevos bien puestos, todo lo contrario, el propio presidente fue el que le serruchó el piso donde había estado parado, disfrutando de las mieles del poder por varios años, hasta que tuvo que aceptar que era el fin de una era.

El presidente Bonilla, que lo único que deseaba era llenarse los bolsillos de dinero, temía que la obsesión del general Arriaga llegase a ser un problema, que bien podía terminar en algún golpe de estado o en algo peor, así que se puso del bando de algunos altos oficiales de las Fuerzas Armadas, que no simpatizaban con el general Arriaga.

Todos acertaron que era el momento de hacerlo a un lado, para llevar la fiesta en paz, eso sí: no sin antes pagarle muy bien por sus servicios prestados a la patria, y sobre todo para que mantuviera la boca cerrada.

El general se terminó embriagando en su oficina, algo sumamente extraño en él, porque siempre le gustaba estar en sus cinco sentidos, sin embargo se emborrachó para experimentar, sí a lo mejor borracho podía matar de una maldita vez todos sus recuerdos, aunque fuese por un breve instante.

21

Leo se encontró con Bernat en un bar cercano al campus de la universidad.

Se tomaron algunas cervezas y picaron algo de comer. El objetivo del encuentro era para ponerse al corriente de sus asuntos.

Habían pasado varias semanas sin hablar, sin estar al tanto de sus respectivas vidas. Sin embargo, el bar no era el lugar apropiado para hablar, gracias a un partido de básquetbol que era transmitido en los distintos televisores del bar, alterando los ánimos del lugar al máximo.

El equipo de básquetbol de la Universidad de Pensilvania estaba teniendo una de los mejores temporadas en su historia, clasificando exitosamente a las rondas finales del campeonato nacional, lo que había desatando una locura total en la ciudad.

El bar estaba abarrotado, en su mayoría todos eran estudiantes, quienes se mostraban emocionados por el nivel de juego de su equipo.

Las cervezas desfilaban a doquier por el bar, afortunadamente Bernat y Leo lograron encontrar un rincón en una esquina, donde el alboroto no era tan intenso, aun así, les resultó imposible el no contagiarse con el ambiente festivo y de frenesí.

El equipo de la universidad terminó ganando el partido en tiempo extra, aunque ninguno de los dos era amante de los deportes, se entretuvieron mirando el partido, y contemplando cómo los estudiantes perdían los nervios por el juego.

Leo hubiese preferido charlar con Bernat en el apartamento, ordenar una pizza y ponerse al tanto de sus vidas en un ambiente más tranquilo, pero Bernat quería salir a despejarse la cabeza un poco, andaba bastante ajetreado, terminando varios proyectos, por su parte Leo, quería desahogarse con su amigo, contarle en el dilema en que se encontraba.

Su futuro era incierto, una vez que terminase la carrera se abría ante él una disyuntiva, no sabía qué hacer, estaba a punto de regresar a Honduras, su visa de estudiante se vencería al terminar sus clases, a no ser que le resultase una oportunidad para trabajar en el país, lo que le permitiría solicitar una visa de trabajo o buscar otra beca para cursar una maestría.

Bien podía ponerse a buscar algo, pero en el fondo quería regresar, o al menos eso es lo que pensaba, hasta que la relación con Gabriela empezó a ir viento en popa; no quería dejarla, quería estar a su lado; sin embargo, no pudo abrirse con Bernat, los gritos de los estudiantes no se lo permitió, eran demasiadas distracciones para poder tocar un tema vital para él.

Después de un rato, y una vez que el partido hubo terminado, salieron a la calle, era una noche estrellada de invierno, y las farolas reflejaban la ciudad de una manera renovada.

En el recorrido al edificio, se encontraron con varios estudiantes, que a pesar del frío todavía celebraban el triunfo en las calles; muchos de ellos con sus torsos desnudos, totalmente borrachos, exclamando hurras, y dispuestos a continuar la celebración hasta entrada la madrugada.

Estaban entrando al edificio cuando el móvil de Leo sonó en el bolsillo de su pantalón. Comprobó en la pantalla del aparato que se trataba de su padre.

Leo contestó la llamada, y su padre inmediatamente le preguntó sí se podía conectar a Skype, necesitaba hablar con él, aunque no dijo que era urgente, Leo escuchó en su voz que si lo era, que algo fuera de lo normal estaba ocurriendo.

Entraron al edificio, y en el portal se encontraron con una chica que esperaba por Bernat. Era una chica que tocaba el bajo en una banda de rock local, con la que Bernat estaba saliendo. Bernat se olvidó por completo que, había quedado en verse con ella. La culpa del olvido era: por los asuntos que Bernat tenía en su cabeza, andaba metido en varias cosas a la vez, y la organización no era uno de sus fuertes. Incluso cuando hablaba con Leo, siempre estaba pensando en otras cosas, distrayéndose fácilmente de todo.

La chica lucía mal humorada. Leo se despidió de su amigo en el portal con un abrazo, para luego subir por las gradas, se rehusó a usar el elevador como siempre lo hacía.

Bernat volvió a salir hacia la calle con la chica, a la cual trataba de hacer sentir mejor, pasando sus dos brazos sobre su cintura, mientras la chica le reclamaba deliberadamente el haber olvidado la cita que sostendrían.

Leo entró al apartamento, se encontró con una oscuridad total, no había rastro de Andrew, su otro compañero de apartamento.

Buscó el interruptor a un costado de la puerta, activó el mismo, y rápidamente la electricidad apareció en la sala de estar: todo estaba en orden, y el silencio era una exquisitez, sobre todo después de haber estado en el bullicio del bar.

Leo prefería los lugares tranquilos, al ruido y a la música alta, pero aquella noche no le quedó de otra que acompañar a Bernat al bar para intentar charlar, lo que resultó imposible de lograr, aunque de cierta manera, había logrado desconectarse un poco de todas sus preocupaciones, observando como los estudiantes perdían la razón por el juego de básquetbol.

También, las cervezas que se había tomado lograron relajarlo, se distrajo de todas sus dudas.

Se metió en su habitación para conectarse a Skype, estaba muy curioso de ver de qué se trataba, había algo en el tono de la voz de su padre que lo delataba, era algo difícil de explicar. No sabía qué era, pero era algo diferente.

Encendió su computadora, rápidamente encontró el icono de Skype en su escritorio, accedió y allí estaba su padre, conectado, listo para hablar.

No dudó en marcarle, el sonido que notificaba que estaba llamando apareció una vez, dos veces, tres veces, y a la cuarta vez escuchó la voz de su padre.

Pero, después de algunos segundos la llamada se cayó, como a menudo sucedía.

Otra vez volvió a intentarlo cruzando los dedos, hasta que su padre contestó como un eco repetitivo, diciendo. – ¡Hola! ¿Me escuchas? Leo le escuchaba, pero la comunicación se enlentecía cuando intentaba activar la función de video. Ambos deseaban verse, para sentirse más cerca y contemplar sus rostros, no obstante, la lenta conexión a internet en Honduras siempre hacía que aquella acción fuese imposible de lograr, derribando la comunicación.

Los dos decidieron no activar la función de video, para agilizar la llamada, se resignaron a no verse.

Una vez que la llamada se cristalizó, el profesor López no perdió el tiempo, preguntándole a su hijo cómo andaban las cosas, fue directo al grano.

–Antes que nada quiero decirte que tienes todo el derecho de juzgarme por haber callado todos estos años.

Sé que tenía que haberte dicho esto mucho tiempo atrás, cuando viniste a mí buscando respuestas, intentando armar el rompecabezas que representa para ti la muerte de tú hermana, he callado todos estos años, en cierta medida por el temor a que me culpases por lo que ocurrió, como lo hizo tú madre, cuando finalmente le conté la verdad, llegando al extremo que decidió acabar con su propia vida, después de haber escuchado todo-.

Pero, "¿qué podría ser aquello?", se preguntó Leo, sin embargo, no apresuró a su padre, dejó que éste siguiese hablando, aunque se moría de la ansiedad por escuchar lo que su padre tenía que decir de una vez, todo era tan extraño.

"¿Por qué su padre de repente se había decidido a contarle la verdad? ", no lo entendía, pero sabía que estaba a minutos de saberlo.

-Te lo juro hijo, al igual que tú; Elena era mi adoración, nunca imaginé que algo tan horrendo le pudiese pasar. No merecía morir de tal manera, nadie merece morir de tal manera, mucho menos un chica como Elena, tan llena de vida, de sueños y tan buena.

Leo percibió como la voz de su padre se empezaba a quebrantar, lo imaginó del otro lado de la pantalla, con sus ojos miopes vidriosos, a punto de llorar, y muy probable: temblando del miedo que estaba experimentando, al abrirse ante su hijo por la primera vez.

-Eran tiempos difíciles, y finalmente teníamos la oportunidad de cambiar el país, después de todas las atrocidades que los militares estaban llevando a cabo.

Tú madre no sabía nada de ello, ella creía que yo era un simple profesor de filosofía, y que mi vida era una mera rutina, la típica vida de un hombre de hogar, cuando no era así-. El profesor López realizó una pausa, para tomar un poco de agua, y luego prosiguió con su relato. Mientras Leo se moría de la curiosidad por conocer toda la verdad.

-Desde mis días en el colegio estuve involucrado en movimientos políticos, el país era un desastre, los gobiernos duraban lo que las Fuerzas Armadas decían que tenían que durar, y luego simplemente quitaban presidentes, para reemplazarlos por otros, a los que seguían manejando a sus antojos.

Hasta que ellos terminaron gobernando el país de una manera oficial, ante el beneplácito entero de la sociedad civil, a excepción de algunos cuantos; esos que queríamos un verdadero cambio.

En mi época de estudiante soñaba con ser un revolucionario, la Revolución Cubana estaba impactando en varios jóvenes latinoamericanos, y desde luego: yo no era la excepción.

Sin embargo, todo era un ideal, las armas no eran lo mío, desde siempre les he temido, tú lo sabes muy bien, pero por fortuna encontré en los libros lo que siempre había buscado.

Me las ingeniaba para encontrar obras que estaban prohibidas en el país, incluso los poemarios de Rubén Darío, de Neruda, entre otros, estaban vedados. Pero, a mí, entre más prohibidos eran los libros, más me apasionaban, sobre todo aquellos libros sobre políticas sociales, y desde luego, filosofía; la bendita filosofía que me dejó conocer a la diosa razón, a la cual venero y adoro.

Al terminar el colegio, tus abuelos murieron, cuando la avioneta en que viajaban se accidentó, muriendo los dos en el acto.

Tú abuelo como ya te he contado; trabajaba para una compañía estadounidense que comercializaba los bananos sembrados en la costa norte con el resto del mundo, era un notable piloto, después de trabajar para compañías aéreas comerciales, y viajar por toda Centroamérica, se decidió por pilotear las avionetas de los ejecutivos de la compañía, hasta que el brutal accidente tuvo lugar. Después de la muerte de mis padres todo cambió.

Leo, ya conocía la historia, y quería que su padre fuera al grano. Estaba a punto de decirle aquello, cuando su padre acortó su relato, presintiendo que su hijo se estaba desesperando; por saber de una vez por todas, de qué se trataba todo aquello que le estaba contando.

-En fin, no te quiero aburrir con cosas que ya te he contado sobre mis padres y su fatal muerte… Después que regresé de mi viaje por Moscú, enviado por la universidad misma, los militares me ficharon, estaba en la lista negra, así que tuve que moverme con mucha astucia, y no darme mucho color.

Entré a formar parte del Partido Comunista de una manera oficial a mediados de los setentas, justo antes de casarme con tu madre. Por muchos años fui el encargado de instruir a los miembros del partido en doctrinas sociales, así como el consejero en estrategias políticas, sobre todo a la alta jerarquía del Partido, pues la intensión era llegar al poder del país e instalarnos como un ente político, aunque era necesario derribar a los militares, que estaban gozando en las aguas de la corrupción y del poder.

Sin embargo, con el paso de los años las divisiones ideológicas fueron apareciendo, algunos pensaban que la solución eran las armas, llevar al país a una guerra civil, hasta derrocar a los militares, a pesar de que muy cerca de nosotros, en El Salvador, Nicaragua y Guatemala, se estaban hundiendo en un mar de sangre. Yo no quería eso, a lo mejor estaba equivocado, pero como te dije antes: las armas no eran lo mío, mucho menos el sacrificio de almas inocentes.

En los ochentas sufrimos la terrible persecución del ejército, liderados por el general Andrés Arriaga... (aquí hubo otra pausa, quizá un silencio valorativo), quien llegó a ser el jefe de las Fuerzas Armadas, el hombre más poderoso del país.

La creación de la POMINA, que no era otra cosa que un escuadrón de la muerte-.

-Si , ya sé de ello-. Interrumpió Leo, que estaba muriendo por saber lo esencial, porque sabía que su padre lo estaba conduciendo a un sitio, y ya no aguantaba los deseos por escuchar el punto toral que su padre iba a soltarle, como una bala incendiaria.

-Bien, como te decía... no sé cómo, el general Arriaga supo de mí, que yo fui uno de los...digamos... eh... De los ideológicos del Partido Comunista, los que estaban detrás del engranaje político de la organización, junto con otros de mis camaradas, en los ochentas, hasta que nació tu hermana, cuando abandoné toda conexión con el partido.

Prácticamente yo ya estaba por decirlo así: retirado, ya que el partido estaba desmembrándose, por la diferencia de ideologías y por todas las desapariciones ocurridas, y desde luego: lideradas por el general Arriaga y sus secuaces.

Los años fueron pasando, y creí que todo había quedado en el pasado. Mi vida era tu madre, mis clases de siempre en la universidad, tu hermana, y tú, que apenas tenías dos años, cuando el día que tu hermana desapareció llegó.

Yo pensaba que ya todo había pasado, me había resignado que habíamos fracasado, a pesar de que se pregonaba a los cuatro vientos que el país vivía en democracia, cuando de todos era sabido que los presidentes electos eran puestos por los militares, siendo estos simples marionetas.

Pero, en los noventas era diferente, el presidente Bonilla fue electo, y era necesario controlar a los militares: que se estaban saliendo cada vez más de sus casillas, viviendo en la guerra fría de los ochentas, y resistiéndose a creer que el final de sus días estaba por llegar.

Como para sellar con broche de oro toda la maldad hecha, el general Arriaga, se empecinó aún más, en luchar contra todos los que pensaban diferente a él...

No me quiero seguir alargando: El general Arriaga es el responsable del crimen de tu hermana. Lo sospeché desde el principio, pero no tenía como probarlo, hasta que unos sujetos encapuchados me salieron al paso, cuando iba a subirme al coche en el estacionamiento de la universidad, después del crimen de tú hermana; me amedrentaron, diciendo que tú eras el siguiente, sí seguía con mis ideas de lanzar una revolución en el país, como ya te he dicho: mí vínculo con el partido había terminado muchos años atrás, nada tenía sentido.

Mis sospechas sobre el vil asesinato de Elena se esclarecieron aquella noche.

El general estaba resuelto en acabar con todos los que habían estado relacionados con el Partido Comunista, o con cualquier otro movimiento social, sin importar el orden cronológico, estaba obsesionado con acabar con todos-.

-¿Por qué no denunciaste al tal general...? Arriaga, Andrés Arriaga, dijo el Profesor López –.

-No lo sé hijo, tú sabes muy bien lo que representa la justicia en Honduras: un gran signo de interrogación, tampoco tenía pruebas, sólo mi relato, y no quería que tú corrieras algún riesgo. Con el tiempo supe quiénes habían violado y torturado a tu hermana, todos pagaron, excepto dos de ellos: el general Arriaga y su mano derecha, el teniente Juan Rosales-.

-¿Pagado...? -Preguntó Leo.

-Esa es otra historia, y la segunda parte de lo que te tengo que hablar-.

Leo volvió a pensar " ¿ a qué se refería su padre, con aquello que había dicho sobre una segunda parte?", justo cuando trataba de asimilar todo lo que había escuchado.

-Esto hijo, es muy importante, tienes que darme tu palabra que no repetirás lo que vas a escuchar-.

-Tienes mi palabra-. Respondió Leo, que no tenía ni idea de lo que iba a escuchar, y del contexto que todo iba a representar.

-Hay una...eh... ¿cómo lo puedo llamar? Grupo, no, eh, movimiento, tampoco-. Leo se empezaba a desesperar. Los rodeos de su papá lo estaban volviendo loco.

-Llamémosle una organización, sí, eso es; una organización que viene funcionando en Honduras desde mediados de los noventas, auto denominados como: El Movimiento de Justicia Civil-.

-¿El movimiento de qué?-. Preguntó Leo, que no alcanzó a escuchar el resto, ya que la comunicación empezaba a cortarse. "Vaya momento para que la comunicación empezase a fallar", se reprochó Leo.

-Justicia civil, El Movimiento de Justicia Civil-. Repitió el Profesor López. Alzando el tono de su voz, para que todo quedase claro. Por suerte la comunicación volvió a la normalidad. Los dos suspiraron al percatarse de ello.

-Varias personas que sufrieron la persecución de los militares en los ochentas, y otros que después sufrieron daños colaterales, formaron dicho grupo, yo fui uno de los fundadores, estaba carcomido por el odio, y la sed de venganza, después de lo que pasó, primero con tu hermana, y luego con el suicidio de tu madre.

Allí fuí conociendo varias personas, a algunos ya los conocía de mis días en el Partido Comunista, otros eran estudiantes de aquella época, artistas, políticos, etc. Todos teníamos el denominador común que habíamos sufrido de manera directa o indirecta los actos tan bajos cometidos por los hombres comandados por el general Arriaga. Formamos una red impresionante de informantes internacionales, apoyados por amigos en Argentina, Uruguay, Chile, y otros países, que también sufrieron el mismo horror.

Así fue como pudimos dar con tres efectivos de la POMINA, que secuestraron a tu hermana, para luego violarla, torturarla, hasta que finalmente la asfixiaron, lanzándola por un barranco, cuando ya estaba sin vida. Los militares habían perdido su poder, era el momento de ir por ellos.

Todos pagaron su crimen, es muy probable que sus familias todavía los estén buscando, no voy a entrar en detalles, porque no estoy orgulloso de ello, es más, cuando todo sucedió, creí que al fin encontraría la paz en mi vida.

Sin embargo, no fue de tal manera; me sentí peor. Así que me alejé de la organización, hasta el otro día que hablé contigo-.

Leo, no podía dar crédito a todo lo que estaba escuchando, sabía que su padre vivía encerrado en sus secretos, pero aquello que le estaba confesando sobre pasaba todo lo que se hubiera podido imaginar, por fin estaba descubriendo quién era su padre en realidad, y se sintió orgullo de él, ya que siempre lo había culpado por ser tan pasivo y tan tranquilo, aunque nunca le dijo nada al respecto.

-¿Qué pasó el otro día?-. Preguntó Leo, Ansiosamente.

-Bueno, desde que vi la foto de tu novia noté algo en ella, un parecido con el responsable de destruir nuestra familia y miles más: El general Andrés Arriaga.

Así que volví a mover mis hilos con algunos miembros del Movimiento de Justicia Social, y mi fuente me confirmó lo que me temía: que la bonita chica de la fotografía: era la hija de nuestro enemigo, del asesino que huyó del país; como un cobarde, después de haber aniquilado tantas vidas, y de haber torturado seres humanos a su placer, seres humanos que jamás volvieron a ser los mismos y otros que como ya sabrás, no vivieron para contar el horror que sus ojos vieron y que sus cuerpos experimentaron.

No había ninguna duda, era la hija del general Arriaga, que había adoptado otro nombre: John Sanders e inventado una nueva vida en los Estados Unidos, por fin lo habían logrado encontrar-.

Aquella fue una verdadera bomba para Leo, no supo qué decir, se quedó helado, incapaz de articular frase alguna.

El silencio se fue haciendo más profundo, ninguna de las dos partes decía nada, el profesor López no se precipitó para balbucear cualquier cosa, algún comentario, entendía lo que su hijo estaba pasando; quizá lo culparía de todo, tal y como lo hizo su mujer, hasta que finalmente se quitó la vida. Sintió miedo de que Leo no le volviese a digerir la palabra, que lo odiase con todas sus fuerzas.

Pero, a pesar de todas las dudas que rondaban por su cabeza y todas las perturbaciones: se sintió tan liviano, finalmente se había librado de todo el peso que lo había acompañado durante tantos años.

A Leo se le vinieron a la mente las pláticas con Gabriela sobre su familia, sobre los misterios que rondaban en su casa, sobre todo su padre, al que no había tenido el placer de conocer. Ahora entendía por qué el padre de su novia guardaba tantos secretos.

Sin conocerlo lo odió, era el hombre que había estado

detrás del crimen de su hermana, sabía quién era el general Arriaga, había leído sobre él, en más de algún periódico de una época pasada, cuando buscaba la verdad sobre lo que ocurrió con Elena insistentemente en la hemeroteca de la universidad.

-Gracias por compartir todo esto. Imagino como te sientes, después de haber sacado de lo más profundo de tus entrañas lo que me has contado. Déjame decirte que te admiro, que eres un hombre de convicciones, y que nunca te podría culpar por lo que ha sucedido…Sólo imagino lo que ha representado vivir todos estos años con esos fantasmas, ahora más que nunca entiendo tus silencios, y tus deseos para que saliese de Honduras-. Dijo, concluyentemente Leo.

Aquellas palabras calaron hondo en el profesor López, sintió que finalmente podía respirar y descansar.

-¿Qué debo de hacer papá? Amo a Gabriela como nunca lo había hecho, y ella no sabe nada sobre el pasado de su padre, de eso estoy seguro, pero no puedo estar con ella como sí nada hubiese ocurrido. ¿ Debo contarle la verdad sobre su padre? ¿Dejar de verla? ¿ Olvidarme de su cara? ¿De todo lo que hemos vivido?-. Preguntó Leo.

-Tú sabrás lo que tienes que hacer hijo, sigue tus instintos, sólo una cosa te dijo: ahora que sabes la verdad, es tiempo de dejar el pasado en su lugar, y vivir tu vida sin rencores, y no como yo lo he hecho hasta ahora: culpándome por lo que ha ocurrido y empecinado con una venganza, no vale la pena, te terminaras desgastando-. Concluyó, su padre.

Leo se quedó hablando solo, exigiéndole más respuestas a su padre, desafortunadamente la conexión a internet se interrumpió, de lo que se dio cuenta, después que no obtuvo respuestas de su padre.

Intentó llamar varias veces, pero todo intento resulto

inútil. El profesor López no contestó sus llamadas, ni sus mensajes instantáneos.

Incluso probó llamando al móvil de su papá, sucediendo lo mismo. Insultó las comunicaciones en Honduras, siempre era lo mismo: fallaban cuando más las necesitaba.

22

La noche para José resultó ser otra de sus tantas noches nefastas, esas tan comunes para él, donde sus recuerdos se paseaban por su habitación deliberadamente, sin darle ninguna tregua.

Los detalles de su vida fueron llegando de una manera fulminante y desorganizada, hasta que en la madrugada logró dejar todo a un lado de su subconsciente, al menos por algunos minutos; para pensar en aquello que le había dicho don Simón: " Que la víctima sería otra"... - ¿ A qué se había referido? Ya se estaba cansando de tantos misterios, de tantas vueltas de hojas. Tuvo ganas de llamar a don Simón, aunque las reglas entre ambos (impuestas desde luego por don Simón) eran muy claras: él era, el que siempre lo contactaría, y sí acaso; algún día tenía que contactarlo, debía de tratarse de algo muy grave, enfatizando mucho en aquello último, así que terminó desechando la idea de hacerlo; considerando que su desesperación era un argumento que, para Don Simón no era nada significativo.

También, eran las tres de la mañana, y lo menos que quería era escuchar la voz de don Simón reprochándole el haberlo molestado a tales horas, por un arrebato de consternación y de soledad.

Estaba molesto con él, quería marcar su número, romper las reglas, el protocolo de seguridad, para desahogarse, para putearlo, para decirle que estaba cansado de no estar informado de lo qué estaba ocurriendo.

Él merecía estar al tanto de sus planes, después de todo:

era él mismo, el que se estaba jugando el pellejo, el que mataría al general Arriaga, sin jamás haber matado a nadie en su vida.

¿Por qué don Simón había aceptado su arrebato, para llevar a cabo la misión? No lo entendía. A lo mejor porque ha visto en sí algo en mí, que ni yo mismo me he dado cuenta que tengo, se decía a menudo, para darse fuerzas, para sentirse mejor.

La desesperación y la soledad acumulada, estaban empezando a pasarle la factura, haciendo que sus dudas fueran más intensas.

Don Simón, por su parte no tenía ninguna duda que, José llevaría a cabo la misión a la perfección, aquella vez cuando José levantó la mano para ofrecerse como voluntario para aniquilar al general Arriaga, vio en él un odio que nunca había visto en alguna otra mirada, era un odio atesorado, un odio que se mezclaba a la perfección con la soledad, el desasosiego y la marginalización. Aquel odio traspasaba el raciocinio; lo que era un arma de doble filo, sin embargo estaba dispuesto a jugárselas con José, y así lo estaba haciendo, el tiempo sería el encargado de dictar si había tomado la decisión correcta.

Además, estaba el hecho de que José no poseía a nadie en la vida, que estaba completamente solo, que había perdido todo, esto le hizo creer que podía confiar en él, que estaba dispuesto a morir en el intento, con tal de ver al hombre que tanto odiaba sufriendo el mismo dolor o quizá más dolor del que había causado a tantas personas.

Don Simón se aferraba al pensamiento de que los deseos o la sed por lograr algo, era más importante que las aptitudes con las que se cuentan para obtener lo deseado, lo sobresaliente eran las ganas, la pasión, el arrojo, la osadía, etc.

Perfectamente, pudo haberse valido de sus contactos para contratar un mercenario, uno de los tantos sicarios que andaban por allí, buscando trabajo, contaba con los medios para hacerlo, sin embargo, y a lo mejor siendo un tanto quijotesco, quería que el general padeciese todo el sufrimiento de éste mundo de manos de una de sus víctimas directas. Se reprochaba no poder matarlo él mismo.

Estaba jugándose la vida misma con José, y si la cosa no salía como estaba planeado, estaba dispuesto a asumir la responsabilidad.

Eran varios años esperando el ansiado momento, de ver al general Arriaga pagando por todos sus crímenes, el dar con su paradero había resultado toda una hazaña, debido a que el general supo borrar casi todos sus rastros, para empezar una nueva vida, y no regresando a Honduras, lo que a don Simón le resultaba difícil de creer, porque hombres como él, siempre regresan al lugar donde lograron acumular poder, a lo mejor por un sentimiento melancólico, y en otros casos: simplemente porque creen que el poder nunca pasa a mejor vida, retornando para intentar recuperar el mismo.

Don Simón empezaría con darle una cucharada de su propia medicina, engendrándole miedo, ese miedo que él tantas veces utilizó para amedrentar a sus víctimas. Por eso había ordenado a José enviar el anónimo, así sabría qué estaba siendo seguido, que alguien andaba detrás de sus pasos, y los de su familia.

Lo llevaría de a poco, provocándole temor, paranoia, hasta que llegase el momento de cruzar la línea, aunque no tenía un plan específico, estaba tan emocionando con haber dado con su paradero, que se estaba saliendo un poco de su formato habitual de actuación, lo que era bastante extraño en él, quizá la emoción era tan grande, que no le estaba permitiendo actuar con la acostumbrada sutileza, dejando por un lado su característica racionalidad.

Jamás podrá olvidar los meses que pasó encerrado en el macabro calabazo, sin mirar el sol, ni las estrellas, recibiendo palizas, insultos y las constantes violaciones, donde era penetrado por varios hombres al mismo tiempo, todos borrachos, que lo golpeaban mientras lo violaban con sus penes, y le introducían objetos por su cavidad anal. Aunque, lo que llegaba a su mente constantemente era el encuentro sostenido con el general Arriaga, antes de ser liberado; la ignorancia en su rostro, su desfachatez, aquellos aires de que era intocable, que era el dueño de su alma y de su cuerpo, y que sí no desaparecía del país, lo pagaría con su propia vida, aunque ya había perdido su esencia humana, desde que fue capturado por los agentes de la POMINA, que irrumpieron una mañana cualquiera en las instalaciones de la Escuela de Bellas Artes, sin ninguna orden, para llevarse a los alumnos que les diera la gana.

El momento con que don Simón había soñado tantas noches, finalmente había llegado, y el odio estaba controlando sus acciones, sin permitir que pensase con la serenidad de siempre.

Por fin tenía en sus manos o mejor dicho: en las manos de José la oportunidad de vengarse del general Arriaga , aquello lo excitaba, quizá demasiado, llegando al extremo de no poder controlar sus emociones.

José se encontraba pegando estampas de las banderas del mundo, en un álbum que su padre le acababa de regalar, en la mesita que servía como escritorio en su habitación, en la casa de la familia en Tegucigalpa.

Le acompañaba el sonido de un abanico que colgaba del techo, que ofuscaba el calor en el ambiente, haciendo que la habitación estuviese fresca.

José podía pasarse horas y horas con las estampas, buscando sus posiciones en el álbum, y leyendo los datos de los países a las que las estampas correspondían, como: sus respectivas capitales, los idiomas oficiales, las principales ciudades, entre otros datos, cuando Esteban, su hermano mayor interrumpió en su habitación.

Inmediatamente, alejó la concentración de sus estampas y de su álbum, para mirar hacia la puerta, encontrándose con la imagen de su hermano parado en la puerta de su habitación.

Esteban tenía una mirada que jamás había visto en él; sus ojos lucían perdidos en el limbo, totalmente desorbitados y sujetaba una pistola en su mano derecha.

Sin mediar palabras empezó a dispararle, aunque intentó ponerse a salvo debajo de la cama, lo que no consiguió porque las balas tocaron su cuerpo huesudo antes de que lograse su cometido.

Sintió una mezcla de frío y calor, lo que luego se transformó en un profundo dolor, al sentir las balas escarbando dentro de su organismo.

Miró a su hermano de nuevo, le gritaba algo que no lograba comprender, mientras lentamente se iba desplomando al suelo, en un intento fallido por no caer, se había sujetado de la mesa de su escritorio, trayendo consigo al suelo el álbum, la goma y todas las estampas, las que lucían rojas, al caer al suelo comprobó que se habían manchado de su sangre, cuando su hermano se acercó hasta su cuerpo machacado por las balas, para rematarlo, para quitarle el último aliento de vida.

José se levantó furibundo, no había podido conciliar el sueño hasta muy entrada la madrugada, y lo primero que apareció fue una pesadilla, ardía en sudor y su cuerpo experimentaba una gran alteración.

Poco a poco se fue tranquilizando, al caer en la cuenta que se encontraba a salvo, a miles de kilómetros de la casa de su infancia, y que su hermano varios años atrás se había quitado la vida, después de acabar con la existencia de sus padres, perdonándole la suya, lo que todavía le daba vueltas en la cabeza.

"¿Por qué su hermano no le disparó aquel día?", era la pregunta que se hacía a diario, sin encontrar la respuesta.

Por inercia buscó su móvil, no había ningún mensaje de don Simón, ni ninguna llamada suya. Se levantó de la cama, su cabeza era un galimatías, hasta que poco a poco fue poniendo sus pensamientos en orden.

Lo primero que debía de hacer era llamar a su jefe, siguiendo la orden de don Simón de dejar su trabajo. -Pero, ¿por qué seguía haciéndole caso? No entendía nada… A pesar de las dudas llamó a su jefe.

Su jefe no contestó su móvil, lo que le resultó más fácil. Le dejó un mensaje bastante breve, diciéndole que no volvería a trabajar en la obra y punto.

Cortó la llamada sin dar más explicaciones, no había más nada que explicar, el viernes pasado había recibido su paga semanal, a cambio había entregado sus fuerzas y sus energías, todo estaba saldado con su jefe.

Salió de la habitación a prepararse un café bien cargado, no encontró a Camilo por ningún sitio, lo que le alegró, ya que tenía todo el apartamento para sí mismo. Una vez que el café estuvo listo se sirvió la bebida en una taza de cerámica color verde, que halló en una de las alacenas de la cocina.

Luego se sentó en una mesita al lado de la ventana, se sentía tan extraño, sentado ahí, tomando su café, con todo el tiempo del mundo, sin ningún apuro por perder el tren o con tener que llegar a cualquier sitio.

Estaba a punto de terminar su café, tratando de no pensar en nada, lo que era difícil de conseguir, cuando su móvil vibró, encima de la mesa, donde la tasa de su café reposaba.

En primera instancia pensó que se trataba de su jefe, quien le devolvía la llamada, pero no fue así, se trataba de don Simón, las pulsaciones en su corazón aceleraron sus revoluciones, sin saber por qué, pero presintió que aquella llamada despejaría todas sus dudas, haciendo que todo el panorama cambiase.

23

El general Arriaga se despertó agitado al escuchar el sonido de unas campanas, era la melodía que utilizaba en su móvil, cuando una llamada entraba, rápidamente se incorporó, levantándose del sofá donde se había quedado dormido en su oficina, para buscar su móvil, el que encontró en su escritorio, al lado de su computadora, y de la botella de whisky casi vacía.

No recordaba cómo había llegado hasta el sofá, ni tampoco recordaba que casi se había terminado la botella. Todavía estaba un tanto mareado, con el sabor a whisky en su boca, que le estaba provocando algunas arcadas.

La última vez que se había pasado de copas fue durante un viaje de trabajo en Manaos, la ciudad más grande de la amazonia brasileña, donde estaba coordinando la seguridad de un grupo de inversionistas de Nueva York, que contaban con varias minas en la zona.

Su misión era la de coordinar con la seguridad de la minera en Manaos que todo estuviese bien, ya que las protestas contra la minera estaban a la orden del día, particularmente en los últimos meses, donde la escalada había aumentado, volviendo las protestas violentas.

Los pobladores de la zona, y varios grupos, exigían la salida de la mina de la selva. Al general le daba igual lo que estaba ocurriendo, lo suyo era la seguridad de sus clientes, y nada más.

El viaje transcurrió sin mayores consecuencias, desde la perspectiva profesional, no siendo así en la parte emocional del general.

Le resultó imposible el no recordar sus días en la selva misquita en Honduras, vigilando que los guerrilleros no entrasen a los territorios que protegía, la similitud era asombrosa; la fauna, los colores, todo ayudaba para que las memorias del pasado llegasen más fácilmente a su cabeza.

Amaba a su país, quizá como ninguno de esos comunistas que intentaban implementar un régimen totalitario, con sus políticas absurdas, lo había hecho. Y por ello, terminó saliendo de su país por la puerta de atrás.

Una noche antes de emprender el vuelo de regreso a los Estados Unidos, después de pasar dos semanas asegurándose que la seguridad de los altos ejecutivos de la minera estuviera a la altura, no soportó la soledad de su habitación de hotel; bajó al bar, decidido en matar las horas con algunas copas.

Terminó emborrachándose, sin darse cuenta, mientras pensaba en su país, llegando incluso a plantearse un posible retorno, idea que desechó la mañana siguiente, cuando se despertó todavía afectado por las copas, dándose prisa para no perder el vuelo de regreso.

No le gustaba emborracharse, inclusive en los años en la Academia Militar, donde sus compañeros aprovechaban cada fin de semana para irse de fiesta, hasta amanecer tirados en algún parque o plaza. Él no era así, tenía claro que la disciplina lo era todo, sí quería llegar lejos en la vida, y el alcohol no entraba en su ecuación.

Disfrutaba de un buen vino, de un trago de coñac o de whisky, pero sin pasarse de la cuenta, aunque la noche anterior hizo una excepción, terminándose casi toda la botella de whisky, a lo mejor porque quería escaparse un poco de todos sus recuerdos.

Miró en la pantalla de su móvil, para comprobar quién lo llamaba, en una acción rápida desvió su mirada, para ver la hora en el reloj que colgaba de la pared: las seis de la mañana.

Se trataba del teniente Rosales, aquel hombre, que en el pasado hubiera dado la vida misma por él y por su familia.

-Mi general, espero no haberlo despertado- dijo Rosales, respetuosamente, como sí todavía estuviera bajo su tutela.

-Para nada Rosales- contestó el general, tratando de sonar despierto y sobrio. Le costó imaginarse a su otrora subalterno, como lo que era ahora: un poderoso narcotraficante, y no como su subordinado, aquel soldado deplorable que rescató de un batallón en medio de la nada, para convertirlo en su chofer, y después en su mano derecha, el que llevaba al pie de la letras todas sus ordenes, por más crudas que fuesen.

-Le tengo noticias mi general, ya sé quien está detrás de esos revoltosos que han acabado con algunos de nuestros compañeros, y que muy probablemente están buscando perturbarlo.

"Por fin, buenas noticias", pensó el General.

-¿Se recuerda del estudiante medio amariconado de la Escuela de Bellas Artes, Ezequiel Romero, ese que tuvimos...como invitado por varios meses en la Casona? (así llamaban al centro de torturas, en un sótano del Estado Mayor de las Fuerzas Armadas, en pleno corazón de la ciudad, nadie se imaginaría que ahí mismo se llevaban a cabo todas las torturas y los interrogatorios).

El general buscó en su memoria por algunos cinco segundos el dato sobre lo que Rosales le acababa de decir, mientras tanto guardaba silencio, cuando el recuerdo de la persona en mención apareció. Su memoria no dejaba de asombrarle, recordaba cada uno de los casos que había atendido.

-Claro que me recuerdo- contestó, después de algunos segundos de silencio.

- Él, y aparentemente el profesor de filosofía; el padre de la… mal afortunada (aquí Rosales hizo un silencio breve) están detrás de todo. Apuntó.

El general volvió a recordar el encuentro de tan mal gusto sostenido con su hombre de confianza, cuando se enteró de que había cruzado la línea, no le importaba tanto la muerte de Elena, sino el hecho de que Rosales no había cumplido con la orden de asustar a la muchacha, para darle un aspaviento a su padre, tal y como le había ordenado hacerlo.

Castigó a Rosales, mandándole al "hoyo", el lugar donde guardaban castigo los que cometían alguna falta, por tres semanas, sin contacto con el mundo exterior, con un tiempo de comida al día y sin ver la luz. Después lo sacó del país, para no levantar sospechas, hasta que las aguas se calmaran.

-Mi general, sí usted gusta yo me puedo encargar de quitar esas dos piedras del camino- dijo secamente Rosales. – Por los viejos tiempos- añadió.

-Siempre admiré su dedicación y eficacia Rosales, puede proceder- respondió el general, sintiéndose más vivo que nunca.

Terminó la llamada con Rosales, y automáticamente, una sonrisa se dibujó en su cara.

-¡Conmigo nadie se mete carajo!- exclamó, justo en el instante que un dolor de cabeza aparecía para molestarle, miró la botella casi vacía sobre el escritorio, y se sintió mal, culpable por haberse pasado de copas.

Subió a tomar una ducha, antes de que Azucena y Jimena despertasen, primero puso el café, convencido que le ayudaría para recuperar la sobriedad, y tratando de disimular la emoción que estaba experimentando.

Sentía que estaba volviendo a ser el de antes; ese hombre

que impregna respeto, con el que nadie se mete, y de hacerlo así: se debían atener a las consecuencias.

" A la mierda con la jubilación", pensó, mientras se desvestía en el cuarto de baño, justo cuando el agua tibia empezaba a caer en la fina bañera de mármol.

24

Leo asistió a clases a primera hora en la mañana, no se podía dar el lujo de perder ninguna de sus clases, aunque estuvo muy cerca de quedarse tendido en la cama o a lo mejor, en salir a caminar por la ciudad; para devorar kilómetros, sobre las frías calles de Filadelfia, seguramente eso le haría sentir mejor, necesitaba pensar, tranquilizarse, y sobre todo: tiempo, tiempo para digerir lo que su padre le había revelado.

Eran tantas cosas que estaban pasando por su cabeza, los pensamientos iban y venían de un lado hacia otro, trepidantemente, conjugándose todo en distintos lugares, sin poder concertarse.

Había extrañado tanto el cuerpo de Gabriela a su lado, en la pequeña cama, en la misma donde habían hecho el amor tantas veces, creyendo que nada ni nadie podía separarlos. Pensó en llamarla, en soltarle toda la verdad sobre su padre, pero no tuvo las agallas de hacerlo, determinó que él, no era la persona indicada para revelarle la verdad sobre su familia. Todo debería caer por su propio peso, tal y como estaba sucediendo.

Ahora entendía a la perfección los silencios tan esquivos de su padre, sus ausencias y todas sus dudas. "¿Qué haría con Gabriela?". Era el pensamiento que se escapaba de todos los demás con mayor frecuencia, para poseer su cabeza.

Definitivamente no la podía seguir mirando con los mismos ojos, todo había cambiado, justo cuando finalmente había encontrado esa persona a quien amar, alguien en quién podía confiar sus miedos.

Aunque Gabriela no era la culpable de las aberraciones cometidas por su padre, incluso ella misma desconocía quién era su padre en realidad, había vivido engañada por tantos años, siendo arrancada de sus raíces, de su país, todo para no enterarse acerca de las acciones del general Arriaga, no del señor Sanders; ese nombre inventando, para intentar borrar un pasado tormentoso. No, no podía contarle la verdad, no quería ver a Gabriela sufriendo por las acciones de su progenitor, el que ante todo: era su padre. " Al que amaba y admiraba con toda su alma", según le había escuchado decir a Gabriela en más de una ocasión.

Sin darse cuenta, un sentimiento de repulsión hacia Gabriela fue entonces apareciendo, haciendo que mirase en ella a su hermana muerta, a su madre tirada en las baldosas del cuarto de baño, con las venas de sus muñecas rasgadas; emanando sangre, hasta que su cuerpo entero se fue vaciando lentamente, para finalmente quedarse seco, sin ningún hálito de supervivencia.

Leo se pasó toda la mañana entera en clases, sin poder concentrarse. Por la tarde fue a trabajar en su proyecto final, el que era primordial para completar su carrera.

No tenía que trabajar en la librería, porque era el día dedicado enteramente a sus responsabilidades académicas, ese día en que se la pasaba corriendo de un salón a otro, y luego por la tarde, debía dedicar sus horas a su proyecto final.

Le extrañó que Gabriela no le había mandado algún mensaje de texto, algo que siempre hacía cada mañana, para desearle un buen día. Fue imposible dejar de pensar en la piel de Gabriela, en sus besos, en sus caricias, en todos los momentos que habían compartido, al igual que en las pláticas tan interesantes que siempre sostenían cuando estaban juntos, pero por otro lado su mente yuxtaponía la realidad que estaba viviendo, haciendo que de una manera extraña Gabriela pareciera una villana, al igual que su padre, y su familia entera.

No entendía qué estaba ocurriendo, él, que siempre trató de ser racional en todo, ahora se encontraba culpando a la mujer que amaba de sus desgracias, "no era posible que todo se hubiese venido a los suelos tan pronto", se repetía desesperadamente, al mismo tiempo que asentía que todo entre ellos estaba por terminar, aunque atesoraba una leve esperanza, de que se trataba de un mal sueño, uno de los tantos sueños que siempre aparecían degeneradamente, y que todo volvería a la realidad, una vez que sus ojos estuviesen abiertos, aquello era una manotada de ahogado, en un intento desalentado por seguir a flote.

Las horas fueron pasando, hasta que terminó su día, no fue para nada productivo, su cabeza no era capaz de pensar en otra cosa, que no fuese en el relato de su padre y desde luego, en Gabriela.

Con todo y todo, cumplió a medias su deber de asomarse a clases y a la oficina de asuntos ambientales del ayuntamiento, para trabajar en su proyecto final.

Una vez que completó sus compromisos, no quiso dirigirse al apartamento, pensó en llamar a Bernat, para contarle lo que estaba viviendo, aquello le haría bien, pero desistió de ello. Prefirió deambular por las calles de Filadelfia, tratando de no prestarle mucha atención a los menos ocho grados centígrados, y a un cielo tan oscuro, que llegaba a dar miedo, que parecía ser la apoteótica revelación que el fin del mundo tendría lugar en aquella lóbrega noche.

Eran cerca de las ocho de la noche cuando su cuerpo

empezó a experimentar cansancio, y sus huesos reclamaban un poco de calor. Entró a la biblioteca pública en las cercanías de la Plaza Logan, en pleno centro de la ciudad, buscando un poco de calor, y un lugar tranquilo para dejar caer intencionalmente sus pensamientos, en un sitio cálido y apacible.

Se sentó en uno de los cómodos sillones de la segunda planta del edificio, se quitó su abrigo, y frotó ambas manos para encontrar algo de calor. Observó a su alrededor, encontrándose desde vagabundos; aprovechando el calor del local, para animar sus anacrónicos huesos, hasta estudiantes que trabajaban en algún ensayo pendiente, al igual que lectores insaciables que devoraban novelas sumidos en sus propios mundos.

Se quedó un buen rato observando el amplio edificio de más de doscientos años de antigüedad, sus vitrales, todos los estantes repletos de libros, la señora de pelo blanco, prominentes gafas, y cara de buena gente, que estaba sentada en un escritorio, esperando a que alguien llegase hasta ella, para pedirle ayuda o solicitar cualquier información sobre la biblioteca, cuando su móvil vibró en el bolsillo de su pantalón.

Rápidamente buscó el aparato en las profundidades de su bolsillo, en primera instancia creyó que se trataba de su papá, aunque algo adentro de sus entrañas le decía que se trataba de Gabriela, lo que resultó ser cierto.

Sabía que sí contestaba la llamada no podría evitar caer de nuevo ante el encanto de Gabriela, dejando por un lado lo que estaba pasando, y pretendiendo que todo estaba bien. Así que, se decidió por no contestar la llamada, esperando que Gabriela le dejase un mensaje de voz. Lo que sucedió seguidamente.

Vaciló por algunos segundos, sobre sí debía escuchar el

mensaje dejado en su buzón. Sentía unos deseos inmensos de escuchar la voz de Gabriela, la extrañaba tanto, extrañaba el no haber escuchado de ella durante el día, como era la costumbre, aunque fuese una breve llamada para saber cómo estaba, cómo iban sus clases y sus respectivos proyectos.

Gabriela había sido la única persona que había estado pendiente de él (sin contar desde luego a su padre), y ahí estaba deseando hablar con ella, pero reprimiendo ese deseo cautivamente, tratando de no sucumbir ante la desesperación de correr a sus brazos.

Leo desde la escuela fue un bicho raro, ya en el colegio, siempre estuvo en un tercer plano, pasando desapercibido, y prefiriendo ver películas, o leer alguna novela, a andar emborrachándose en todas las fiestas que se organizaban en las distintas casas de sus compañeros, donde la meta para los chicos era la de intentar besar alguna chica, tocar su cuerpo, y ni hablar sí algo más se daba, como: acostarse con alguna chica, siendo aquello: el mayor deseo de todos sus compañeros de colegio.

Guido fue su amigo de toda la vida, el único amigo, aunque eran una antítesis perfecta del uno hacia al otro, no obstante, compartían los mismos gustos musicales, leían los mismos libros, y los dos soñaban con deambular por el mundo, viajar con sus mochilas por lugares exóticos, y a lo mejor jamás volver a Honduras.

Fueron compañeros desde la primaria, finalizando juntos el bachillerato, hasta que Leo fue aceptado para estudiar en los Estados Unidos, gracias a sus brillantes notas, y a todo el empeño que puso para conseguir la beca.

Guido por su parte se quedó en Honduras, no tenía muy claro qué quería hacer con su vida, se matriculó en la Universidad Nacional para estudiar periodismo, porque

–le gustaba sacar de quicio a las personas- le dijo en son de broma a Leo, cuando éste le preguntó por qué se había decidido por periodismo.

Guido y su padre fueron los únicos que lo fueron a despedir al aeropuerto, el día en que abordó el avión, en el aeropuerto en Tegucigalpa, lleno de miedos y de dudas.

Tenía apenas dieciocho años y era la primera vez que salía de Honduras, y de que manera lo estaba haciendo: dejando todo atrás para empezar una nueva vida en otro país.

Aquella fue la última vez que miró a Guido, se despidieron con un fuerte abrazo, convencidos de que se volverían a ver muy pronto, antes de perderse por el control de aduanas, Guido le gritó entusiastamente: -¡Acaba con todas las gringas!-, mientras su padre reía disimuladamente, sosteniendo las lágrimas, que parecían que estaban a punto de salir de sus afligidos ojos.

Si no hubiese sido por Guido jamás se hubiera adaptado, primero a la escuela, y después al colegio. Guido era todo lo contrario a él: extrovertido, hablaba todo el tiempo, y era un empedernido enamorado, aunque en el último año de colegio le confesó a Leo que le gustaban los chicos, y que salía con chicas para no levantar sospechas sobre su homosexualidad.

Leo era la única persona que sabía aquello, se acercó más a su amigo, porque había confiado en él, para hacer tal confesión, sí en el colegio se hubieran enterado de la verdadera preferencia sexual de Guido, este hubiera sufrido burlas, incluso amenazas y muy probable: golpes. Lo mejor era mantener su homosexualidad oculta.

La noticia de la homosexualidad de Guido le cayó como un balde de agua fría a Leo, la primera semana después de la confesión fue tan extraña, donde Leo no sabía cómo tratar a su amigo, después todo siguió su curso normal, la confianza entre ambos se fue haciendo más intensa. Guido le contaba a Leo sus aventuras y sus desventuras con los chicos, lo que Leo encontraba gracioso y bastante curioso.

El primer mes de estar estudiando en la universidad, en pleno proceso de adaptación, encontró una noticia que le cambió el día, quizá la vida: se encontraba revisando las noticias de Honduras en el internet, intentando estar al tanto de lo que estaba ocurriendo en su país, cuando descubrió en la página web de un rotativo de Tegucigalpa, la noticia que un joven había resultado asesinado en las afueras de un centro comercial de la capital, el motivo del crimen: el robo de su teléfono móvil.

Al parecer el joven se había resistido al asalto, por lo cual, el ladrón le asestó dos disparos en la cabeza, para luego huir ante la mirada de los transeúntes con su botín: el teléfono móvil del chico.

Se trataba de Guido; su amigo del alma, a lo mejor el único amigo que había tenido en toda su vida.

Inmediatamente Leo se comunicó con su padre, que no tenía ni idea de lo que había ocurrido, los dos se lamentaron por el terrible hecho, y Leo se tuvo que tragar aquella desgracia solo, lejos de su tierra, aunque estuvo a punto de dejar todo, para viajar a Honduras, para acompañar a su amigo en su partida, pero el profesor López logró disuadirlo para que no lo hiciera, diciéndole que a Guido aquello no le hubiera causado ninguna gracia, que su amigo hubiese deseado que siguiese adelante y que cumpliera sus sueños.

La trágica muerte de Guido se sumó a las desgracias del suicidio de su madre y del crimen de su hermana; las que lo seguían a todos lados.

Gabriela fue la encargada de apalear a todas sus melancolías, a lo mejor sin darse cuenta, había logrado que Leo finalmente experimentara lo que es el consuelo y el afecto.

Después de una arcada de vacilaciones se decidió por escuchar el mensaje de Gabriela. Esperaba encontrar la voz suave y dulce de Gabriela en español, ya que se habían acostumbrado a hablar en su idioma.

–Hola Leo, llamaba para preguntar cómo va todo, he tenido un día eterno; exposiciones, clases, ensayos, etc. En fin, espero que estés bien, nos hablamos luego. Te amo.

Aquello último hizo que Leo sintiera que el mundo de nuevo se le venía encima, se preguntó: "¿Por qué a mí?", en repetidas ocasiones, mientras algunas personas empezaban a recoger sus cosas para salir de la biblioteca, pronto estarían cerrando el edificio.

25

José terminó de hablar con don Simón, al finalizar la llamada, se acordó de su café, el que descansaba sobre la mesa, al lado de la ventana. Le dio un sorbo a su bebida, se encontró con que su café estaba bastante helado, sin embargo no le importó, necesitaba tomar algo, urgentemente, así que siguió dándole sorbos a su café, tratando de asimilar lo que había escuchado.

Las ordenes que recibió lo dejaron atónito, nunca se imaginó que la situación daría un giro tan brusco, tan inesperado, especialmente después de haber estado cinco años esperando para poder actuar.

No supo qué decir, prefirió callar, algo que siempre hacía, sin indagar más sobre las ordenes que recibía, después se sentía culpable, recriminándose el no poder exigirle explicaciones a don Simón.

A pesar de todo, finalmente terminaba dándole el beneficio de la duda a don Simón, aquel misterioso hombre que apenas conocía, que se había convertido en el dueño de su destino. Desconocía por qué confiaba tanto en él, a lo mejor la imagen de aquel hombre llenaba sus soledades, se había convertido en su única esperanza, en su único consuelo.

Había dejado todo para llevar a cabo la misión de acabar con el general Andrés Arriaga; la persona que más odiaba en este mundo, y ahora resultaba que tendría que acabar con Gabriela, su hija mayor.

Don Simón nuevamente había violado el código de comunicación, enviándole un explícito correo electrónico, que tendría que borrar después de haber grabado en su memoria todos los detalles. En el correo electrónico don Simón le detallaba cuidadosamente todo lo que debía de saber sobre Gabriela, sus movimientos, sus rutinas, su habitación en el campus de la pequeña universidad en las afueras de Filadelfia, etc.

Era imprescindible trasladarse a Filadelfia, en el transcurso de la semana se comunicaría con él para darle nuevas instrucciones.

Todo estaba calculado, el resto dependía de él mismo, también le informó que el general estaba moviendo sus hilos, ya sospechaba de él, tenía que actuar con sumo cuidado.

José se preguntó cómo era posible que don Simón estaba al tanto de todo, era un misterio que no terminaba de entender. Por qué no podía armarse de valor y preguntarle con decisión para despejar todas sus dudas, se dio un par de golpes en su cabeza con la palma de su mano derecha, reprochando su cobardía.

Al terminar la llamada respiró profundamente, sintió que el aire en el apartamento se volvía más denso. Allí fue que asintió que estaba a punto de volverse un asesino. Pero, ¿ realmente lo sería? No sabía qué hacer, sintiéndose aturdido, deseando salir a la calle lo más pronto posible, quizá el aire helado le asentaba mejor que el calor artificial que la calefacción desprendía en el pequeño apartamento.

Sin embargo, se quedó el día entero encerrado en su habitación, revisando la información enviada por don Simón, todo estaba tan bien especificado: los horarios, los lugares adonde la hija del general asistía cuando no estaba en clases, y desde luego una foto de Gabriela.

Permaneció un buen rato mirando la foto: era tan bonita, se miraba tan inocente, luego buscó en sus archivos una foto del General, cuando estaba a punto de abandonar

Honduras, el parecido era asombroso, sobre todo en los ojos claros; los dos tenían la misma cara de buena gente, ese aire de serenidad y de simpatía, era difícil de creer que detrás de aquella cara se encontraba la furia de un ser despótico y violento, que era capaz de cortarle el soplo de vida a cualquiera, en un santiamén.

Sinceramente, desconocía si podría llevar a cabo la misión de acabar con Gabriela, creyó que la situación a don Simón se le estaba saliendo de las manos, o a lo mejor se le había salido de las manos hace mucho tiempo atrás, sólo que ninguno de los dos lo había querido aceptar.

El día siguiente saldría para Filadelfia, dejaría el apartamento donde había vivido por casi cinco años, luego ya vería cuál sería el rumbo que los acontecimientos irían desarrollando.

Contó el dinero que había estado ahorrando, producto de sus cinco años de trabajo continuo: treinta mil dólares en efectivo; los que guardaba en una caja debajo de su cama.

Sus gastos eran mínimos, contrario a sus compañeros de trabajo; no gastaba el dinero en ropa de marca, joyas o en el último móvil del mercado. Trataba de gastar lo menos posible, lo que le resultaba fácil, porque desde siempre había sido desprendido de las cosas materiales.

No poseía ningún elemento tangible, que lo atase a seguir viviendo en el apartamento en Newark, incluso la cama donde dormía, todo se resumía a su maleta; la misma maleta con la que salió de Honduras cinco años atrás.

Aquella misma tarde habló con Camilo, su arrendador y su paisano centroamericano, para comunicarle que el día siguiente se estaría marchando, sin dar muchas explicaciones.

La noticia de que José se marchaba, tomó por sorpresa a Camilo; horas atrás habían estado hablando y comiendo gallo pinto juntos, y José no le había comentado nada de sus planes, todo parecía normal con él.

José había sido el mejor compañero de apartamento que Camilo había tenido: era callado, limpio, y vivía en su propio mundo, ahora tendría que buscar alguien más para poder completar el pago del alquiler.

Sin más que decir, José estaba dejando todo en Newark, al igual que lo hizo cuando alzó su mano, ofreciéndose para llevar a cabo la misión de acabar con el general Arriaga, sin saber muy bien a lo que se estaba metiendo, y amontonando la confianza entera en don Simón, aquel hombre que tanto admiraba, y al cual no podía fallarle.

-¿Qué haría después de completar su misión? O mejor dicho: ¿Podría cumplir la misión?-. Eran dos de las interrogantes que rondaban por su subconsciente, entre todas las dudas que lo atormentaban constantemente, haciendo que su cabeza fuera siempre un hormiguero.

Aquella noche sería otra noche en la que no podría encontrar el sueño, en que pasaría las horas en vela, pensando y pensando, todavía estaba a punto de mandar todo a la mierda, de moverse a otro Estado, contaba con el dinero para volver a empezar de nuevo, a lo mejor aquello era lo que necesitaba " dejar la sed de venganza en el pasado" . Inmediatamente se recriminó el pensamiento

– no puedo defraudar a don Simón- dijo en voz alta, dándose cuenta que aquel asunto ya no era personal, quizá nunca lo fue; se trataba del compromiso con don Simón, sin embargo trató de hacer a un lado tal revelación, para seguir al pie de la letra las indicaciones recibidas, por el hombre que controlaba sus acciones.

26

Azucena notó a su marido tan diferente, al hombre que estaba acostumbrada a ver. El general reía y se pavoneaba de un lado hacia el otro en la casa, buscando cualquier cosa que hacer, y asegurándose que todo se encontrase limpio y en orden, tal y como le gustaba que las cosas estuviesen.

El general preparó un desayuno para su mujer y su hija, pero lo que más sorprendió a Azucena, fue el beso que su compañero de toda la vida le estampó en la boca, cuando se cambiaba en la habitación.

Inmediatamente, Azucena detectó el olor a whisky en la boca de su marido, pero fiel a su costumbre: no hizo ningún comentario al respecto.

Como era de esperarse: Jimena estaba tarde para llegar al colegio, y aunque se daba prisa, terminó haciéndole caso a su padre que le había dicho:

–Que no era el gran lío si llegaba a clases un par de minutos tarde-. Jimena y Azucena se quedaron viendo, no dando crédito a lo que habían escuchado.

Era la primera vez que, el general Arriaga o John Sanders, se salía de su contexto disciplinario, llegando incluso a rosar la flexibilidad y las esquinas agudas de la indisciplina.

Los tres se sentaron a comer los waffles que el general preparó, al igual que una ensalada de frutas y café.

Después de desayunar Jimena salió para el colegio, Azucena se dedicó a matar la mañana en el internet, y el general aprovechó para salir a caminar por el río Susquehanna.

Finalmente el termómetro había vencido la barrera de la negatividad, ascendiendo a los cuatro grados positivos, y el sol brillaba intensamente sobre Harrisburg, y sobre buena parte del estado de Pensilvania. No había excusas para quedarse dentro de casa.

El general se vistió con ropa cómoda, y se calzó en sus botas para caminar, se puso un suéter de cuello tortuga, una boina, y una chaqueta deportiva. Estaba a punto de salir, cuando se acordó de algo: su pistola, por algunas horas se había olvidado que estaba bajo una amenaza.

Bajó hasta el sótano para buscar su arma, también estaba olvidando su móvil, el cual pilló de un manotazo del escritorio, debía de estar atento por sí Rosales lo llamaba para informarle cómo había salido todo.

No tenía dudas que Rosales haría su trabajo, el sólo hecho de que Rosales ya se estaba haciendo cargo del " asunto ", lo había tranquilizado.

Aunque quería vérselas con el hermano de Esteban Blanco, quería tenerlo frente a frente, mirarlo a los ojos, y hacerle saber quién era el que realmente mandaba.

Estaba más que seguro que se trataba del hermano de Esteban Blanco, el que había osado a robarle su tranquilidad, amenazándolo, buscando venganza en nombre de su hermano, el que fue un cobarde; que terminó asesinando a sus padres para luego volarse los sesos. "¡Vaya maricón!", pensó el general.

Él que no entendía cómo era posible que, alguien acabase con su propia vida.

"Eso es lo que son o eran esos comunistas de mierda: unos maricones", siguió pensando, cuando subía las gradas del sótano.

Antes de salir le dio otro beso a Azucena, esta vez en la mejilla, diciéndole que volvería pronto, que saldría a estirar las piernas, aprovechando el agradable clima.

Salió por la puerta de la cocina, que conectaba al garaje, se subió a su coche, puso la pistola en un comportamiento entre su asiento y el asiento del pasajero, encendió la radio, encontrándose con la voz de Phil Collins que cantaba Another Day in Paradise.

Abrió la puerta del garaje con el control remoto, miró la amplia entrada del garaje, más allá del portón: todo estaba tranquilo, retrocedió el coche, bajó su vidrio para respirar un poco de aire fresco, no el aire de la calefacción.

Empezaba a oler a primavera, no había duda de ello, se sintió vivo, llegando al extremo de que el dolor de cabeza que todavía sentía gracias al whisky de la noche anterior, se fue apaciguando.

Condujo el coche por algunos quince minutos, hasta que llegó al río, estacionó el coche, y se bajó para empezar a caminar, a través de la rivera del río, en un pintoresco camino, habilitado para caminantes y corredores.

Se encontró con varias personas, que al igual que él, aprovechaban la pequeña tregua que el invierno estaba otorgando para caminar, para correr y para pasear a sus perros. Los rostros serios y desencajados, habían desaparecido; las personas lucían altivas, con sonrisas en sus semblantes, todo debido al buen clima.

La nieve todavía estaba presente en el ambiente, aunque lentamente se estaba empezando a derretir, el general bajó la cremallera de su chaqueta, respiró hondo, sintiéndose más vivo que nunca, comprobó en su móvil que la temperatura había ascendido a las ocho grados, y el sol brillaba pleno sobre un cielo azulado.

Del otro lado del río se dejaban ver los edificios de

mediana altura, sobresaliendo el edificio del Capitolio del Estado de Pensilvania, uno de los orgullos arquitectónicos de la ciudad y las imponentes casas coloniales, con sus amplios jardines, cubiertos aún de nieve.

Anduvo cerca de una hora, hasta que el dolor de cabeza volvió a aparecer, más intenso que en la mañana – otra de las putas migrañas- pronunció. Mientras dos hombres cogidos de la mano pasaban a su lado, acompañados por un pastor alemán, con su respectiva correa.

Las migrañas comenzaron a aparecer en el último año, Azucena en varias ocasiones le había dicho que fuera al médico, a lo que el general se había opuesto, los doctores nunca habían sido de su agrado.

También, las migrañas iban y venían, pero siempre tenían la osadía de aparecer cuando menos las esperaba, cuando creía que todo estaba bien.

Regresó a su coche, revisó su móvil, -nada de Rosales-, todavía era temprano. Se subió al coche, y se decidió por ir a comer unos trozos de pizza a Gino´s, su pizzería favorita en la ciudad, ya que su estómago le estaba exigiendo algo que comer.

Se comió tres trozos de pizza hawaiana, sentado en un banco que daba a la calle, donde las personas seguían celebrando el buen tiempo, aunque todavía quedaban varios días más de invierno, aquel día era únicamente una breve tregua, una tregua que terminaría muy pronto, por eso era necesario disfrutar al máximo de la pausa que el invierno estaba proporcionando.

Sentado en el banco se le ocurrió la idea de llevar a cenar a Azucena, un restaurante francés había abierto recientemente en la ciudad, sin darle largas al asunto: llamó, para hacer una reservación para dos.

No recordaba cuándo había sido la última vez que

Azucena y él habían cenado juntos en un restaurante, sin sus hijas…Tampoco supo muy bien por qué quería cenar con ella, a lo mejor, porque sentía que al marcharse Jimena a la universidad en el otoño se quedaría solo, y aquello le aterraba, debía acercarse a su mujer, al fin y al cabo, ella sería la que velaría por él, en sus últimos días.

Salió de la pizzería, y comprobó que el termómetro había aumentado unos cuantos grados más, llegando a motivar a que algunos pájaros cantasen.

Se subió al coche, teniendo como destino su casa, la migraña seguía ahí, aunque se había calmado un poco " lo que necesito es recostarme", pensó, mientras esperaba que la luz del semáforo cambiase a verde para avanzar.

27

Leo salió de la biblioteca a las nueve en punto, cuando las luces estaban a punto de apagarse adentro del edificio. Deambuló por la ciudad por un buen rato, ajeno al frío y pasando de todo, aunque la ciudad a aquella hora de la noche era casi una desolación; de no ser, por los taxis y los coches, que circulaban por las avenidas de una manera impávida, ante la vista gorda de las pocas almas que deambulaban en la fría Filadelfia, entre ellas, estaba el alma triste de Leo.

La cabeza siguió dándole vueltas mientras caminaba, Gabriela le escribió un mensaje de texto preguntando "¿sí todo estaba bien?", Leo no le había devuelto la llamada, que se decidió en no contestar, cuando recién había entrado en la biblioteca.

Anduvo y anduvo por las manzanas de la ciudad, hasta que se cansó de andar sin rumbo, se metió al metro para llegar a su apartamento, al filo de la media noche, las piernas no daban para más, al igual que su cabeza: que de tanto pensar estaba a punto de reventar.

Casi nunca viajaba en metro, prefería caminar por la ciudad a trasladarse por los miserables túneles del inframundo de Filadelfia, donde todo era oscuridad e incontables curvas, le gustaba sentir el aire raspando su cara, escuchar sus pasos al andar, y apreciar como el mundo se movía delante suyo.

Pero, sin duda alguna lo que más disfrutaba era andar por la calle sin miedo, sin el temor a ser atracado, no cómo caminaba por Tegucigalpa; siempre alerta, mirando hacia todas partes, cuidándose muy bien las espaldas y desconfiando de todo el mundo.

Aunque había partes de Filadelfia donde no era recomendable caminar, sobre todo por la noche, donde según le habían dicho: lo podían atracar, o se podía ver en medio de algún fuego cruzado, entre carteles de droga. No obstante, nada se asemejaba a las favelas de Tegucigalpa, donde absolutamente todo estaba fuera de orden, sin presencia policial y en donde la ley del más fuerte es la que dicta la pauta.

El metro era una absoluta congoja, Leo no tuvo problema para encontrar asiento. Frente suyo venían tres chicos negros, luciendo zapatillas de básquetbol, y sendas chaquetas, uno de ellos giraba un balón de básquetbol algo gastado con su dedo anular, mientras los otros dos hablaban del juego que sostendrían el fin de semana, contra una secundaria rival, el chico más joven tenía una peineta pegada en un enorme afro, los tres lucían bastante emocionados por el juego del fin de semana.

Leo se entretuvo con la charla de los chicos, hasta que no pudo más y cerró sus ojos, el cansancio era tal, que estuvo a punto de quedarse dormido, de no haber sido por un repentino frenazo, que lo sacudió, trayéndole de nuevo a su realidad.

Por fin llegó a su estación, se bajó del tren desganadamente, en la salida se encontró una chica blanca pidiendo dinero y titiritando de frío, tirada en la acera. Buscó en su bolsillo algunas monedas, encontró algunas, se los dio a la chica, la que seguidamente le dio las gracias, Leo pensó que aquella chica de ojos verdes y la piel quemada, bien sea por las drogas o por el frío, no podría tener más de veinte años, se sintió mal por ella.

Siguió andando hasta que llegó a su edificio, dio con más personas caminando, todos apurados, deseosos por llegar a sus respectivos destinos.

Tal y como era de esperarse: se tropezó con una rotunda soledad en el apartamento, o al menos eso pensó, ya que después de algunos segundos escuchó ruidos en la habitación de Andrew, se acercó un poco, para asegurarse de que todo estaba bien con su compañero de apartamento.

Lo que descubrió fueron las exclamaciones de Andrew de placer, y los gemidos de algún chico, con el que Andrew estaba teniendo sexo.

No era la primera vez que escuchaba a Andrew teniendo sexo con un chico, es más, ya se había acostumbrado a encontrarse con el ex novio de Andrew en varias ocasiones en el apartamento, cuando los dos salían de la ducha, con el torso desnudo y únicamente arropados en una pequeña toalla, que lograba cubrir sus parte púdicas, nada más.

Se alejó de la habitación, dirigiéndose hacia la suya, al final del pasillo, antes hizo una parada obligatoria en la cocina para tomar un poco de agua, y para pillar un yogurt de fresas de la heladera. Luego entró en su habitación, convencido de que no podría dormir, a pesar del cansancio que tanto su cuerpo y su cabeza experimentaban.

Gabriela había vuelto a llamar, y a mandarle otro mensaje de texto, no se dignó en escuchar su mensaje de voz, y ni en leer el mensaje de texto recibido.

Su padre también lo había llamado, realizó la misma práctica con él.

No quería hablar con nadie, quería estar solo, aunque algo muy dentro de sí le decía que estaba tomando la decisión equivocada.

Se comió el yogurt sin hambre, asumiendo que debía de

comer algo, después se tiró en la cama, y milagrosamente se quedó dormido, sucumbiendo ante todo el cansancio que estaba abrigando.

La mañana siguiente se levantó con un sobresalto, después de que su alarma sonó despavoridamente a las seis de la mañana. Debía de estar en el ayuntamiento a las ocho y media, y antes de ello mandar un correo electrónico a un profesor, con un informe que tenía pendiente.

Salió de su habitación y se encontró con que Andrew estaba encaminando a su amante de la noche anterior hacia la puerta principal. Se saludaron y Andrew le presentó a su acompañante como: "Carlos, un amigo". Leo extendió su mano hacia el chico, que debía de tener su misma edad, y que a pesar de tener un nombre hispano, no se miraba hispano para nada, era incluso más caucásico que Andrew. Carlos respondió el saludo gentilmente, estrechando de igual manera su mano, luego salió del apartamento, y Andrew le propuso que compartieran un café. Leo le dijo que estaba bien, pero que se tenía que duchar primero.

Era obvio que Leo estaba teniendo una mala racha, su rostro lo delataba, se miraba cansado, agobiado, y hasta cierto punto afligido. Andrew percibió que algo andaba mal con su compañero de apartamento, asintiendo que a lo mejor Leo necesitaba hablar con alguien, como había sucedido la noche en que él estaba devastado por haber terminado con su ex novio, y Leo había estado ahí para él, para escucharlo y hacerle sentir mejor. Pensó que eso es lo que Leo necesitaba: alguien que le escuchase.

Por mientras Leo se duchaba Andrew preparó el café y encendió la televisión, la que casi siempre permanecía apagada, sencillamente porque ninguno de los tres habitantes del apartamento tenía el tiempo de sentarse a ver la tele.

Lo primero que Andrew se encontró fue el pronóstico del tiempo, el chico que daba el reporte le pareció bastante guapo, pero lo que más le gustó fue lo que decía: Filadelfia tendría un adelanto de primavera, después del frío y la nieve de los últimos meses. El termómetro subiría varios grados, y el sol reinaría en el horizonte durante todo el día.

Leo salió de su habitación enfundado en un suéter verde, vistiendo sus jeans un tanto gastados y luciendo un poco más repuesto, después de la ligera ducha, que logró de alguna manera recuperarlo. Se dirigió a la cocina, donde el olor a café se hacía sentir, agradeció a Andrew el haber hecho el café, a lo que Andrew respondió – que era un placer -, se quedaron de pie, apoyados en una barra en la cocina, tomando café, y mordisqueando unas galletitas de avena que Andrew había comprado el día anterior en una pastelería cercana al edificio.

Andrew le volvió a dar las gracias a Leo por haberlo escuchado noches atrás, cuando estaba pasando un mal momento, lo cierto es que se sentía mucho mejor, el chico con que había pasado la noche le gustaba mucho, pero quería llevar las cosas con calma, enfocarse más en sus clases y en sí mismo.

Leo le respondió – que no tenía nada que agradecer, y que se alegraba que las cosas estaban marchando mejor-. Luego Andrew le preguntó a Leo - ¿si todo andaba bien con él? Leo contestó – que estaba pasando una mala racha: el estrés de las clases, y el proyecto final de su carrera, entre otras cosas...

Andrew percibía que había algo más, pero no quiso seguir indagando en la vida de su compañero de apartamento, así que siguieron hablando acerca de cualquier trivialidad.

Terminaron el café, y cada quien se dispuso a seguir en lo suyo: Andrew se metió al cuarto de baño a tomar una ducha, y Leo se terminó de preparar para salir, tenía la reunión en el ayuntamiento programada referente a su proyecto final, luego a las dos de la tarde entraba a trabajar en la librería, hasta cerrar el establecimiento a las ocho de la noche, tenía un día bastante largo por delante, y no quería seguir perdiendo el tiempo.

Recogió su mochila en su habitación, y en ello, se encontró con una coleta de Gabriela tirada en la silla, donde su mochila se encontraba.

–¿Qué voy hacer? -Pronunció, desesperado, por no conocer la respuesta.

Se aprestaba a salir cuando Gabriela lo llamó, titubeó por algunos segundos sí contestaría la llamada o no, se decidió por la segunda opción, dándole más largas al enfrentamiento con la chica, que le había cambiado su vida.

El tiempo se le estaba agotando, no podía darse el lujo de perder ni tan siquiera un segundo más, debía salir en cuanto antes a empezar su día.

Bajó por las gradas apresuradamente, llegó al vestíbulo, donde se encontró con Bernat, que venía de pasar la noche con su chica de turno, la bajista de la banda de rock local, a la cual había hecho esperar dos noches atrás, cuando había olvidado la cita que tenía con ella.

- Hostia, veo que a alguien se lo lleva el diablo- le dijo Bernat. Leo se disculpó por la prisa, - tranquilo tío, ya nos volveremos a cruzar- pronunció Bernat. Se dieron un abrazo y cada uno siguió por su lado: Bernat hacia el elevador y Leo hacia la calle.

Una vez en la calle lo recibió una brisa bastante fresca, pero no gélida, el sol poco a poco empezaba a brillar, dando pistas de que sería un día espectacular en la ciudad.

28

La bruma se dignó en desaparecer de toda la costa este estadounidense, el sol finalmente se había atrevido en aparecer, y vaya de que manera: con toda su fastuosidad, mandando los nubarrones que estuvieron poseyendo el infinito cielo por varios días a otro confín del universo.

José abandonó el apartamento en Newark, antes de salir sintió algo que identificó como: un breve ataque de nostalgia. Pero al mismo tiempo sintió una especie de liberación; estaba dejando el espacio en que había vivido recluido por los últimos cinco años en el pasado, para enfrentarse al momento cumbre de la misión que estaba llevando a cabo.

Por fortuna no se encontró con Camilo, ahorrándose así una despedida y el entrar en explicaciones, le dejó el juego de llaves sobre la mesa en la pequeña sala de estar y una breve nota diciendo "gracias por todo".

El que lo llamó fue Enrique, el capataz puertorriqueño de las obras en las que había estado trabajando; dejando sus fuerzas, y sus sueños desparramados, en las baldosas que rompía, o en las paredes que derrumbaba con un pesado mazo. No contestó su llamada, e ignoró de igual forma, el mensaje que su ex jefe le dejó en su buzón de voz. Su cabeza no estaba para recibir más asuntos.

Desertó del edificio de cuatro pisos, en su huida no volteó para dedicar una última mirada al sitio donde se había sentido tan solo, a lo mejor, como nunca antes se había sentido.

Lo que le resultaba extraño y al mismo tiempo intenso, pues desde que había perdido a su hermano y a sus padres, se había visto envuelto en las garras de la soledad, de la que logró escapar al conocer a Rocío. Hasta que volvió a sucumbir ante la misma, al marcharse Rocío de su lado, gracias a todas sus dudas. Estaba consciente de ello, había sido su culpa, el haber perdido a la mujer, que a lo mejor estaba dispuesta a estar a su lado.

La soledad que había experimentado en la pequeña habitación del apartamento en Newark, había sido otra soledad, una soledad diferente a todas: una soledad despótica y rotunda, que puso en tela de juicio, lo que estaba haciendo o lo que esperaba hacer para el movimiento liderado por don Simón.

Caminó por las calles de Newark, arrastrando su maleta, la misma con la que había llegado a los Estados Unidos, y con una pequeña mochila en su espalda, con dirección a la estación de tren.

Conocía el camino de memoria, había sido el camino que siempre había tomado para tomar el tren que lo conducía a Nueva York, donde dirimía el aliento en cada construcción que laboraba.

Se reprochaba el no haber experimentado más Nueva York, esa ciudad donde todo es posible. " ¿A lo mejor sí Rocío hubiera estado a mi lado, hubiese sentido los deseos de experimentar la verdadera esencia de la ciudad?". Se preguntaba a menudo.

Tuvo ganas de pillar el tren a Manhattan, dejar su maleta en cualquier sitio, cruzar el puente de Brooklyn, caminar por el Central Park, comer una pizza entera en la Pequeña Italia o a lo mejor visitar alguno de esos burdeles sobre los cuales sus compañeros de trabajo hablaban en el Barrio Chino, pagarle a una prostituta y volver a probar lo que era estar con una mujer, después de más de cinco años de no estar con una, dejando por un lado la falta de sentimientos, tratándose únicamente de un simple arreglo monetario por un servicio recibido.

Pero nada de ello pasó, se compró un billete de tren hacia Filadelfia.

-¿Cómo se pudo meter en aquella locura de matar a un hombre? Que lo merecía, que había hecho todos los méritos para que alguien le disparase a boca jarro, pero él. ¿ Realmente era la persona idónea para hacerlo?-. Estaba a punto de descubrirlo, aunque la víctima sería otra. Se trataba de alguien que no tenía ninguna vela en el entierro, que a lo mejor desconocía quién era su padre, pero - ordenes son ordenes, y hay que seguirlas-, no le podía fallar a don Simón, no le podía fallar a su hermano, a sus padres, y a las miles de víctimas que sufrieron por el general Arriaga.

El tren aparecería en el andén en cuarenta minutos, contaba con tiempo de sobra para tomarse un café y comer cualquier cosa, aunque no tenía hambre, pero debía de comer algo, y tratar de dejar de pensar en lo que iba a hacer, de lo contrario no lo terminaría haciendo, de eso estaba seguro, ya que si algo había aprendido en estos cinco años, viviendo una vida tan apagada, era que las dudas eran parte de su propio ser, era mejor desviar sus pensamientos de todo aquello que lo mortificaba, o al menos intentarlo.

Compró un café negro, sin azúcar y un bagel con semillas de sésamo untado con queso crema, se sentó en la sala de espera a tomar su café y a mordisquear su bagel.

Mientras tanto, miraba disimuladamente los rostros de los demás pasajeros, que esperaban por sus trenes, cada uno tenía una historia detrás de sí, como la chica rubia que se comía las uñas incansablemente, denotando una enorme ansiedad o el anciano afro americano que sostenía un café de una manera indiferente, mientras observaba hacia el techo de la estación, parecía tan ausente de todo lo que estaba a su alrededor, como que las estructuras de metal que sostenían la estación, eran más importantes a todo lo demás en este mundo o a lo mejor así lo era para él.

Miró en una esquina a una pareja de enamorados: no pasaban de los diecisiete años, tal vez de los dieciséis. La chica era latina, lo delataba su pelo negro, su tez trigueña y unos ojos oblicuos, muy oscuros, y bastante profundos. El chico era rubio como el sol, delgado y en su cara se reflejaba una mezcla entre cansancio y emoción.

Los dos estaban abrazados entre sí, con dos mochilas en el suelo, al igual que un maletín de tela oscuro. Sus ropas revelaban que no habían sido lavadas en varios días "seguramente estaban huyendo de casa o de algo", pensó José. Había visto tantos casos parecidos, sobre todo cuando se dirigía a sus trabajos en Nueva York, sentía pena por aquellos individuos que huían de algo, que recorrían las calles sin esperanza alguna, y sin saber qué hacer, a lo mejor porque él era uno de ellos, aunque no lo aparentaba ser.

Quizá él necesitaba hacer lo mismo: aceptar quien era en realidad, huir, vagar sin tener que llegar a algún sitio, buscando algo que todavía no sabía qué era, pero que quizá en la huida se daría cuenta de lo que buscaba.

Los dos chicos se besaron dócilmente, el chico pasaba su mano derecha por el cabello negro de la chica; ambos se aferraban al calor de sus respectivos cuerpos, seguros de que nada más les importaba, aparte del momento que estaban viviendo. José se fijó en las uñas del chico, repletas de sucio, al igual que sus ropas, la chica tampoco se quedaba atrás, aun así, aquella imagen le pareció tan tierna, que estuvo a punto de llorar. Llegó la hora de abordar el tren, el que apareció puntual en el andén.

José abordó el tren, pareciéndole increíble que se estaba marchando de Newark. Se sentó al lado de una chica que leía una novela de Philip Roth, titulada Letting Go. La chica lucía unas gafas ovaladas, muy vintage, se encontraba en otro mundo, entregada por completo a su lectura, con un par de auriculares en sus orejas, mientras un resquicio de una música, que José no logró identificar se escapaba de sus auriculares.

El viaje duró una hora, durante todo el trayecto, José miró a través de la ventana del tren, aunque no había mucho que ver: los árboles permanecían desnudos, debido al crudo invierno, todavía habían varios cúmulos de nieve por doquier.

Trataba de articular sus pensamientos, adelantándose a lo que quizá don Simón le ordenaría hacer, sin embargo todo resultaba inútil, no sabía a qué se estaría enfrentando, y desde luego: desconocía si era capaz de poder dar el último paso, ese último paso que desde siempre había estado esperando dar.

Los altavoces del tren anunciaron que estaban arribando a Filadelfia.

José salió de su mutismo, su compañera de asiento dormía a placer, sin darse cuenta por donde el tren circulaba, anteriormente había puesto su libro en un comportamiento del asiento delante suyo para dormir, al hacerlo había encontrado el rostro pensativo de José mirando a través de la ventana.

Al aproximarse a la ciudad el paisaje fue cambiando, los árboles sin hojas dejaron de verse, apareció ante su mirada varios edificios abandonados, grafitis y alguna que otra fábrica, y un humo denso saliendo de algunas chimeneas industriales. José pensó: "que en todas las ciudades del mundo debe de ser la misma cosa, cuando se entra en sus arterias".

Lo único que sabía de la ciudad: es que, Filadelfia había sido la primera capital de los Estados Unidos, y el lugar donde se firmó el acta de independencia, nada más, después de realizar una exploración bastante breve en el internet.

Tampoco iba de turista, iba a realizar una misión, a su cabeza vinieron las palabras de don Simón –tienes que moverte con precaución, mantener un perfil bajo-. Tal y como lo había venido haciendo desde que pisó suelo estadounidense.

El tren se detuvo en la estación de la Calle Treinta, rápidamente se bajó del tren, sin tener alguna idea de adónde ir.

La estación era un hervidero, bastante más movida que la estación de Newark, aunque no se podía comparar a las estaciones de la ciudad de Nueva York, donde a cualquiera se le podía cortar el aliento, sobre todo en las horas pico.

Encontró un mapa de la ciudad, que en nada le ayudó, ya que para él; eso de leer mapas no era lo suyo. Se movía confiado en su instinto, en sus pasos y afortunadamente había sobrevivido a una ciudad como la gran manzana, aunque se había perdido en varias ocasiones, sobre todo cuando recién acababa de llegar y sus sentidos de orientación no estaban activados.

En Tegucigalpa no hay necesidad de guiarse con mapas, es una idea inconcebible, todo se rige por puntos de referencia, y basta con subir alguna de las tantas cuestas, para tener un panorama más amplio de la ciudad, y por ende ubicarse.

Cuando recién llegó a Nueva York y se vio en aprietos, al estar perdido, no vaciló en preguntarle a cualquier parroquiano por ayuda, en un inglés aprendido gracias a las letras de Iron Maiden o de Slayer, sus bandas favoritas de rock.

Ahí fue donde se dio cuenta, que eso, que había escuchado que los neoyorquinos no eran amables, resultó ser mentira. Siempre se encontró con personas que frenaron sus marchas, cuando los paró para preguntar por alguna dirección o simplemente haciendo caso a su reclamo de auxilio, por no saber adónde estaba.

Salió de la estación sobre la calle Market, sin idea alguna de hacia adonde dirigirse, se detuvo un rato observando a su alrededor, era una mañana tranquila de invierno, donde no hacía tanto frío. A pesar de que habían personas en la calle, nada se comparaba al desasosiego de Nueva York.

A su derecha no distinguió algo interesante, algo que valía la pena mirar, ningún punto de referencia, entonces miró a su izquierda, se encontró a una distancia considerable con un edificio monumental, bastante colonial, que sobresalía del resto de los modernos edificios de cristal sobre la calle.

Tomó aquello como su punto de referencia, un lugar a donde dirigirse, sin saber el porqué, únicamente decido en confiar en su instinto, no tenía de otra, ya que los mapas para él; eran simplemente líneas y contornos, que no eran capaces de llevarlo a ninguna parte. " Sí he sobrevivido a la locura que representa vivir en Nueva York, ¿ cómo no voy a sobrevivir en esta ciudad?". Pensó, mientras se encaminaba hacia el atractivo edificio.

A la distancia podía apreciar la estatua de un hombre, erigida en una torre que sobresalía de la estructura del edificio, el hombre parecía que vigilaba la ciudad entera. Se preguntó "¿de quién se trataría?", y por un momento se sintió como un turista más, que está dispuesto a descubrir en su totalidad un nuevo sitio.

Una sonrisa embrujada de disimulo se dibujó en su rostro, se estaba sintiendo tan bien, caminando por una nueva ciudad, mirando diferentes elementos, a lo que estaba acostumbrado a mirar.

Apresuró su andar, dispuesto en averiguar de quién se trataba la estatua que descansaba en la alta torre del fastuoso edificio, perdiéndose entre las personas y recibiendo un aire fresco de primavera en su rostro.

29

El general Arriaga y Azucena cenaron en La Maison Rouge, el restaurante francés que recién había abierto en el centro de Harrisburg, comieron una suculenta cena, y cerraron la velada caminando por las calles de la ciudad. Afortunadamente las migrañas desaparecieron, tal y como habían aparecido: sin avisar, permitiendo que el general descansará de ellas, aunque fuese por un rato, porque estaba seguro que no tardarían en regresar.

Durante casi toda la cena hablaron sobre sus hijas, sobre lo orgulloso que ambos estaban de las dos. No tocaron nada referente al pasado, o a sus asuntos privados, eso sí, el general le dio la sorpresa a su mujer, de que estaba pensando comprar una casa en la Florida.

Aquella noticia le cayó a Azucena de maravilla, aquel había sido el sueño de toda su vida, aunque ya se había acostumbrado a Harrisburg, aspiraba a vivir en un sitio nuevo, a conocer otras personas y sobre todas las cosas: estaba el clima, ya no soportaba los largos inviernos, anhelaba cada día a vivir en un sitio cálido, que le recordara un poco al calor de San Pedro Sula, la ciudad donde había nacido.

Azucena se preguntaba a diario qué habría sido de sus padres, de sus amistades, y de su hermano, lo había dejado todo, para estar al lado del hombre que alguna vez creyó amar.

Con el paso de los años cayó en la razón que el general Arriaga, había sido un capricho, a lo mejor para llevarle la contraria a sus padres, los que soñaban con otro hombre para ella. No había duda que era un hombre muy apuesto, con mucho carácter, que de alguna manera la intimidaba, pero al mismo tiempo hacía que se sintiera atraída hacia él.

Azucena tuvo varios pretendientes en la Universidad, uno de ellos había sido Larry, un chico de Carolina del Sur, que estaba locamente enamorado de ella, y con el cual Azucena vivió un breve romance; el que pasó a mejor vida, cuando conoció al general en la fiesta de gala en Tegucigalpa, a la cual llegó para acompañar a sus padres.

Sus padres la llevaron a la fiesta en la capital, para que su hija pasase tiempo con el hijo de un eminente empresario de origen Irlandés, el que Azucena ya había conocido, y con el cual se había aburrido una eternidad, cuando el general la sacó a bailar, la libró del tormento de pasar buena parte de la noche con el hijo de los amigos de sus padres.

Sus padres no vieron con muy buenos ojos, la imagen de su hija bailando con un oficial del ejército, de todos era sabido la reputación tanto de los soldados como de los altos oficiales del ejército, jamás se imaginaron que su hija se quedaría con aquel don nadie.

Había algo en la mirada del general que la desconcertaba, a parte de su buen parecido, era un hombre enigmático y al mismo tiempo pragmático, que se comportaba como todo un caballero y que jamás perdía la compostura.

Era tan diferente a Larry, aquel chico que era un soñador y un idealista, mientras las aspiraciones del general eran las de defender a su país de los comunistas, incluso poniendo de por medio su propia vida.

Con ella fue muy galán, la conquistó su decisión de estar a su lado, a pesar de que sus padres pusieron el grito en el cielo, cuando se enteraron de la relación.

Pero, todo cambió al casarse, la ilusión se deshizo, entonces conoció al verdadero Andrés Arriaga: el hombre obsesionado por el poder, y por controlarlo todo. A pesar de ello, se quedó a su lado, de alguna manera se acostumbró a llevar una vida, donde era únicamente el adorno de aquel hombre que quería llegar a lo más alto.

En varias ocasiones se acostó con otros hombres, entre ellos figuraban: el jefe de la representación diplomática del gobierno francés en Tegucigalpa, un chef español, que conoció en un breve viaje a Madrid, y el jardinero que se encargaba del cuidado de los jardines de su casa en las Lomas del Guijarro, un hombre humilde, de tierra adentro, del cual terminó enamorándose perdidamente, y quien era mucho más joven que ella.

Por suerte el general jamás se enteró de sus canas al aire, especialmente de su romance con el jardinero, al que terminó despidiendo con la única justificación, que estaba locamente enamorada de él, y que si seguía en la casa, era cuestión de tiempo, para que su marido se enterase del romance.

Ya se corrían rumores entre los empleados y entre su seguridad, así que echó a la calle al humilde jardinero, que al igual que ella: terminó enamorándose de la persona equivocada, jamás volvió a saber de él.

Ya en los Estados Unidos, se acostó con otros hombres, entre ellos, su instructor de pilates: un chico cubano muy apuesto y con un hombre de negocios que conoció en un café, del cual no sabía nada, lo que creía: que era mejor, porque simplemente buscaba sexo y un poco de afecto.

Sin embargo, había dejado de serle infiel al general, desde el encuentro fugaz con el hombre de negocios, dos años atrás, entregándose a las obras de caridad en que participaba, al club de jardinería, y a los círculos de lectura, con otras damas de Harrisburg.

La cena estuvo exquisita, el general lucía de muy buen talante, y Azucena sintió algo de simpatía hacía él. El general argumentó - que las niñas ya estaban grandes, cada una haría su vida, él había cumplido con su parte, era el momento de buscar un nuevo sitio para vivir, y qué mejor que la Florida-.

Los dos alzaron sus copas de vino y brindaron, por un nuevo comienzo.

La posibilidad de mudarse a la Florida, era la mejor noticia que Azucena había recibido, quizá desde que, su médico le confirmó que estaba embarazada de Jimena, cuando creían que, Gabriela sería la única hija que tendrían.

Al terminar de cenar, caminaron por la ciudad, agarrados de la mano, a iniciativa del general, que al parecer aquella noche era una caja de sorpresas, Azucena sintió la mano tibia de su marido sobre la suya, sintiendo una sensación bastante rara, que no fue capaz de identificar.

Regresaron a casa al filo de las once de la noche, la temperatura era una delicia en Harrisburg, y todavía varias personas caminaban por la calle, aprovechando el respiro que el duro invierno les brindaba.

Las sorpresas no dejaron de terminar, ya que, el general una vez en la habitación, empezó a besar a su mujer en la boca, tocando su cuerpo maduro, pero todavía firme, oliendo su pelo, su cuello, mientras estaba tan cerca suyo.

Azucena sintió como el pene de su marido se había endurecido, mientras éste se restregaba contra su cuerpo, persistentemente.

Azucena no se excitó en lo absoluto, sintió pena por el esfuerzo desesperado que su marido estaba haciendo, se decidió por cerrar su ojos, trayendo a su imaginación, las imágenes de los amantes que había ido acumulado en todos sus años de casada, especialmente la imagen del jardinero.

Así fue como logró excitarse, alucinando que eran otras manos las que la tocaban, otros labios las que la besaban, no las manos, ni la boca del hombre con quien había compartido casi toda su vida.

El general entró en Azucena con su pene todavía duro, después de tumbarla en la cama, empujó con todas sus fuerzas, buscando llegar a las profundidades de su mujer, mientras jadeaba intensamente, tocando los pechos de Azucena y sus muslos. A pesar de que habían apagado la luz, Azucena mantenía sus ojos cerrados. Seguía pensando en sus amantes, aquello la excitaba, logrando que estuviese completamente húmeda, hasta que el general estalló en una ráfaga de semen, después de haber estado adentro de su mujer por dos minutos.

Después de hacer el amor, se quedaron dormidos, sintiendo sus respectivas respiraciones.

El general se levantó fiel a su costumbre: a las cinco de la mañana, besó la frente de su mujer, se vistió con ropa cómoda, bajó a poner el café, mientras revisaba que todo se encontrara en orden en la casa, miró a través de la ventana hacia la calle, encontrando una profunda desolación.

Una vez que el café estuvo listo, se sirvió la bebida en una taza de porcelana italiana, tomó su café de todas las mañanas, dando vueltas por la amplia sala de la casa, después bajó hasta su oficina, para ejercitarse, antes revisó en el monitor el movimiento de las cámaras ubicadas en el perímetro de la casa: nada fuera de lo común. Se subió a su bicicleta estática, encendió la televisión de plasma, para informarse de cómo estaba el mundo, mientras pedaleaba con todas sus energías.

Terminó con sus estiramientos de rigor, y sus flexiones, sintiéndose fuerte y lozano. Luego subió hasta su habitación para ducharse, Azucena seguía durmiendo plácidamente.

Entró al cuarto de baño, se desvistió con parsimonia, y una vez desnudo se miró en el espejo, " ya quisieran varios jóvenes tener mi cuerpo y mis fuerzas", pensó, sonriendo, sintiéndose vigoroso, y a lo mejor rejuvenecido.

Abrió la regadera, y antes de meterse a la bañera para

ducharse, se auto recordó en contactar a un agente de bienes y raíces, lo de la Florida iba en serio, ya no le importaba que algún compatriota lo reconociera por la calle. " ¡ Qué todos se vayan al diablo", pensó, cuando se aprestaba a meterse a la fina bañera de mármol, lo que no logró hacer, porque sin saber cómo, su mente se quedó en blanco, y todas las fuerzas que antes estuvieron presentes desaparecieron por completo, haciendo que cayera de bruces en la bañera, trayendo consigo la cortina de baño y el tubo que la sostenía, al igual que algunos adornos que encontró a su paso, todo en un afán por no caer.

Azucena se despertó asustada, al escuchar el impacto en el cuarto de baño, inmediatamente pensó en su marido, se dirigió al cuarto de baño y encontró al general tendido de bruces en la bañera, inconsciente y emanando sangre de su cabeza.

Empezó a gritar y en cuestión de segundos Jimena apareció, preguntando qué había ocurrido, cuando entró al cuarto de baño se encontró con su madre en shock y con el cuerpo desnudo de su padre tendido en la bañera.

Los paramédicos arribaron rápidamente, después de que Jimena marcó el número de emergencias, mientras Azucena contemplaba el cuerpo de su marido tendido en la bañera, sin saber qué hacer.

Posteriormente, los paramédicos examinaron brevemente al general, lo sacaron en una camilla, mientras Azucena y Jimena atestaban con preguntas a los paramédicos, que se estaban haciendo cargo de la situación.

Al parecer se trataba de un ataque cerebral, era necesario trasladar al paciente lo más pronto posible al hospital, para realizarle los exámenes correspondientes, que dictarían su verdadera condición, al menos habían controlado la sangre que salía de su frente, después del impacto sufrido al chocar contra la bañera de mármol.

El general respiraba por sí mismo, lo que era un buen indicio, no había mucho que decir. Madre e hija se quedaron viendo, buscando explicaciones en el silencio oscuro, después de que los paramédicos condujeron el cuerpo del general en una ambulancia hasta el hospital más cercano, a escasos minutos de casa.

Les parecía difícil de creer que aquel roble macizo se había desplomado así por así, cuando la ambulancia se perdió de su vista, Jimena empezó a llorar, Azucena la consoló, mientras trataba de ubicar a Gabriela.

30

El general Arriaga estaba postrado en la cama de un lujoso hospital en Harrisburg, acababa de abrir sus ojos, se encontró junto a él: a una enfermera con el pelo pintado de un rojo intenso y una mirada que delataba una marcada indiferencia, un doctor con unos ojos azules bastante profundos, a Jimena, Gabriela y Azucena. Estas tres últimas se miraban desencajadas, no podían disimular todas las lágrimas que habían estado derramando en las últimas horas.

El doctor le hablaba, al igual que sus hijas y su mujer, mientras la enfermera revisaba disimuladamente su móvil, teniendo cuidado de no ser pillada por el joven doctor.

Sus hijas y su mujer le preguntaban cómo se sentía, sí podía escucharlas y el médico, que parecía recién salido de la escuela de medicina, le insistía en sí sentía sus extremidades, sus brazos, su cuello, mientras le pinchaba su carne con sus uñas, lo que le causó al general mucho asco.

El general Andrés Arriaga no sentía nada, era como si sus músculos hubieran dejado de existir, quería responder a todas les preguntas que le realizaban, pero las palabras no llegaban a su boca, aunque estaba consciente de todo lo que ocurría a su alrededor.

El médico hablaba con su mujer y sus hijas, les explicaba que el ataque cerebral sufrido por el paciente tenía como consecuencia una parálisis total de las habilidades motrices, al igual que del habla. Pero, al parecer y basado en todos los estudios realizados, la mente del paciente estaba intacta, lo que daba esperanza; de que el paciente pudiese salir de la borrasca en que se encontraba.

Fue Gabriela la que se animó a preguntar al doctor si su padre se recuperaría definitivamente. La habitación se llenó de silencio, el general que estaba al tanto de todo, esperaba la respuesta del joven médico ansioso, hasta que éste, después de algunos segundos midiendo lo que debía de responder, para no dar falsas expectativas confesó:

-He tratado varios casos similares, no soy mucho para hablar de porcentajes, varios pacientes se recuperan, otros simplemente no, depende mucho de las terapias, y los que se recuperan quedan con algunas secuelas, es muy complicado brindar un veredicto final.

Dependerá, como dije antes: de las terapias, de ustedes, del paciente mismo, de su fuerza, de sus ganas de vivir. Lo bueno es que la mente del paciente está lucida, realizaremos más exámenes, habrán más evaluaciones, y esperemos que pueda salir adelante. Es un proceso largo e intenso, y tal como mencioné antes: cada caso es diferente, esperemos que el paciente responda de la mejor manera a todo.

"Malditos doctores", pensó el general, " todos son iguales, solamente dicen pamplinas, con sus palabras científicas, y no llegan a ningún sitio". Siguió pensando. Luego se dijo a sí mismo " que saldría avante, era un luchador, no arrojaría el fusil así por así".

Sus hijas y su mujer se miraron, el general notó que la esperanza volvía a aparecer en su familia: las que sabían de sus deseos de vivir, de su pujanza y de sus ganas por estar con ellas.

Sus hijas le besaron ambas mejillas, Azucena hizo lo mismo. No podía dejarse vencer, de eso estaba claro, lucharía hasta el final, hasta conseguir levantarse de la cama en que su cuerpo estaba tendido, sin ninguna ayuda, para seguir viviendo su vida y protegiendo a su familia.

No podía dejar que aquel ataque o derrame cerebral borrase todo lo que era, tampoco quería ser una carga para su familia, un estorbo en la casa o un objeto más. No estaba dispuesto a rendirse, iba a luchar hasta donde las fuerzas lo permitieran para recuperarse, para salir airoso.

Sus hijas y su mujer salieron de la habitación, al igual que lo hicieron la enfermera y el joven médico, para dejar que descansara. Antes de que las tres mujeres de su vida salieran las miró intensamente, otra vez intentó decir algo, pero resultó inútil, sus labios seguían sellados y sus cuerdas bucales no atendían las ordenes que su cerebro emitía.

Una vez que estuvo solo, empezó a recordar todo lo que había ocurrido; la cena en La Maison Rouge, la caminata por el río, la plática en el teléfono con Rosales, el anónimo que recibió días atrás, el episodio en el cuarto de baño, todo estaba ahí, en su mente, todos los recuerdos y detalles de su vida habían ido apareciendo cronológicamente.

Aquello lo hizo sentir mejor; porque la buena memoria que siempre había presumido tener: estaba intacta, algo adentro suyo le dijo que sonreía al comprobar que recordaba todo, pero se dio cuenta que no era posible, por un segundo se le olvidó que estaba postrado en una cama, que no podía mover ni tan siquiera un sólo dedo.

En eso sintió unos deseos intensos de orinar, quería correr al cuarto de baño, sacar su pene y depositar su orina en el servicio sanitario, lo que no logró hacer, se orinó en un pañal que le habían puesto, sin que él se diera cuenta, sintió vergüenza y dolor.

31

Leo no pudo seguir esquivando las llamadas de Gabriela, debía de enfrentarse a ella y a sí mismo también, aunque deseaba poder borrarse, no volver a recordar cada detalle de lo que había vivido con Gabriela, no haberla conocido, y perderse para siempre. Pero, en el fondo sabía que todo intento por tachar a Gabriela de su memoria sería algo imposible de lograr, debía de encontrar la manera de aprender a vivir con todos aquellos recuerdos, con la imagen del primer amor, con el recuerdo de sus caricias y con las evocaciones de todos los segundos que pasaron juntos; soñando con comerse el mundo.

Después de la reunión en el ayuntamiento, y luego de un breve almuerzo, Leo se presentó a la librería, donde fue recibido por Peter, el que cada día que pasaba lucía más lánguido y falto de esperanzas.

La tarde en la librería transcurrió sin ninguna novedad, después de cerrar el local, a las ocho de la noche, como de costumbre; caminó hasta su apartamento.

El termómetro todavía no había regresado a las temperaturas negativas, varias personas contrario a la noche anterior, caminaban por las calles de la ciudad, aprovechando la benevolencia del clima y luciendo ropas más ligeras.

Al llegar a su apartamento, inmediatamente se encerró en su habitación, tratando de evitar cualquier encuentro furtivo, ya sea con Bernat o con Andrew, no estaba de ánimos para andar hablando con nadie.

No se molestó en escuchar los diez mensajes que no había escuchado de Gabriela, llamándola directamente, sacando un valor que ni él mismo entendía de adonde había aparecido, tan repentinamente.

Gabriela contestó después del primer repique, y lo primero que dijo fue - ¿ qué adónde se había metido? Leo se disculpó, aduciendo – que había estado teniendo unos días difíciles, con sus clases y su proyecto final-, extrañamente, Gabriela no siguió refiriéndose a su repentina ausencia, contándole sin muchos rodeos lo que le había sucedido a su papá.

Aquella noticia le cayó a Leo como un balde de agua fría, no supo qué decir por varios segundos, hasta que finalmente le salió de su boca sin querer, un apático –lo siento-. Pero, justo al instante algo cambió en él, apareciendo una sensación de placer, al escuchar la tragedia del padre de Gabriela.

Actuó rápidamente diciéndole a Gabriela que quería estar a su lado en aquel momento tan difícil, cuando lo único que deseaba era comprobar con sus ojos que el general Arriaga estaba efectivamente postrado en una cama, quería mirarlo a la cara, decirle que sabía quién era; que era un asesino, un ser vil, que se merecía lo que estaba padeciendo y tantas cosas más. Después no sabía qué sucedería, qué haría, qué rumbo tomaría el asunto.

Todo había cambiado, no podía decirle a Gabriela por teléfono que ya no quería verla, no sin antes mirar al general Arriaga tumbado en una cama, reducido a la nada, siendo incapaz ni de tan siquiera poder articular alguna sola palabra.

Gabriela por su parte, se sintió reconfortada al escuchar la voz de Leo, apreciando el hecho de que la mañana siguiente estaría llegando hasta Harrisburg para estar a su lado.

Leo intentó comunicarse con su papá, le llamó al teléfono de la casa, a su móvil, a su cuenta de Skype, sin obtener ningún resultado.

Aquella noche no logró dormir, se quedó en vela, pensando en el encuentro con el hombre qué había estado detrás de la muerte de su hermana, y el subsiguiente destrozo de su familia, al igual que investigando en el internet sobre el general Andrés Arriaga, encontrando muy poca información, o casi nada, sobre el hombre que había destruido a su familia.

Llegó a Harrisburg cerca del medio día, hizo algo que no había hecho desde que comenzó a trabajar en la librería: llamar a su jefe para mentirle; diciéndole - que no llegaría al trabajo porque no se sentía del todo bien, era algo que había comido, que no le había asentado bien a su estómago-, aquello fue lo primero que se le ocurrió decir. Afortunadamente, Peter no entró en más detalles, le dijo que estaba bien, deseándole que se mejorase pronto.

A Peter, ya todo le daba igual, estaba a punto de cerrar The Last Word, desconocía cuál sería su próximo movimiento o qué haría con todos sus libros, con su vida, etcétera.

Leo tampoco asistiría a un simposio sobre desechos sólidos por la tarde, antes de salir del apartamento intentó por todos los medios comunicarse otra vez con su padre, sin éxito. Le escribió un correo electrónico desde su móvil, una vez que el tren empezó a andar, contándole brevemente lo que estaba pasando.

El viaje duró dos horas, el tren se deslizaba por los fríos rieles, a través del interior del Estado de Pensilvania, entre pueblecitos muy típicos, donde en casi todas las casas ondeaba la bandera estadounidense.

El termómetro había vuelto a descender hasta llegar a los menos tres grados. Pero, por lo menos no hacía viento; que al fin y al cabo, era el que se encargaba en hacer que la sensación térmica redujese las temperaturas aún más.

Sin embargo, el sol seguía brillando con todo su ímpetu, alejando cualquier indicio de nieve en el firmamento.

Leo disfrutaba tanto los viajes en tren, pero aquella mañana estaba ajeno a todo lo que no tuviera que ver con su encuentro con el general Arriaga, dejando de lado los paisajes que pasaban velozmente del otro lado de la ventana de su vagón.

Leo se encontraba en un estado de excitación total, y a medida que la hora de llegar a Harrisburg se acercaba, una seguridad que desconocía que existía en él, se incrementaba notablemente. Lo único que le importaba era tener al general Arriaga o a John Sanders cara a cara, apreciar el rostro del hombre que había estado detrás del crimen de su hermana y el subsecuente suicidio de su madre.

No podía esperar para contarle a su papá, que había visto al general postrado en una cama, pero - ¿ cómo tomaría su padre aquello? ¿ Qué sentimientos aflorarían en él? No era para nada un asunto fácil de tratar, estaba seguro de ello, aún así no estaba dispuesto a parar.

Llegó a la estación de tren en Harrisburg, nunca había estado en aquella ciudad, caminó por un buen rato, al salir de la estación, retrasando su llegada al hospital, para encontrar a Gabriela, la que esperaba por él.

El decidido valor que había aparecido en él, al parecer se había esfumado, o simplemente se encontraba dándole una tregua, esperaba que el mismo regresase en cuanto antes, para poder enfrentarse al general y a Gabriela.

Estaba sumamente nervioso, las dudas habían vuelto a aparecer. Se decidió por retrasar el momento de mirar a Gabriela y de encontrarse con el general, caminando un poco por la ciudad; buscando poner sus emociones en su sitio, lo que era una misión difícil de lograr, debido a que las mismas se encontraban volando por todas partes.

Anduvo por las calles del centro de Harrisburg, admiró el edificio del Capitolio del Estado, y se tomó un café en una cafetería del centro, tratando de calentar sus huesos. Fue allí, en la cafetería, donde empezó a recordar el suicidio de su madre, y la imagen de una hermana que no conoció, preguntándose "¿cómo hubiese sido su vida con las dos?"; encontrando la respuesta casi al instante: sin miedos e inseguridades, no existía la menor duda de ello.

En el café recibió un mensaje de texto de Gabriela, preguntándole adónde estaba. Respondió diciendo - que acababa de llegar, y que estaba en camino del hospital-.

Comprendió que no podía seguir atrasando el encuentro, que había aparecido sin esperarlo, era esencial apurar el paso y enfrentarse a su destino.

Salió del café hacia el hospital, que se encontraba a escasos minutos del centro, sobre la rivera del río Susquehanna. A medida que iba avanzando los latidos en su corazón se acrecentaban, de una forma frenética, quizá aquel momento se podía asemejar al que vivió cuatro años atrás, cuando salió de Honduras, precisamente, cuando se despidió de su padre y de Guido, antes de pasar por los controles de seguridad en el aeropuerto de Tegucigalpa. Desconocía a qué se tendría qué enfrentar en Filadelfia, era un embrollo de nervios, de miedos y de interrogantes.

Estaba sintiendo lo mismo, sumado a ese sentimiento de odio que nació en él, desde que su padre le hizo saber que el general Arriaga, era el hombre que había estado detrás del crimen de su hermana, la que desafortunadamente se había visto en medio de una disparatada lucha, que no iba hacia ningún sitio.

Odio, aquella era una emoción nueva para Leo, aunque

detestaba varias cosas cómo: los políticos hondureños; embarrados en las garras de la corrupción, mientras los habitantes del país cada día se iban hundiendo un centímetro más en la miseria, detestaba las diferencias sociales tan marcadas, la impunidad, la destrucción del medio ambiente, entre otras cosas...Pero, de detestar a odiar, eran dos asuntos muy desiguales, o al menos eso pensó cuando estaba a punto de llegar al hospital, el odio le encrespaba los vellos de sus brazos, estaba haciendo incluso que el intenso frío que reinaba en el ambiente no le afectase, su cuerpo estaba crespo de calor, y el valor que antes había experimentado, se volvió a asomar tímidamente, sin embargo podía sentir cómo éste se iba acrecentando a medida que su encuentro con el general Arriaga se acercaba.

La noche anterior había estado mirando algunas fotos del general Arriaga en el internet, se dio a la tarea de investigar más sobre él, buscando retazos de su vida, elementos que quizá lo pudiesen guiar a algún sitio.

Las pocas fotos que encontró eran de un general Andrés Arriaga joven, no había ningún rastro del general viejo, era como si la tierra se lo hubiera tragado. Simplemente, había dejado de existir, por arte de magia, algo difícil de creer, especialmente por todo el poder que el general Arriaga logró acumular en el país.

En las fotos que vio (sobre todo retratos de los años ochentas y algunas de inicios de los noventas) no apreció en ellas un rastro de maldad.

El rostro del general Arriaga era un rostro afable, de un hombre bonachón, que incluso llegaba a inspirar confianza. Se miraba cómo un hombre precedido de buenos modales; su pelo castaño, cuidadosamente peinado hacia el lado derecho, sus ojos claros, los mismos de Gabriela, y una sonrisa que no delataba en lo absoluto quien era en realidad. "Ni parecía hondureño", pensó Leo, bien podía ser cualquier extranjero, quizá un empresario, un banquero o algún emisario de un organismo internacional afincado en el país.

Sin embargo, no se dejó llevar por la apariencia cándida del general, y siguió escudriñando en el internet, escarbando en las profundidades de la red, buscando indicios sobre la realidad del otrora jefe de las Fuerzas Armadas hondureñas, encontrando una avalancha de acusaciones en su contra, donde se le asociaba con otros militares latinoamericanos, implicados en un sin fin de actos barbáricos, causando daños irreparables.

Algunos habían pagado sus culpas, otros se habían salido con la suya, estando a sus anchas, y otros como el caso del general Arriaga: se habían borrado de la faz de la tierra.

Una cosa llevó a la otra y Leo fue investigando más sobre lo que ocurrió en Argentina, en Chile, Paraguay, y en Centroamérica, en las décadas perdidas.

Miró videos, relatos de sobrevivientes, de familiares que todavía estaban buscando a sus desaparecidos. En eso un frío intenso empezó a circular por su cuerpo, no se trataba del frío causado por el invierno, ya que en su habitación se estaba de lo mejor con la calefacción a tope, era un frío de terror y de indignación. Aunque su padre alguna vez le había contado algo al respecto, sobre todo cuando caminaban por la montaña de la Tigra, para oxigenarse los pulmones del smog de Tegucigalpa, no había puesto demasiada atención a sus palabras. Ahora tenía enfrente suyo, servida a plenitud: toda la información que necesitaba, previo al encuentro con el general Andrés Arriaga.

No entendía cómo el general Arriaga había podido escaparse de sus crímenes, sintió más ira contra todo el sistema judicial hondureño, contra los políticos de siempre, esos que se han fraguado entre las mentiras, la codicia, y las ansías de poder.

Aquella noche decidió que no regresaría a Honduras, buscaría la manera de quedarse en los Estados Unidos al terminar sus estudios, no podía regresar a vivir entre las sombras de la ignominia y entre las injusticias. Era el momento de desprenderse de sus recuerdos, de borrar de su memoria el suicidio de su madre, el fantasma de una hermana de la cual no conservaba ningún rastro en su memoria, del asesinato de Guido, y de todas las injusticias, que día a día se practican a plenitud, en contra de los pobres.

Su padre lo entendería, es más: él mismo no quería que regresase. Pero, antes tenía que ver a la cara al general Arriaga, ver el delicado rostro de Gabriela, tomar una decisión sobre lo qué haría con ella.

Leo llegó hasta el hospital, y de repente el valor que había experimentado, y que se había escapado entre algunos resquemores, quizá para dejarle claro que todavía era humano, resurgió en toda su plenitud.

Cruzó la puerta del hospital, encontró el ascensor enfrente suyo, se dirigió hacía el ascensor, con los pasos seguros, cuando Gabriela salió a su paso, lanzándose en sus brazos, llorando y diciéndole que lo amaba con toda su alma.

32

Al sentir los brazos de Gabriela alrededor de su cuerpo, entrelazándose con sus emociones y sus miedos, Leo percibió que el mundo estaba a sus pies, ni hablar cuando sus dos bocas se encontraron en la recepción del hospital.

Mientras se besaban la mente de Leo sufrió una certera dosis de titubeos, el olor de Gabriela, la textura de sus labios, el calor de su cuerpo, eran tantas cosas que ponían en tela de juicio la realidad que estaba viviendo.

Gabriela le dio las gracias por haber tomado el tren hasta Harrisburg, dejando sus asuntos a un lado para estar con ella, en aquel momento tan difícil.

Le informó que su madre, y su hermana estaban afuera de la habitación, donde su padre descansaba. Estaba fuera de peligro, los médicos le habían informado que su corazón estaba bien, que estaba consciente, había sufrido un ataque cerebral, y el pronóstico hacia futuro todavía era un tanto reservado.

Su padre no podía hablar, ni tampoco mover sus músculos, a lo mejor podía llevar meses para que volviera a moverse, le practicarían más exámenes, para tener un mejor panorama de su estado, aunque existía la posibilidad de que jamás pudiera volver a ser el mismo de antes. Al decir esto último, se dibujó en la cara de Gabriela una profunda desesperanza.

Al escuchar aquello, Leo no sintió nada más que satisfacción, deseando que el general jamás volviera a moverse. Aunque al instante se recriminó por sentir de tal manera, pero su subconsciente automáticamente le recordó todo el mal que el general Arriaga había causado, no sólo a su familia, si no a la familia de miles de hondureños, era lo menos que merecía, entonces la sensación de satisfacción volvió a aparecer en su interior.

Otra vez las dudas emergidas como llamaradas en la penumbra empezaron a apagarse, para darle paso a las convicciones y al valor. No podía dar un paso atrás, no podía desdoblarse ante el amor de Gabriela, ante sus labios y su voz.

Aunque era sumamente difícil, especialmente al mirar la cara entristecida de Gabriela, su risa apagada, y sus ojos dando a conocer que llevaba varias horas sin descansar. En aquel momento supo que no podía seguir con ella, no podía seguir enfrentándose a la dualidad de estar atrapado entre dos realidades: por un lado odiando al hombre que destruyó su familia; deseándole la muerte y por otro lado: amando a su hija, el fruto de su carne viva.

Subieron hasta el décimo piso –vaya momento para conocer mi familia- le dijo Gabriela, mientras le sujetaba su mano derecha con todas sus fuerzas, aferrándose a él.

Indudablemente, Gabriela estaba llevando la relación a otra dimensión, al presentarlo a su familia como su novio. No sabía cómo haría para terminar con ella, para no romperle el corazón, y para abandonar los sueños que juntos habían ido forjando, desde que habían empezado a salir, el otoño pasado.

Empezó a reprocharse el haber llegado hasta el hospital, deseó haberse quedado en Filadelfia, ignorando las llamadas de Gabriela, hasta que se cansara de él, olvidándose de volverlo a llamar.

Pero necesitaba verla, al menos por una última vez, y

sobre todas las cosas: quería ver al general de frente, y sacar todo su odio hacia él, especialmente ahora; que estaba indefenso, que no era capaz de hacer daño alguno.

No le quedó más remedio que conocer a Azucena y a Jimena, a las cuales encontraron afuera de la habitación, donde el general se encontraba, sentadas en un cómodo sofá de cuero. Las dos conversaban suavemente, sin elevar sus voces y mirando hacia todos lados, mientras tomaban café.

Al ver a la madre de Gabriela, Leo pensó en su madre y en las dos últimas escenas que recuerda con mayor intensidad; la primera escena es la de su madre tirada en el cuarto de baño con sus muñecas cortadas, en una pila de sangre y la segunda, es el recuerdo de su madre dentro de un ataúd, con su cara de buena gente, parecía que dormía, de una manera serena, aunque podía despertase en cualquier segundo, desde luego aquello era algo que jamás sucedería.

Al principio no quiso mirar el rostro de su madre por última vez en el féretro, su padre tampoco lo presionó para que lo hiciera, pero ante todo pronostico se acercó para darle el último adiós, quedándose grabada para siempre en su memoria aquel momento.

Toda su vida no había podido perdonar a su madre, no era capaz de perdonarle el haber decidido a cortar su propia existencia a vivir por él, dejándolo solo, rodeado de todos los recuerdos que atormentaban a su padre, cuando era tan pequeño, cuando estaba tan susceptible a un mundo raro y confuso.

Finalmente, logró entender todo, cuando su padre le contó la verdad, el motivo del suicidio de su madre, la tragedia vivida. Sin embargo, todavía la culpaba, era algo que debía de superar, a lo mejor el tiempo permitiría despejar de una vez por todas esas ofuscaciones contra su madre.

También pensó "¿qué tal si la madre de Gabriela hubiera sido la que decidió en quitarse la vida, en lugar de la suya, qué habría sido de Gabriela y su hermana?", comprobando que estaba lleno de rencor, y que a lo mejor, aquel rencor se estaba acrecentando, a medida que se iba acercando al general y a su círculo más íntimo.

Se quedó atrás de Gabriela, esperando que Gabriela lo presentara, sintiéndose estúpido y un tanto nervioso. Aunque no había motivo alguno para estarlo, en aquel instante odió a ambas mujeres; las dos habían tenido todo lo que él siempre soñó: una familia completa. Eso sí, no pudo odiar a Gabriela, aquello era algo inverosímil, algo que jamás sucedería.

Mientras Gabriela se dirigía a su madre y a su hermana, estuvo ausente, sumido en sus pensamientos, no prestando atención a la introducción formal que Gabriela realizaba, a lo mejor porque no había vuelta de hoja, estaba decidido que no volvería a verla, que se haría a un lado para siempre.

Gabriela tuvo que llamarlo dos veces por su nombre para captar su atención, y para sacarlo del estado abismal en que se encontraba, entonces pudo reaccionar, dando un paso al frente, para colocarse al lado de Gabriela, tratando de ponerse al tanto de la presentación que estaba sucediendo.

Gabriela lucía radiante, incluso, orgullosa de él, olvidándose por un instante, de su tristeza. A Leo no le quedó más remedio que presentarse, extendiendo su mano a las dos mujeres, que afortunadamente no preguntaron nada sobre él, ya que la situación no se daba para ello.

Leo dijo –que lo sentía, por la situación en que se encontraba el Señor… Sanders-, estuvo a punto de referirse a él, como el general Andrés Arriaga, usando su verdadera identidad, lo que consideró que no hubiese sido correcto. Al menos no en aquel momento. Ya llegaría el instante de revelar la verdadera identidad de John Sanders, el respetable ciudadano, el impoluto hombre, padre ejemplar y modelo a seguir, que amaba a su familia ante todas las cosas.

Azucena y Jimena estaban sumidas en sus propios pensamientos, referentes a la salud de su marido y de su padre, respectivamente, restándole importancia a la presentación formal del novio de Gabriela.

Las dos se disculparon, Azucena debía de realizar algunas llamadas, y Jimena estaba por regresar a casa para descansar un poco, ambas habían pasado varias horas en el hospital.

Leo se despidió respetuosamente de las dos, en eso Azucena dijo –que esperaban tenerlo en casa para cenar, una vez que su marido estuviera recuperado, para conocerlo más-. Con una sonrisa triste en el rostro.

Leo contestó – que estaría encantado de compartir con ellos-, tratando de no sonar sarcástico, cuando la verdad es que no se miraba sentado en la misma mesa del general Arriaga, compartiendo con él, fingiendo que todo era perfecto, y que no existía un pasado común entre ambos.

Gabriela se despidió con un abrazo de su madre y de su hermana, las cuales se perdieron de vista cuando entraron en el ascensor, junto a otras personas, y algún personal médico.

Al estar solos Gabriela se excusó con Leo, debía de usar el baño, dejándolo solo, en la amplia sala de espera del hospital.

Leo no estaba seguro sí podría vivir sin Gabriela, sin el olor de su pelo, sin el calor de su cuerpo, sin su ternura…, por qué tenía que estar pasando por tal situación, cuando finalmente se había enamorado de alguien.

Mientras Gabriela regresaba del baño quedó viendo a su alrededor, encontrándose con rostros largos, enfermeras vestidas de blanco, médicos caminando hacia todas partes, y pacientes circulando en sillas de ruedas, empujados por enfermeros.

Gabriela regresó al lado de Leo, sacándolo de su mundo, cuando lo abrazó por la espalda, pillándolo distraído.

Entonces llegó el momento de entrar a la habitación donde descansaba el general Arriaga, a petición de Gabriela, que quería que por lo menos mirase a su padre, aunque éste no hablaba ni se movía – era tan raro verlo así; tendido en una cama, sin poder moverse, había sido el mejor padre del mundo, a pesar de sus misterios, de todos los silencios respecto a las preguntas que siempre realizaba, pero lo amaba con toda su alma- dijo Gabriela.

Encaminaron sus pasos hasta la habitación, se prestaban a entrar, cuando una enfermera les salió al paso, abandonando la habitación, Gabriela preguntó -sí todo estaba bien-. A lo que la enfermera respondió -que sí, que podían pasar-, Gabriela fue la que entró primero, luego, le indicó a Leo que podía entrar.

Lo primero que Leo apreció, fue la lujosa habitación donde el general Arriaga estaba tumbado. Era como un hotel cinco estrellas, con el piso alfombrado, una moderna televisión colgando de una pared (la cual estaba apagada) y una formidable vista del río Susquehanna, y de la ciudad del otro lado.

Gabriela se acercó hasta la cama, sigilosamente, como midiendo cada paso que daba, hasta que llegó donde su padre reposaba con la espalda amordazada contra un colchón, que parecía ser bastante cómodo.

Leo, pensó "que el general debía de tener mucho dinero, un buen seguro para poder cubrir todo".

Miró cómo Gabriela se inclinaba para darle un beso en la frente, de donde él estaba no podía verle al general el rostro, hasta que Gabriela le pidió que se acercase.

Respiró profundamente, armándose de valor, pensando en su hermana, en su madre, en su padre y en todos sus compatriotas que sufrieron el terror, de aquel hombre que se encontraba postrado en un cama, empezó a avanzar, moviendo sus piernas, lentamente, pero de una manera segura.

Llegó hasta la cama, en eso, un sudor helado apareció, recorriendo todo su cuerpo. No obstante, fue capaz de controlarse, de no dar a conocer todo lo que estaba experimentando por dentro. Pero, aquel sudor era como una ráfaga fría que se estrellaba contra toda su estructura ósea.

Cerró los ojos, y sus pensamientos se centraron en su padre, se preguntó "¿qué sentiría su padre si estuviese ahí mismo con él, mirando de frente al hombre que tanto daño les había hecho?".

-Papá, éste es Leo… eh…sé muy bien que no es el momento propicio, pero ha venido hasta acá para estar conmigo. Llevamos saliendo algunos meses, y quiero presentártelo-. Dijo Gabriela, un tanto dubitativa, pero al mismo tiempo segura de sí misma.

Gabriela agarró la mano de Leo, encontrándose que la mano de su novio estaba casi congelada, obvió casi al instante aquello, acercando con su mano a Leo más, hasta que Leo quedó a su lado.

Los ojos claros del general estaban abiertos, Leo sabía que el general podía escuchar muy bien, lo delataba su mirada punzante. –Mucho gusto Señor Sanders- dijo en inglés. Mirándole fijamente a la cara, en la cual se empezaban a dibujar algunos vellos, contrastando notablemente con su respectiva pulcritud.

La cara del general no emitía ninguna emoción, era

como el rostro de un muerto: impasible y gris. – Leo, es hondureño papá, estudia en la Universidad de Pensilvania- añadió Gabriela.

Repentinamente, la misma enfermera que se habían encontrado cuando se aprestaban a entrar a la habitación había vuelto a aparecer en escena, entrando en la habitación para intercambiar unas cuantas palabras con algún familiar, sobre un trámite burocrático con el hospital.

Gabriela se excusó con Leo y con su papá, acompañando a la enfermera hasta una oficina en el mismo piso, para atender el asunto.

Ahí estaba Leonel López, cara a cara con el general Andrés Arriaga, sin nadie más que ellos dos, aunque el general Arriaga no tenía ninguna idea de quién era en realidad, de cómo ambos estaban conectados entre sí, a través de un vínculo de dolor y muerte.

Las venas de Leo transportaban su sangre a una gran velocidad por todo su cuerpo, el que se había convertido en un hervidero, haciendo que el frío que antes había sentido desapareciera por completo.

- Buenos días general Arriaga, me alegra haberlo encontrado con…vida, aunque no sé, sí se le puede llamar de tal manera, a la condición en que se encuentra. Es curioso como al final todas las verdades salen a flote, sin importar cuanto tiempo transcurra.

Leo hizo una pausa, miró muy adentro de las pupilas del general, que parecían que estaban a punto de estallar.

-Asumo que no sabe quién soy, pues pasaré a presentarme, soy Leonel López, hermano de Elena López, ¿le resulta el nombre familiar? A lo mejor no, y es que con tantas personas desaparecidas, asesinadas, torturadas… ha de ser difícil recordar a cada una de ellas… ¿no?… Permítame refrescarle la memoria, Elena López, la hija del profesor de

Filosofía de la Universidad Nacional de Honduras Ramón López, la que fue violada y asesinada por sus secuaces, siguiendo sus ordenes, y tirada a un montarral, después de haber sido torturada por sus asesinos.

El miedo y la sorpresa se dibujaron en la mirada del general Arriaga, "¿cómo era posible que aquella persona hubiera dado con él? ¿Usaría a su hija en su contra? O lo peor de todo, ¿le haría algún daño a su familia? ¿Era él, el que estaba detrás del anónimo recibido?". Y no el hermano de Estéban Blanco.

Una desmedida furia se le había subido por completo a la cabeza de Leo, era la primera vez que experimentaba algo parecido, sin embargo supo controlarse, reconociendo que, estaba en una posición de clara ventaja ante el general Arriaga.

- Éste es únicamente el principio del fin general, una pequeña cuota de todo el dolor que usted ha infligido a tantas personas, incluyendo mi familia por supuesto.

Leo acabó de pronunciar su última palabra cuando Gabriela regresó a la habitación. Gabriela preguntó -¿sí todo estaba bien?

-Nada fuera de lo normal- contestó Leo.

Gabriela se acercó a su padre, que parecía que quería hablar, las venas en su garganta se habían acrecentado y su mirada era incandescente. Gabriela le pasó la mano por su pelo canoso y sin peinar, diciéndole que se tranquilizara.

Los dos salieron de la habitación a petición de Gabriela, para dejar descansar al enfermo. Gabriela le propuso a Leo almorzar juntos, conocía un restaurante tailandés bastante cerca del hospital, luego, sí gustaba podían caminar por Harrisburg, quería mostrarle un poco la ciudad donde había crecido.

Leo rechazó la invitación, aduciendo que tenía que regresar lo más pronto posible, inventando cualquier excusa.

Después de haber estado a solas con el general, y seguidamente de haber visto como Gabriela amaba a su papá, afirmó que no podía seguir a su lado, incluso el intenso sentimiento que sentía hacia ella, empezó a disiparse por los pasillos del hospital.

Se despidió convencido que no volvería a verla, no podía seguir al lado de la hija del asesino, que había hundido a tantas familias en un eterno sufrimiento.

Abordó el tren de regreso a Filadelfia, con una nueva idea en la cabeza, con algo que revelaría al mundo, la verdadera identidad del respetable Señor John Sanders, y sin darse cuenta empezó a sentir paz.

Lo único que deseaba era hablar con su papá, volvió a llamarlo antes de abordar el tren, encontrándose sin ninguna respuesta, tampoco su padre había contestado el correo electrónico que le había enviado a primera hora "¿adónde se había metido?", se preguntaba, mientras pensaba en el encuentro sostenido con el general Arriaga y en la sosa despedida con Gabriela.

33

Una vez que Gabriela salió de la habitación acompañada de Leo, el mundo del general Arriaga, construido a base de mentiras y colmado de laberintos, explotó en mil fragmentos, desperdigando por todas partes los trazos de su ingeniada existencia.

Aquel había sido el momento más humillante de su vida, aunque para su fortuna, no acudió a su muy buena memoria aquella noche en el Liceo Militar, cuando fue sacado de su cama por varios de sus compañeros, los que se valieron de la oscuridad, para secuestrarlo y posteriormente atarlo a la palmera de coco, donde le introdujeron un pepino en su cavidad anal, mientras se partían de la risa y le vociferaban crueles desprecios.

Aquel había sido el momento más humillante de su vida, aunque para su fortuna, no acudió a su muy buena memoria aquella noche en el Liceo Militar, cuando fue sacado de su cama por varios de sus compañeros, los que se valieron de la oscuridad, para secuestrarlo y posteriormente atarlo a la palmera de coco, donde le introdujeron un pepino en su cavidad anal, mientras se partían de la risa y le vociferaban crueles desprecios.

Tampoco llegaron a su memoria las miradas de soslayo, cuando era un huérfano que iba sin rumbo fijo por la vida, escapando de los golpes de aquel hombre salvaje que le asestaba palos a cada rato, machacándole que no era su hijo, que era un recogido, un ser sin valor y sin futuro.

Se sintió tan expuesto, tan vulnerable, ni tan siquiera

podía mover sus dedos, gritar, mucho menos sería capaz de defenderse, de defender a su familia, lo que siempre había hecho, hasta que el maldito día en que su cerebro le traicionó hubo llegado, para dejarlo en el lamentable estado en que se encontraba.

Claro que recordaba a Elena López, la había soñado varias veces, al igual como había soñado a muchos de los casos que atendió, especialmente en los últimos años, cuando los fantasmas que lo rodeaban se fueron presentando más recurrentemente. -Todo era la culpa del retiro-, se decía a menudo, su cerebro tenía más tiempo para pensar, para recordar y para traer todas las memorias del pasado al presente, tenazmente, robándole la calma y la serenidad con la que siempre había pensado.

Aunque había tratado de mantenerse activo, para no caer en la congoja del retiro, para no sucumbir ante la mocedad que precedían a sus recuerdos.

Pero, nada era igual a antes, a sus años mozos y ahora allí estaba: acostado en una cama sin poder mover ni una sola vértebra de su cuerpo, dependiendo de lo que los médicos dijesen y deseando que nada de lo que estaba atravesando hubiera sucedido, que todo era un mal sueño, del cual podría despertar en cualquier segundo.

Siempre creyó que moriría de una forma valerosa, luchando, de pie, como todo un hombre, con la frente en alto y el alma henchida de orgullo, no de tal manera: con alguien limpiándole el culo, dándole bocados en la boca, y esperando que el día en que dejase de respirar llegara, para dejar de ser una carga.

Sintió que algo salió de sus ojos claros: una lágrima, aunque no estaba seguro de ello, pues no lo podía constatar. Tenía mucho miedo, quizá no miedo por él. Pero, sí miedo por sus hijas, porque su verdadera identidad se revelara, y las dos supieran quién era en realidad, y por qué habían dejado una vida en Honduras en una contundente indiferencia.

Cerró sus ojos, realizando de tal manera, el único movimiento que podía llevar a cabo por sí mismo, trayendo de nuevo a su memoria varios de los rostros de las personas que hizo sentir tanto dolor, entre ellas el rostro de Elena, aquella joven de cabellos rizados, de profundas cejas y una mirada que delataba la ilusión viva, la asimiló con sus hijas, con las vidas que éstas ahora llevaban, en un país donde podían tener todo al alcance de sus manos. "Si su papá no hubiera andado con todas esas ideas raras en la cabeza…", pensó. Dejando el resto del pensamiento inconcluso, para no deshacer la ilusión con la que justificaba sus actos. " Pero, todo lo he hecho por mi país, para que esos comunistas de mierda jamás llegasen al poder, para instalar un régimen ateo, alejados de la decencia, de Dios y de los buenos modales". Reflexionó.

Entonces, se volvió a sentir orgulloso de sí mismo, seguro que había actuado como debía de hacerlo, aunque su consciencia, por ratos le decía lo contrario; machacándole quien era en realidad.

"Y el dinero que recibí, pues, fue por mí duro trabajo, por mí compromiso con la patria, merezco todo, nadie me ha regalado nada en la vida, desde muy pequeño tuve que vérmelas solo contra el mundo, defendiéndome: primero de mis miedos y después de todos aquellos que siempre me quisieron hacer daño.

¡A la mierda todo! ¿Esto es lo que recibo por haber servido a mi país? Amenazas de un mequetrefe que estoy seguro, que ni sabe cómo limpiarse el culo, y que de paso se está aprovechando de la inocencia de mi hija. Si tan siquiera pudiera pararme, cerrar mis puños, le daría una paliza que jamás olvidaría, a lo mejor lo mandaría junto con la zorra de su hermana al otro mundo.

Voy a levantarme de esta puta cama por mi propia cuenta, y ya verá ese don nadie, estoy seguro que él ha sido el del anónimo.

¡Vaya cobarde! Mandando anónimos, en lugar de venir a mi casa de frente, ha esperado a que estuviese en esta maldita cama, para venir a amenazarme.

Me levantaré de esta cama, me levantaré, y volveré a ser el mismo hombre de siempre, a la mierda con esos remordimientos, con esos recuerdos, he hecho lo correcto, he hecho lo que cualquier buen soldado hubiera hecho". Consumó en su mente el general.

Gabriela volvió a entrar a la habitación, la misma que el general Arriaga ya empezaba a odiar. Su hija se miraba plena, aunque también algo triste, se acostó a su lado, lo cogió de sus manos, mientras descansaba su cabeza en su pecho, como cuando era pequeña.

El general extrañaba tanto aquellos días de infancia de sus hijas, cuando jugaban en el jardín, cuando decoraban el árbol de navidad juntos, y cómo olvidar cuándo les contaba cuentos en sus camitas, hasta que las dos se quedaban dormidas.

El amor por sus hijas era más fuerte que todo, no podía dejar que nada ni nadie les hiciera daño, mucho menos que mancillaran su nombre.

-Estoy tan enamorada papá, Leo es un gran chico, tiene tantos sueños, tantas ilusiones, quiere cambiar el mundo, dejar un legado para las nuevas generaciones, ya verás que pronto te recuperaras para que lo conozcas mejor- afirmó Gabriela, sintiendo el calor del cuerpo inerte de su padre a su lado, sintiéndose protegida, a pesar de que su padre no podía moverse, ni tan siquiera musitar algún sonido con su boca.

El general sintió como sus entrañas se revolvían, revelándose contra lo que habían escuchado, otra vez intentó gritar, mover sus manos, sus piernas, levantarse de la maldita cama, pero como era de esperarse: sus intentos fueron inútiles, su cuerpo no era capaz de responder a sus demandas.

34

José pasó una semana entera en una pequeña habitación de un hotel en el barrio Chino de Filadelfia, el primero que encontró, cuando deambulaba con su maleta por la zona, adonde había llegado sin desearlo, siguiendo únicamente la unánime decisión que sus desdeñados pasos le dictaban.

Franqueó el tiempo esperando las ordenes de don Simón, para poder actuar o con la esperanza de recibir cualquier comunicación suya, que le indicase algo, algún indicio, una pista o simplemente deseando poder escuchar su voz, que le hiciese sentir que no estaba del todo solo en este mundo.

Estaba empezando a desesperarse, a la tercera noche en Filadelfia llamó al número que don Simón le había expresado que, solamente podía llamar sí se trataba de una verdadera emergencia, de una situación extrema, que pudiera poner la misión en peligro. José creyó que el no escuchar noticias suyas por varios días, después de haber dejado todo en Newark, ameritaba romper la orden de don Simón, de no llamarlo directamente.

José se encontró con una grabación que decía - que el número al que estaba llamando no se encontraba disponible, que por favor lo volviera a intentar luego-.

Cortó la llamada sin dejar ningún mensaje.

A pesar de las sugerencias de don Simón, salió varias veces a la calle, para caminar por la ciudad, lo que le hizo levantar el ánimo, aunque miraba atrás y hacia sus lados en repetidas ocasiones, atento, por si alguien lo seguía de cerca. No sabía si alguien andaba detrás suyo, cubriéndole los pasos, respirando su mismo aire.

Don Simón le había dicho que el general Arriaga era capaz de todo, era un monstruo sediento de sangre, no debían de confiarse, era fundamental el permanecer alerta, quizá más alerta que nunca, porque el general estaba al tanto que alguien estaba preparando un ataque.

Sin embargo, pasó la mayor parte del tiempo en su habitación, tumbado en una pequeña cama, con los resortes un tanto salidos, pensando, dándole vueltas al asunto en que se había metido, de una manera más constante, que poco a poco lo iba conduciendo a esclarecer que todo aquello era un disparate.

Para emancipar sus pensamientos empezó a escribir una especie de diario, al igual que lo había hecho su hermano varios años atrás, con la firme intención de que a lo mejor, el escribir, serviría para exorcizar a las sombras de sus pasados, lo que estaba funcionando, ya que cada vez que terminaba un párrafo, era como si finalmente le hubieran quitado la soga del cuello, dando un paso hacia el costado, en un intento frustrado por dejar de respirar para siempre.

Pero, sobre todas las cosas pensó mucho, pensó en sí mismo, no tanto en la misión que creía que, se estaba tambaleando, aunque don Simón lo podía contactar en cualquier segundo, para indicarle que era el momento de actuar.

Miró la foto de Gabriela; la que sería su víctima, un millón de veces, en la soledad de la pequeña habitación, por la cual estaba pagando setenta dólares la noche, al igual que repasaba toda la información recibida sobre ella –¿podría asesinarla? ¿Cuál sería el método que emplearía? Pensar aquello le aterraba, cada vez que miraba la foto de Gabriela, dudaba que podía hacerle daño.

Se levantó a las ocho de la mañana, la noche anterior se había quedado hasta muy tarde escribiendo en su diario y fraguado en todas sus ideas.

Tomó una ducha, se afeitó el rostro, una vez que su cara estuvo limpia, se quedó mirando en el espejo; su cara urgía de sol, se miraba tan pálido, tal y como pasaba cada invierno.

Extrañó más que nunca el sol de Tegucigalpa, ese sol que quemaba sin compasión alguna, cuando caminaba por la ciudad, sobre todo en la nuca y en sus escuálidos brazos, los que se habían vigorizado notablemente, después de haber estado trabajando en la construcción por cinco años, desde que había llegado a los Estados Unidos, dudando y al mismo tiempo decidido en que podría llevar a cabo la misión encomendada por don Simón: de acabar con el hombre que había orillado a su hermano a que disparase contra sus padres para luego quitarse la vida.

También extrañaba la brisa que aparecía religiosamente cada tarde en Tegucigalpa, alrededor de las seis, bajada desde los cerros que rodean la urbe, para refrescar el ambiente, era como volver a empezar, como si de nuevo las bóvedas celestiales se abrían, para recibir una nueva esperanza, con los brazos completamente abiertos.

Ahí frente al espejo, se dijo – que no podía seguir viviendo de tal manera, no podía seguir existiendo, esperando por las comunicaciones de don Simón, aquel hombre que apenas conocía, y que sin saber cómo, se había convertido en una figura poderosa, capaz de hacer que cambiase su rumbo cuando él lo requería.

Lo que más anheló frente al espejo fue paz, y matando a la hija del general Arriaga, no era la manera de encontrar esa paz que tanto necesitaba, estuvo seguro de ello, cuando sus lágrimas empezaron a brotar de sus ojos, estallando en un profundo llanto.

Se preguntó por qué había dejado todo en Honduras, para perseguir una venganza inútil, que solamente traería a su vida más tormento. No pudo creer que había estado dispuesto en acabar con la vida de una chica inocente, que no tenía absolutamente nada que ver con el suicidio de su hermano, después de haber disparado contra sus padres, perdonándole la vida a él, a lo mejor ni estaba al tanto de quién era su padre en realidad, sí don Simón le hubiese dado la orden de actuar días atrás, tal y como estaba previsto, lo hubiera hecho. Afortunadamente la orden no había llegado y don Simón no había dado indicio alguno de estar vivo, hundiéndole aún más en la zozobra.

Sus lágrimas se diluyeron por el orificio del lavabo, cuando por fin derramó la última lágrima, se sintió vivo, limpio, y algo que tenía mucho tiempo de no sentir apareció en él: ilusión, la ilusión de emprender una aventura, de finalmente dejar de estar viviendo de recuerdos.

Salió del cuarto de baño, agarró su móvil, quitó la tapa trasera del aparato, sacó el chip, y lo arrojó en el sanitario, después tiró de la manecilla, y el agua se llevó hacia la nada el diminuto dispositivo.

Cuando el chip desapareció sintió una nueva sensación de alivio, don Simón ya no podría llamarlo, luego encendió su computadora portátil, accedió al internet, y rápidamente cerró su cuenta de correo electrónico, cerrando así el último medio que don Simón tendría para comunicarse con él, sin tomarse la molestia de revisar los correos recibidos, los que creía serían la misma basura de siempre, nada que ameritase su importancia.

Antes de apagar su computadora, aprovechó una conexión vecina, a la cual había podido conectarse al internet, para revisar las noticias en Honduras, encontrándose con la información de que la delincuencia se había anotado otro hit, al asesinar al reconocido pintor Ezequiel Romero Funch.

No leyó más, le bastó con ver una foto de don Simón con vida en un recuadro de la pantalla, para constatar que se trataba de él. Apagó la computadora y empezó a recoger sus cosas.

Cada acción que realizaba lo liberaba un poco más, era otra puerta que cerraba, otro capítulo que terminaba.

Rompió en mil pedazos la foto de Gabriela, siendo aquella acción la más satisfactoria de todas las acciones realizadas. Miró por última vez la habitación, asegurándose que no olvidaba nada, para después salir.

Caminó por el Barrio Chino, arrastrando su maleta, la que sentía que era más liviana, aunque a ciencia cierta el que se sentía más liviano era él mismo, no su maleta que, literalmente contenía lo mismo de antes.

El cielo estaba despejado, cubierto por un color azul intenso, y nubes claras, algunos pájaros cantaban atrevidamente, a pesar de encontrarse en medio de la ciudad, entre edificios, el sonido de las bocinas de los coches, y el típico ajetreo de otra gran metrópolis.

El rostro de los transeúntes era distinto, más amigable, las sonrisas empezaban a dibujarse en las personas, que ya no lucían los largos abrigos para protegerse del frío, ni cubrían sus cabezas con gorros ni sus manos con guantes.

No había duda que la primavera estaba a la vuelta de la esquina, brindando esperanza, aunque la nieve en cualquier otro momento podía volver a aparecer, pero no importaba, las personas soñaban con la primavera, con un nuevo comienzo, con dejar el invierno atrás.

Por inercia José se dirigió a la estación de trenes en la

Calle Treinta, haciéndose un hueco entre los peatones, cruzando calles cuando la luz para cruzar indicaba que era el momento de hacerlo, hasta que llegó a la estación.

Allí encontró una cafetería, se compró un café y un sándwich de jamón y queso, tenía todo el tiempo del mundo, y ningún sitio adónde llegar, aquello le hizo sentir bien, seguro de sí mismo y dispuesto a enfrentarse a lo que fuera.

Después de un rato ordenaría un segundo café, se quedaría un buen tiempo sentado en la cafetería, mirando a los viajeros ir de un lado hacia otro, en busca de sus trenes, mientras él decidía con suma paciencia qué tren tomar.

Todo había quedado atrás, trató de no pensar en el asesinato de don Simón, resistiéndose a no indagar en lo que había sucedido, en cómo había muerto, en eso una señora negra se sentó a su lado, lo saludó cordialmente, le preguntó hacia dónde se dirigía, la pregunta pilló a José fuera de base, se quedó pensando algunos segundos, mirando a la afable señora a los ojos, hasta que finalmente contestó con decisión –hacia donde la vida me conduzca-.

35

Leo estuvo ignorando los mensajes de Gabriela, al igual que sus llamadas por varios días, hasta que no pudo más. Terminó llamándola para decirle de golpe que, necesitaba alejarse de ella por un tiempo, aduciendo que precisaba concentrarse en sus clases y en sus proyectos, como era de esperarse: Gabriela tomó aquella noticia de una mala manera, recriminándole –que era un egoísta, que se había equivocado con él, y qué adónde había quedado el amor que le había confesado, entre otras cosas... hasta que finalmente terminó la llamada de una manera abrupta.

El encuentro con el general en el hospital, fue para Leo decisivo para afirmar que no podía seguir con Gabriela, no podía mirarla a la cara, sin ver el rostro del general reflejado en ella. Prefería dejar todo a un lado a seguir engañándose a sí mismo.

Estaba convencido que no podría cambiar el hecho, de que ambos estaban tocados por los pasados de sus padres, que jamás podrían ser felices.

El viaje de regreso a bordo del tren le permitió esclarecer sus dudas, llegando a la conclusión que era necesario enfocarse en sus estudios, en sus proyectos y en sí mismo, aceptando que: lo que hubo vivido con Gabriela, había llegado a su final.

No se podía dar el lujo de fracasar, él no tenía una familia rica detrás, como la mayoría de sus compañeros, que podían volver a empezar si fallaban, él no, todo dependía de sus calificaciones, tampoco quería regresar a Honduras, aunque extrañaba cada vez más a su padre, especialmente, después de todas las revelaciones hechas por el profesor López, las que terminaron acercándolos, y cerrando las grietas, que desde siempre habían estado tan presentes entre ambos.

Después de su regreso a Filadelfia, luego de su corto viaje a Harrisburg, pudo hablar con su papá, le contó todo, acerca de su encuentro con el general Arriaga, le confesó el miedo que, había percibido en los ojos del general, la sorpresa que se dibujó en su mirada, cuando le reveló quien era.

Leo creía que no se recuperaría, algo adentro suyo le decía qué, el general terminaría sus días postrado a una cama, sin poder moverse, y sin hablar. Aunque los médicos habían sonado positivos, sobre la recuperación del paciente; total aquel era su trabajo. Pero, él estaba seguro que el general no volvería a ser el de antes.

Su padre le preguntó -¿sí había visto un resquicio de arrepentimiento en los ojos del general?-, Leo respondió -que no, todo lo contrario: la mirada del general era una mirada incendiaría, la cólera se trazaba a la perfección en sus pupilas, no lucía arrepentido en lo absoluto. –Está bien, esto es lo que necesitaba escuchar- dijo su padre, sonando como que nunca más quería volver a tocar el tema, más sin embargo, antes le preguntó a su hijo por su relación con Gabriela. –Todo ha terminado- respondió Leo tajantemente.

El profesor López le expresó su pesar, sintiéndose culpable por el rumbo que sus vidas habían tomado. Aunque no dijo nada más, limitándose a cambiar el tema, para darle una buena noticia a su hijo, y es que su visa para visitar los Estados Unidos había sido aprobaba, así que podría estar presente en su graduación, en el inicio de la primavera.

Antes de terminar la llamada Leo, le comentó a su padre

la indignación que sentía cuando revisando las noticias del país en el internet, se encontró con el crimen del famoso pintor Ezequiel Romero, al cual le habían asestado siete balazos cuando salía de su casa, el crimen todavía no estaba esclarecido, y como era de esperarse: no había esperanza de que los autores del hecho fuesen capturados.

El profesor López dijo –que era una lástima- prefiriendo no contarle a Leo su vínculo con Exequiel o don Simón, como se hacía llamar el desafortunado pintor entre los miembros del Movimiento de Justicia Social.

Al terminar la llamada el profesor Ramón López se sintió por fin libre, fue como sí el recuerdo de Elena y el de su mujer volaban juntos, lejos del dolor y del tormento que habían experimentado.

Desde que el cuerpo de Elena fue encontrado desnudo y ultrajado, tirado a la intemperie en un matorral, como si se tratase de cualquier objeto viejo, desprovisto de valor alguno, no había tenido ningún instante de paz, pensaba en ella a cada momento, sintiéndose culpable por el destino que su familia había tomado, ni hablar lo que sucedió cuando su mujer, la que había sido su compañera de toda la vida se cortó las venas, dejándolos a él y a su hijo sin su amparo.

El Profesor López se levantó de su escritorio, no podía creer lo que Leo le había contado, aunque sabía que todo era cierto, todavía existía en el ambiente un ápice de incredibilidad, la que se disipó cuando sintió una armonía que tanto había deseado.

El profesor se dirigió a la cocina, para preparar un café, el que tenía pensado acompañar con unos chocolates que una alumna le había obsequiado.

Mientras ponía la cafetera que había adquirido en un viaje para participar en un taller en Bari, Italia, varios años atrás, sonrió, con los pocos dientes que todavía le quedaban colgando de la boca. Era la primera vez que sonreía en mucho tiempo, emocionándose por saber que pronto miraría a su hijo, cuando sin darse cuenta, tuvo enfrente suyo, un hombre con una frondosa barba en la cara, sosteniendo una pistola.

-Buenas noches profesor, aquí le manda este regalo el general Arriaga y el teniente Rosales- dijo el hombre, que resultó ser uno de los sicarios del ya retirado teniente Rosales, en el presente; uno de los narcotraficantes más poderosos del país.

El sicario disparó entre las cejas del Profesor, que no tuvo tiempo de reaccionar.

El cuerpo del profesor cayó desplomado sobre las baldosas de la cocina, donde recibió cuatro disparos más de parte del sicario, rematando a su víctima, para no dejar su trabajo a medias, asegurándose que estaba bien muerto, que jamás volvería a mirar el sol de un nuevo día.

Luego desordenó la casa de su víctima, lanzó todos sus libros al suelo, abrió los cajones de sus roperos, etc. Haciendo que la escena del crimen, pareciera, que se había tratado de un robo, no de una venganza o algún ajuste de cuenta.

Regresó donde ya hacía el cuerpo del profesor, indolente en un charco de sangre, tomó una foto del cadáver con su móvil. Luego salió a la calle, pensando qué haría con los dos mil dólares restantes, que recibiría por haber completado su trabajo, los que se sumarían a los mil dólares recibidos como anticipo por El Jefe, como era conocido el otrora teniente del ejército hondureño, Juan Rosales, en el mundo del crimen organizado.

Una vez en la oscuridad de la calle, se subió a su coche, encendió un cigarrillo, sacó de su billetera una estampita de la Virgen de Suyapa, de la cual era muy devoto, se persignó, cerrando sus ojos por un instante, pidiéndole perdón a la Virgen por otro crimen cometido, cuántos llevaba: cien, ciento cincuenta... No sabía, ya había perdido la cuenta.

Llamó al Jefe, para darle la buena noticia que: todo había salido bien, El Jefe lo felicitó, y al terminar la llamada, y tal, como era la costumbre, cada vez que terminaba un trabajo, le envió la foto del cadáver del profesor López, que era la prueba requerida, de que había cumplido su trabajo eficientemente.

Luego puso en marcha el coche, mirando a todos lados, asegurándose que el panorama estuviera limpio, encontrándose con una delirante desolación, finalmente se perdió por las zigzagueantes calles de Tegucigalpa, teniendo como destino su casa; en una de las colonias de clase media, al sur de la ciudad, donde lo esperaba su mujer y sus tres hijos, en unas pocas horas tendría lugar el bautizo del más pequeño, luego daría un gran almuerzo, donde se emborracharía hasta perder la conciencia.

36

Después de hablar con su padre, Leo apagó la computadora, se lavó los dientes, recorrió la soledad del apartamento como un gato que busca una sombra quieta, con la cual entretenerse.

Para variar sus dos compañeros de apartamento brillaban por su ausencia, el silencio era un eco que golpeaba las paredes, formando ondas que transportaban el mutismo desenfrenadamente por todo el espacio.

Después de deambular por algunos minutos, regresó a su habitación, antes de meterse a la cama, se asomó por la ventana, comenzaba a nevar con desgano.

El invierno había regresado, después de la breve marcha, para brindar un poco de esperanza, haciendo creer que la primavera estaba asomándose.

Leo se metió debajo del grueso edredón, tratando de no pensar en Gabriela, ni en el general, enfocándose en su futuro, en qué haría al terminar sus clases.

A pesar de los esfuerzos por no pensar en todo lo que había sucedido en los últimos días, estaba cayendo derrotado constantemente ante los hechos acaecidos, sobre todo: ante el indudable hecho que extrañaba tener a Gabriela a su lado.

Por fin se quedó dormido, estaba sumamente agotado, facilitando esto, que el sueño apareciese, lo que no había conseguido las noches anteriores, cuando se dio cuenta de toda la verdad, quedándose varias horas despierto, entregado a sus dilemas, a sus clases, a sus proyectos y desde luego: al recuerdo de Gabriela y al odio que sentía por el general Arriaga.

Se levantó a las siete, sintiéndose mejor que las noches anteriores, afortunadamente había logrado dormir más horas de lo habitual.

Aquel día, donde el invierno había vuelto a aparecer tenía una reunión con el supervisor de su proyecto final, a las once de la mañana, luego una clase, y por la tarde, le tocaba ir a la librería, para cerrar a las ocho.

Peter le había comunicado que a fin de mes cerraría el local, así que estarían rematando los libros a precios bajísimos, esperaban tener unas semanas bastante movidas en The Last Word.

En la cocina se encontró a Bernat y a Andrew. Desayunaron juntos por primera vez, en lo que llevaban viviendo bajo el mismo techo.

Estaban comiendo cuando Leo recibió una llamada de Honduras, de un número que desconocía, reconoció únicamente el código de área, el inconfundible cinco cero cuatro, el que aparecía en la pantalla de su móvil cada vez que su padre lo llamaba y al cual precedían otros dígitos.

En un principio se resistió a contestar la llamada. Sin embargo, algo adentro suyo le dijo que debía contestar. Se disculpó con Andrew y Bernat, se levantó de la mesa para atender la llamada, encontrándose con la voz del padre de Guido, su amigo de infancia.

El padre de Guido desde la última semana, estaba llevando al Profesor López a la Universidad, donde también enseñaba. El escarabajo del papá de Leo se encontraba pasando una temporada en el taller y su colega se había ofrecido para darle un aventón, mientras su coche terminaba de ser reparado.

Al llegar a la casa del profesor, el padre de Guido se

encontró que éste no estaba afuera del portón, esperándolo. Al padre de Guido le resultó bastante extraño que su colega no se encontrase aguardando por él afuera, ya que el profesor López era bastante puntual. Entonces, se decidió por bajarse del coche, para dar un vistazo.

Entró con precaución en la casa, tropezó con un desorden en la sala, se dirigió hasta la cocina, que era lo más próximo a la sala, hallando el cuerpo de su amigo, tirado en el suelo, en un arroyo de sangre.

Según la policía: se trataba de un robo, a lo mejor el profesor se había encontrado al ladrón rondando por la cocina, y éste le había disparado sin misericordia, en varias ocasiones.

Leo se quedó helado, fue incapaz de articular alguna sílaba, Bernat y Andrew, le preguntaban qué pasaba. Pero, Leo estaba inmóvil.

Hasta que no aguantó más: gritó ¡lo han matado! ¡Lo han matado! En varias ocasiones. ¡Ha sido el hijo de puta de Arriaga! ¡No puede ser! ¿Por qué? ¡Papá! ¡Eras lo único que tenía en esta vida!

Leo temblaba, parecía que su cuerpo sucumbiría en cualquier instante. Bernat y Andrew lo sujetaron con sus brazos, impidiendo que cayese al suelo de madera. Las lágrimas empezaron a salir de sus ojos negros.

La respiración de Leo se cortaba, no tenía dudas que el general Arriaga estaba detrás del asesinato de su padre. Leo se había quedado completamente solo.

FIN

Impreso en Estados Unidos
para Casasola LLC
Primera Edición
MMIX ©

07142020

www.ingramcontent.com/pod-product-compliance
Lightning Source LLC
Chambersburg PA
CBHW020528020726
47494CB00006B/1676